El diputado

SERGIO GÓMEZ-ALBA

El diputado

ALMUZARA

Editorial Almuzara • Colección Novela
Director editorial: Antonio Cuesta
Edición de Humberto Pérez-Tomé
Corrección y maquetación de Helena Montané

www.editorialalmuzara.com
pedidos@almuzaralibros.com - info@almuzaralibros.com

Imprime: Romanyà Valls
ISBN: 978-84-10521-07-0
Depósito Legal: CO-54-2024
Hecho e impreso en España - *Made and printed in Spain*

A Rosa, mi mujer,
que estoicamente ha soportado convivir
con alguien que está escribiendo un libro.

Índice

NOTA DEL AUTOR

El diputado es una novela basada en hechos reales. Podría decir que es una *roman-vérite*, un género que Truman Capote denominó «relato de no ficción». En él se mezclan la narración y una alternativa a lo ya ocurrido, siempre pegada a la realidad, para permitir eso que se ha llamado ucronía, es decir, una suposición de lo que hubiera sucedido si en lugar de pasar una cosa hubiese acontecido otra diferente pero posible.

Todos los personajes, excepto los citados por su nombre, son imaginarios, y el relato tiene de autobiográfico el hecho de describir todo lo que la vida me ha permitido conocer aquí y allá.

Una novela cuyo tema hegemónico es la política y las gentes que a ella se dedican, los políticos. Kissinger dice que los políticos comunes esperan a gestionar las crisis después de que estas hayan tenido lugar; además, quieren tener más información sobre los hechos, pero entonces, a veces, resulta tarde, ya ha pasado el instante decisivo en el que una buena decisión lo cambia todo. El líder no desperdiciará ese momento y, con audacia, asumirá el riesgo.

LIBRO PRIMERO
ELEGIMOS ESTAR AHÍ

1

«Por delicadeza perdí mi vida». Leí esta inscripción, hace ya mucho tiempo, en la lápida funeraria de una iglesia romana. Nunca pensé que esta infausta frase vendría a mi memoria con ocasión de uno de los peores momentos vitales por los que años más tarde tuve que pasar.

Pero ahora estaba intentando encontrar aparcamiento cerca del piso de alquiler que quería visitar. Noelia, una funcionaria del ayuntamiento del que yo era alcalde, me acompañaba. Como llovía intensamente, le pedí que me esperase en el coche, yo ya conocía el piso y sería una visita rápida antes de acercarla a su casa.

—Pablo, si no te importa, me gustaría acompañarte. Siempre me ha gustado ver pisos —me respondió.

—De aquí al portal te pondrás chorreando, pero como quieras.

Esos días, el partido anunció su deseo de ponerme en las listas para el Congreso de los Diputados; lo compaginaría con mis funciones en la alcaldía, por lo que necesitaba un piso en Madrid para varios días a la semana. Aún no lo había comunicado en el ayuntamiento y quería esperar un poco, por lo que dije a Noelia que era para un despacho que estaba pensando abrir.

En esta segunda visita, el piso no me acabó de convencer. Era lujoso y bonito, con un solo dormitorio, un baño algo anticuado y un amplio salón, pero oscuro, con moqueta, algo que odio, y bastante caro. En ese momento deseché la idea de alquilarlo.

De todas maneras, el barrio de Chamberí me gustaba mucho, de modo que decidí ver algo más por la zona. Tuve suerte y días después encontré un pisazo en el barrio. Era una de esas casas de antes de la guerra, con portero veinticuatro horas los siete días a la semana, techos altos con molduras decó, parqué de Pino Melis, pocos muebles, pero los necesarios, un gran salón... Carísimo y fuera de mi presupuesto.

Al día siguiente, llamé a Álvaro desde la alcaldía. Era un gran amigo y ahora también sería diputado. Íbamos en la misma lista por Madrid y en el partido le acababan de nombrar secretario de Formación, Estudios y Programas.

—Oye, ¿no decías que lo peor iban a ser los atascos a la entrada de Madrid?

***

Álvaro vivía en una de las mejores urbanizaciones cercanas a la capital. Tenía su oficina en un edificio a diez minutos a pie desde su casa. Era socio de la empresa de capital riesgo donde trabajaba —«ni capital ni riesgo, je, je...», afirmaba siempre que hablábamos de su trabajo—. Le iba muy bien; «por el momento», matizaba él. En ocasiones, cuando estábamos solos, se sinceraba y me decía que estaba harto de todo eso, que se aburría. Había trabajado años atrás, cuando era más joven, en un banco industrial. Cuando era director regional dejó el puesto —me dijo que lo odiaba— y se marchó a Londres. Conocía muy bien esa ciudad, pues había estudiado en la London School of Economics.

Antes se licenció en Ciencias Políticas y Sociología en la Universidad Complutense de Madrid. A pesar de la oposición de su padre, eso era realmente lo que le gustaba desde jovencito. Cuando le dijo a su progenitor que quería estudiar Políticas, lo primero que este hizo fue troncharse de risa y luego le preguntó que si era idiota.

Estaban almorzando.

—Anda, prueba este vino, que está estupendo. Qué gran año este del setenta… Tú en octubre te vas a Bilbao, a Deusto, y se acabó la conversación, ¿me oyes?

Su padre ejercía sobre él una autoridad indiscutible y hasta pasados muchos años a él ni se le pasaba por la cabeza llevarle la contraria. Cuando a última hora de la tarde venía del club, con algunas copas y una mala racha en el póker, discutirle algo era terminar en una violenta escena en la que no faltaban descalificaciones y desprecios. Cuando la madre de Álvaro intentaba calmar a su marido, este le decía:

—Tú calla, que a ti nadie te ha dado vela en este entierro, y a este gilipollas le estás estropeando con tus mimos. Y no me hagas hablar, ¿eh? Que si me pongo a hablar de ti, te voy a decir muchas cosas, ¿vale?

Un día, en una cena en casa de unos amigos, Álvaro coincidió con José María Aznar, entonces presidente del Gobierno. Acababa de recibir una oferta importantísima de su empresa que le suponía tener que residir en Londres. El anfitrión de la cena le preguntó cuándo se marchaba a Inglaterra.

—Les he dicho que no. No quiero vivir en Londres, ya he vivido allí mucho tiempo y no me gusta. Deseo vivir en España —se detuvo un momento y después siguió subiendo algo el tono—, todo lo que me gusta, lo que quiero, está aquí; aquí puedo optar por lo mío. Perdonad la pedantería, pero quiero luchar por mí mismo, defenderme de tantas cosas que nos hacen tragar y me repugnan. Comprendo —continuó— que quien no tenga más remedio se marche a donde sea, pero no es mi caso. Mi familia se gastó una fortuna en mi formación y yo ahora no voy a invertirla por ahí fuera. Aquí hay mucho que hacer y hay que hacerlo, porque, aunque aquí esté todo lo que yo quiero, también está todo lo que no quiero, y nuestra obligación es intentar cambiarlo. Muchas veces pienso que ya lo estoy haciendo. Las empresas de capital riesgo a veces no tienen buena prensa, pero, no creáis, realmente somos dinamizadores de la economía. Actuamos sobre la estructura de una empresa, su evolución, el desarrollo del negocio… Podemos invertir una tendencia negativa y transformarla en algo generador de empleo y riqueza. Yo cogí hace cinco años una empresa familiar abocada al cierre y hoy es una pequeña y pujante multinacional. Pero…, si os soy sincero, me aburre un poco. No sé si esto es lo mío…

—Pues, ¿qué es lo tuyo? —preguntó la dueña de la casa, sonriéndole con afecto.

—Déjalo, Ángela, ya he hablado mucho.

—No, claro que no. ¿Qué es lo tuyo? —volvió a preguntar.

—Es que, no sé… Me da un poco de vergüenza, os reiréis de mí, quizá sea algo infantil…

—¿Qué es lo tuyo? —le preguntó José María Aznar.

—Pues buscar la verdad, luchar por ella.

—¿No será eso una utopía? —le preguntó alguien.

—No, las utopías son cosas de la izquierda, y mira cómo acaban todas. Terminan elaborando un relato para justificar la tiranía.

—Entonces…, ¿quieres dedicarte a la política?

—Me gustaría, pero lo descarto. No quiero caer bajo la bota de un partido.

—¡Hombre, Álvaro! —terció Aznar.

—Disculpa, presidente, pero es lo que pienso.

—Pues en todo caso, tienes que seguir escribiendo. Yo no había leído nada tuyo —dijo mi anfitrión—, pero el artículo que publicaste el otro día era magnífico. Muy duro lo que decías, pero a la vez suave y respetuoso.

—Lo voy a hacer. Me han ofrecido una colaboración semanal.

***

—Álvaro, decías que te daban miedo los atascos en la entrada de Madrid si tenías que venir todos los días —afirmé—, que necesitarías algo más cerca de la calle Génova.

—¿Y qué, Pablo?

18

—Que he encontrado un piso por la zona que es la bomba y podríamos compartirlo.

—¿Cuánto piden?

—Un huevo, pero tú eres rico, hombre.

—Yo qué coño voy a ser rico, yo me gano bien la vida o, mejor dicho, me la ganaba bien antes —contestó molesto.

—¡Estás forrado, majo!

—Bueno, anda, ¿cuántos dormitorios tiene?

—Tres, uno muy grande, y dos baños.

—Me pido el grande.

—Vale. Me ha dicho Julen que contemos con él si nos lo quedamos. Oye…, pon tú los dos meses de fianza, que yo ando este mes un poco corto. ¿Sabes? Julen tiene que cambiar continuamente de hotel; esto es ideal para él porque la casa tiene entrada por una calle y por el garaje se sale a otra.

—Pues a nosotros también nos va a venir bien la cosa. Bueno, tengo que dejarte ahora…

Con la decisión de quedarme con el piso, me apresuré en llamar a la agencia no fuera a ser que nos lo quitasen.

Dejé para luego telefonear a Julen, ya que el nuevo secretario municipal estaba esperándome para presentarse. Acababa de ser destinado al ayuntamiento y ese puesto resultaba esencial para mí. Enseguida me cayó bien, tenía cara de listo y de buena persona. Tras una larga charla, empatizamos bastante. Venía para sustituir a un chulo sabihondo que apestaba a colonia cara y que se pasaba el día dándome sutiles lecciones.

A última hora de la tarde volví al piso con el agente inmobiliario. Me comentó que la propietaria podía dejarnos un sofá más que tenía en el trastero y que era muy cómodo. Acepté, le di las gracias y le remití a Álvaro para la fianza y para poner a su nombre el contrato de alquiler.

Cuando por la noche llegué a casa, abrí una botella de vino. Margarita, mi mujer, había dejado hecha una tortilla de patatas. También había sacado de la nevera un poco de queso del que a mí me gustaba. Una vez al mes salía con sus amigas a cenar, y ese día dejaba a los niños con los abuelos. Se portaba bien conmigo y tenía paciencia; siempre pensaba la mucha suerte que había tenido con ella.

El piso que habíamos alquilado yo no lo utilizaría regularmente, como mucho tres días a la semana y solo durante los periodos de sesiones parlamentarias. Álvaro se quedaría a vivir en él, dado que tendría que ir al partido todos los días. Era correcto que el contrato fuera a su nombre. Él tendría que compaginar su tarea de diputado con la dedicación a su vicesecretaría, que requería una enorme atención. Algún sábado o fin de semana había que dar charlas o un pequeño cursillo a militantes de diferentes provincias u organizar seminarios para los jóvenes del partido o cargos electos, incluso en vacaciones. Se ve que le dijeron que, a lo mejor, recibiría un complemento de sueldo por su alta dedicación, pero no concretaron y no le volvieron a decir nada. Parece ser que algún alto cargo lo recibía por ese concepto.

Cogí el teléfono para llamar a Julen.

—¿Puedes hablar ahora? ¿Ya encontraste apartamento?… Pues ya lo tienes. Te va a encantar… Álvaro ya ha firmado el contrato. Tiene tres dormitorios. Te vienes a vivir con nosotros y compartimos alquiler…

—Por mí estupendo. Habrá que organizarse y poner unas normas…

—¿Qué normas?

—Pues algunas.

—¿Como cuáles?

—Habrá que buscar una señora de limpieza, no guisotear, no traer tías…, yo qué sé. Del vino me ocupo yo, je, je —hizo una pausa. Se sintió feliz al pensar en los buenos amigos que tenía—. Oye, gracias por pensar en mí.

Tanto Álvaro como yo teníamos un gran cariño a Julen. Valorábamos por encima de todo su compromiso político. Había sido diputado la anterior legislatura, y serlo por Bilbao no era nada fácil. En ocasiones me había llamado para que le ayudase en las elecciones autonómicas supervisando las mesas, las cabinas electorales, etc. Como yo no podía ser apoderado al no estar empadronado en el País Vasco, intentábamos con la presencia de muchos de nosotros venidos de otras provincias que nuestra gente sintiera apoyo.

Recuerdo que en unas elecciones me pidieron que fuese a Guipúzcoa. Julen quería que acompañase a Arantza Quiroga, diputada del parlamento vasco —luego lo presidió—, para que no fuese sola a un pueblo de marcado tinte abertzale.

Ella venía de Irún. Me recogió en San Sebastián y fuimos juntos. Nos dirigimos a un importante colegio electoral con muchas mesas, había sido un antiguo palacio señorial. En la puerta había un coche de la Ertzaintza. Cuando llegamos se iban a marchar, pero les pedí a los agentes que, por favor, esperasen hasta nuestra salida. Conocían la cara de Arantza y quién era, aunque no la saludaron con la cortesía debida a una diputada.

—¿Van a tardar mucho rato? —nos preguntó el que parecía al mando.

Le respondimos que el que necesitásemos.

—Nos quedaremos, pues.

Subimos por una enorme escalera y al final había muchas salas y habitaciones. En ellas se situaban las mesas electorales y las cabinas para votar. Arantza fue por un lado y yo por otro. Entré en una cabina y no había papeletas del PP; fui a otras y tampoco. Me asomé al pasillo para ver a Arantza y me dijo:

—Aquí no hay papeletas nuestras.

—Ni aquí tampoco.

Un paisano corpulento que no nos había perdido de vista desde que entramos se levantó de una mesa y se dirigió a mí con mal tono:

—¿Qué pasa, pues?

—Pasa que aquí no hay papeletas de algún partido.

—Las habrá robado alguien, ¿eh?

—Yo solo digo que aquí no hay papeletas del PP.

—¿Y qué dices, pues?, ¿que las hemos robado nosotros?

De las salas contiguas empezó a salir gente: tres, cinco, ocho tíos…

—¿Qué pasa aquí? —dijo uno.

—Pues que el chulo madrileño este y esa zorra dicen que hemos robado las papeletas suyas para dar el pucherazo.

Como vi el ambiente que se estaba generando, fui a buscar a Arantza y le dije:

—Ven conmigo, vámonos —ella se resistió un poco—. ¡Arantza, vámonos! ¡Y no abras la boca, por favor!

Echamos a andar escaleras abajo y unos dos o tres de los que se habían levantado de las mesas fueron detrás de nosotros. Mientras bajábamos las escaleras comenzaron a escupirnos, nos empujaban y nos daban patadas en el culo. Nos llamaban maketos de mierda, fascistas, torturadores hijos de puta… Uno bajó tres escalones de un salto con la intención de agarrar del pelo a Arantza, pero ella le desvió la mano y el tío perdió el equilibrio y, para no rodar escalera abajo, se agarró a la barandilla. A trompicones, salimos a la calle. Nos acercamos al coche de la Ertzaintza y todavía otro seguía gritándonos cosas. El agente preguntó qué ocurría y el energúmeno que venía detrás de nosotros le respondió:

—Que este marikoi y esa, que es un bicho peor que el chulo este, han venido a provocar.

Un agente se dirigió a nosotros:

—A ver, identifíquense ustedes —con un leve gesto, Arantza me dio a entender que no lo hiciera.

—Me he olvidado la documentación en el hotel y esta señora también; además, es de sobra conocida por ustedes.

Se acercaron dos agentes más y dijeron al que quería identificarnos:

—Anda, déjales. Esta señora es diputada del Eusko Legibiltzarra.

Después, el que parecía el jefe nos preguntó:

—¿Qué van a hacer ustedes ahora?

—Pues pensábamos ir al barrio de la Estación, allí hay varios colegios…

—No se lo recomiendo, a estas horas ya están avisados y les estarán esperando. No podemos garantizar su seguridad.

Desistimos de la visita y fuimos a buscar un sitio donde comer. Entramos en un par de restaurantes con buena pinta en los que había mesas vacías, y en ambos nos dijeron que estaban reservadas. Entonces, cogimos el coche y nos dirigimos al santuario de Aránzazu, relativamente cerca.

Finalmente, comimos en la hospedería y volvimos a San Sebastián con una tristeza que agudizó la caída de la tarde.

2

Llevábamos varios meses instalados en el piso que compartía con Pablo y Julen. Los tres solíamos coincidir en él después de la cena, que a veces hacíamos juntos, otras cada uno por su lado, según los compromisos de cada cual. Si por las noches tomábamos algo en casa, nuestras sobremesas eran interminables, charlábamos y charlábamos, mientras fumábamos unos puros que alguno siempre traía y tomábamos una copa.

Era el momento perfecto. La jornada había acabado, al día siguiente volverían nuestras tareas y problemas, pero en ese instante todo estaba aparcado y hablábamos de todo y con total libertad. En ocasiones eso se convertía en una terapia de grupo, un debate político, una reflexión sobre algo o un confesionario.

Pablo y yo, un día al salir del pleno, nos juntamos con otros diputados andaluces. Gente divertida y profunda cuando hacía falta. Gatos viejos y sabios en política, grandes conocedores del partido y sus gentes.

Fuimos a cenar a un sitio detrás del Palace, con buena comida, precios razonables y donde nos dejaban estar hasta que nos diera la gana, fumando y charlando junto a un cubo de hielo y una botella de whisky que el dueño dejaba sobre la mesa. Yo no tomaba postre porque estaba deseando que llegase el momento de encender mi habano.

Como eran gente culta, de pronto te explicaban algo que resultaba interesante o poco conocido. El diputado de Córdoba había estado ese fin de semana en un acto del partido en Carmona y, por algo que le pregunté sobre la ciudad, nos contó que la puerta que llaman de Sevilla la edificaron los cartagineses.

—¿Los cartagineses? —pregunté yo.

—Los cartagineses. Luego los romanos la ampliaron tal como está hoy. Luego los almohades añadieron muros, barbacanas y un aljibe. Luego los cristianos la utilizaron como cárcel...

Un diputado de Jaén le interrumpió:

—Ahí metía yo a uno que yo me sé... —y empezó a contar las putadas que la dirección regional le había hecho y le pensaba hacer.

—¿Pero eso lo sabes tú o te lo imaginas? —replicó el de Córdoba.

—Eso no lo ha hecho, pero piensa hacérmelo. Ese tío es como los miuras, que le noto las intenciones *na* más verlo. Y, además, ¡joder!, si es que yo le leo los pensamientos, que aquí nos conocemos todos.

Acabada la cena, Pablo y yo nos fuimos andando a casa. Solíamos hacerlo para estirar las piernas, aunque cada día regresábamos por un camino distinto siguiendo las indicaciones que el partido nos había dado para nuestra protección.

El aire frío y seco de Madrid reconfortaba y, a pesar de la contaminación atmosférica y de las luces eléctricas, era posible ver algunas estrellas.

Cuando entramos en el salón de casa, Julen estaba trabajando una pregunta oral que tenía que formular al ministro al día siguiente. Las preguntas que dirigíamos a los ministros de nuestro Gobierno en el pleno, aparte de la información concreta, buscaban generar la ocasión para que este se luciese y pusiera en valor su gestión.

Julen había ido a cenar con una periodista y acabaron pronto. Ahora que había terminado lo que estaba haciendo, quería charleta y acabamos hablando de los asesores del grupo parlamentario. Teníamos uno para cada comisión, pero en ocasiones estaban desbordados. Julen dijo que él no se atrevía a apretar más al de

Industria porque iba de trabajo hasta las cejas, pero él estaba preocupado porque próximamente tenía que intervenir en el pleno y necesitaba un montón de fichas y datos.

—Mira, Julen —le dije—, no seas tan delicado, los asesores están para eso.

A la mañana siguiente decidí ir andando Castellana abajo hacia Colón. Pasé antes por mi oficina bancaria para ver si me había llegado la transferencia trimestral que mi administrador realizaba. La verdad es que tenía un dineral en la cuenta.

Un año después de convertirme en diputado, murió mi abuelo, que me nombró heredero universal. Había desheredado a mi padre, que cobró la legítima. Mi madre, ya separada de él, tenía sus propios ingresos por lo que, por ese lado, estaba tranquilo.

Yo evitaba llevar una vida ostentosa y procuraba no destacar en ese aspecto. Cuando me inicié en política, dejé en un rincón del armario mis trajes hechos en Londres. Los cambié por una americana y un pantalón gris. A lo que no renuncié fue a mis corbatas. Inglesas, españolas, italianas…, eran mi debilidad.

Pasé el resto del día trabajando en mi despacho y luego, a última hora, llamé a Pippa, mi novia. Era preciosa. Mis amigos la llamaban «la chinita». Nos conocimos en Londres, había nacido en Hong Kong de padre inglés y madre china. Cuando la destinaron a Madrid me llamó y ahora salíamos.

A veces, cuando quedábamos para ir a cenar o bailar con sus amigos me pedía que me pusiera mi americana verde. Ella había comprado una tela tweed verde botella, la había llevado a mi sastre de Londres, que tenía mis medidas, y me la trajo de regalo en uno de sus viajes. Decía que el verde nos quedaba fantástico a los pelirrojos y especialmente a mí, con mi media barba, entre roja y rubia.

Cuando sus amigas le decían al oído, pero lo suficientemente alto como para que yo lo escuchase, lo atractivo que yo les parecía, ella les respondía entre risas: «Pues lo mejor no lo veis». A mí me daba bastante vergüenza oírlas y le pisaba el pie por debajo de la mesa mientras ellas se reían.

Tomé rápidamente un cruasán en Capellanes y me dirigí a mi

despacho de la calle Génova para acabar unas cosas. Después me fui a pie al Congreso. Abrí los ojos a esa luz especial que la ciudad tiene en invierno, me inundaba la felicidad.

Todavía no me lo creía. Tenía el trabajo que más podría gustarme en el mundo y todo lo demás que la vida me había dado. Quizá, por primera vez, era plenamente feliz y ahora no iba a permitir que ciertos recuerdos de tantos años atrás machacasen mi presente.

El viernes por la tarde, Margarita, la mujer de Pablo, pasó por la alcaldía a recogerle. Sus tres hijos varones estaban en el asiento de atrás del coche. Fueron a casa de los abuelos y dejaron a los niños, y ellos se dirigieron al club para su clase de pádel. Los fines de semana jugaban un campeonato de parejas mixto y desde que tomaban las clases habían mejorado muchísimo.

Al terminar, en el restaurante del club pidieron unos emparedados de rosbif con salsa de rábanos. El sándwich estaba muy rico, a Margarita le resbaló un poco de salsa por la comisura de los labios y ella sacó la punta de la lengua relamiéndose levemente. Pablo pensó lo femenina que era y que con esa coleta con la que se había recogido el pelo estaba monísima.

Ella era estupenda, llegaba a todo. Trabajaba en la gestoría de su padre, se ocupaba de la casa, los niños, hacía los deberes con ellos, los llevaba a las actividades extraescolares, al pediatra, al dentista y antes de la cena le servía una copa de vino tinto con unos dados del queso que, aunque era *light*, a él le gustaba. Pretendía que Pablo matase un poco el hambre para que no llevase demasiado apetito a la mesa.

Los fines de semana eran los momentos que podían hacer vida de familia normal. Él estaba en casa el lunes, pero prácticamente no le veía el pelo hasta el viernes a media tarde. Una vez que acostaban a los niños, esa era una noche para ellos. Descubrían algún nuevo restaurante en los alrededores o, si se quedaban en casa, ella ponía una mesa con la cristalería y los cubiertos buenos, encendía unas velas y le sorprendía con alguna cosa rica pero ligera. Marga le pedía que le explicase esto o lo otro de la vida política, algo que había visto en la tele, y ella le contaba cosas de los niños.

Muchos viernes él se encontraba extremadamente cansado —no había parado de hablar, hacer, escribir, discutir, decidir— y cuando le preguntaba por algo que había salido en la prensa o la tele, él le respondía: «Mañana, Marga, mañana». Permanecían en silencio mientras él dormitaba. Ella no se lo tomaba a mal. Le admiraba, valoraba su bonhomía, su lealtad conyugal, lo simpático que era con todo el mundo. Cuando salía a la calle, él se paraba a hablar con la gente, hacía bromas y risas, daba palmadas en la espalda. Todo de manera genuina, porque él era así, ya era así de jovencito cuando le conoció. No era extraño que le votasen elección tras elección.

Al día siguiente, Pablo se levantaba como nuevo. En el desayuno no paraba de hablar y, a partir de ese momento, hasta el lunes, había lugar para todo lo importante de verdad.

Salí del apartamento de Pippa y me fui a casa. Al llegar, me preparé mi *dry martini* cotidiano, al que añadí una banderilla con dos aceitunas rellenas de anchoas. No era lo correcto, pero a mí me gustaba así.

Eché una mirada alrededor, a las dos o tres cosas que había traído de mi casa y que me complacían especialmente. Un jarroncito Gallé adquirido en París lo había situado en una pequeña mesa al lado del sofá y la lámpara Tifanny comprada en Nueva York, carísima, pues odiaba las imitaciones, la puse en un rincón al fondo de la sala. Por las tardes la dejaba encendida al salir y así nada más llegar podía ver su colorista y tenue luz, mágica y perfecta al entrar en casa. Cuando escuchaba música era la única luz encendida en la habitación.

Puse en el tocadiscos el *Vals n.º 2* de Shostakóvich. Me parecía increíble que el compositor hubiera podido escribir esa pieza. La ponía de tarde en tarde, únicamente si me encontraba solo. Esa música, con su intensa capacidad evocadora, mezcla de melancolía y ensoñadora belleza, me llevaba en ocasiones al borde de las lágrimas. Resultaba peligrosa para mí, pues siempre estaban al acecho mis emociones.

Escuché abrir la puerta de la calle y entró Julen gritando alegremente:

—¡Aupa! Pero ¿qué haces tú casi a oscuras? Quita ese rollo. ¿Ya has cenado?

—No, pensaba tomar algo abajo.

—Ponme una copa y esperamos a Pablo, que ha dicho que vendrá a cenar con nosotros.

—¡Póntela tú, majo!

—Es que me voy a duchar y, además, ese pelotazo que tomas es tu especialidad.

La encimera de la cocina parecía la barra de un bar. Había de todo para preparar *martinis, negronis, bloody marys, gin-tonics*. No faltaba de nada: pimienta, sal de apio, angostura, salsa Perrins. La coctelería era mi afición.

Cuando era estudiante trabajaba en verano un mes como ayudante de barman en un lujoso hotel de Suiza. Me convertí en un experto y presumía de haber obtenido el carné del sindicato de hostelería. Con el dinero que ganaba me costeaba mi otro mes de vacaciones en Ibiza.

—Toma, Julen, como se han acabado las aceitunas te he preparado un *gibson*.

—¿Y eso qué es?

—Pues como el *dry martini*, pero en lugar de aceituna, dos cebollitas en vinagre. Parece mentira, pero le da un cambio total porque la cebollita impregna el sabor de la copa y está buenísimo.

—Oye, ¿te acuerdas del *pisco sour* que tu padre le preparaba al mío cuando íbamos a vuestra casa de Bilbao?

—¡Pues claro!

—Qué lástima que aquella empresa terminase así, porque iba como un tiro.

—Pero, al final, ¿qué es lo que pasó? No lo he sabido nunca…

—Pasó que mi padre se jugó al póker el dinero que tenía destinado para la amortización del crédito.

—Qué fuerte, tío. ¿Cuánto tiempo hace de eso?

—Algo más de veinte años.

—A mí lo que más me gustaba era cuando mis padres se iban a San Sebastián y me dejaban con vosotros unos días en Bilbao durante la Semana Grande. Todavía me acuerdo del día del chupinazo de una de las fiestas, cuando en tu *txona* ligamos con un par de tías...

—No, yo no ligué, ligaste tú.

—Tampoco. Ella me ligó a mí. Me preguntó si era amigo tuyo y me dijo que tenía cara de mal chico; me cogió de la mano y me dijo: «Ven, que yo te voy a hacer bueno; vamos a dar una vuelta, que necesitas aire con tanto *kalimotxo*». Salimos y me llevó a tomar un bocadillo a un mostrador en la calle que los vendía a beneficio de los derechos de los presos. Tenía una pancarta que ponía «*Presoak Kalera*». Le dije que yo no comía nada allí y lo compró en otra barra. Después fuimos andando hasta un parque cercano y en una zona poco iluminada me estrené, o me estrenó, mejor dicho.

—Me acuerdo, ella era algo mayor que tú, me lo contaste. Volviste a la *txona* dando saltos de contento. Yo me moría de envidia, tío.

—Lo acojonante es que nos hayamos vuelto a encontrar después de tanto tiempo y sigamos tan amigos como entonces.

—Eso es muy difícil, pero ha pasado.

Oímos abrir la puerta y Pablo entró en casa. Se quitó la chaqueta y la corbata mientras se dirigía a su habitación diciendo:

—Yo no puedo salir porque tengo trabajo. Me voy a mi cuarto, he de preparar mi intervención del jueves.

—Venga, tío, quédate aquí, que pedimos un *japo* —dijo Julen.

—Pero mañana tienes tiempo de sobra... —insistí.

—Qué va, mañana por la mañana tengo que ir a la secretaría del Congreso, que me han pedido que, por favor, pase cuanto antes. Y por la tarde me visitan unos de la Federación Española de Municipios. Quieren que presente una declaración suya.

—¿Y por qué te han llamado con tanta urgencia? —preguntó Julen.

—Es que no lo sé. Necesitarán algún dato, ni idea de qué va.

—*Agur.*

—Ale…, hasta mañana.

—¿Qué estás leyendo? —me preguntó Julen cuando nos quedamos solos.

—*Pico de la Mirandola*, de Carlos Goñi.

—¿Interesante?

—Mucho. Mira… cada uno de nosotros, cada ser humano, es algo nuevo nunca visto. Todos somos iguales, pero, al ser libres, cada uno «nos construimos» en algo diferente a los otros. Esa libertad es la que nos hace seres humanos. El resto de los animales de la creación no pueden ser otra cosa que lo que son. El hombre puede ser lo que quiera. No es una libertad para obrar como tienen los animales, es una libertad para ser, y podemos ser lo que queramos ser.

Me tomé la última aceituna y apuré lo que quedaba de la copa.

—Uhm… Este dedito final algo salado es lo que más me gusta… —y proseguí hablando del libro—: Nos creamos a nosotros mismos conforme vamos eligiendo nuestro propio destino.

Julen se levantó del sillón en el que estaba sentado y empezó a pasear por la habitación.

—Me encanta, ya me lo dejarás cuando lo acabes.

—Eso casa con la clase de gente a la que yo califico como «víctimas de sí mismos». Son los que se guían por sus odios y fobias, por sus fabulaciones o deseos, sin atenerse a sus consecuencias. Se creen que controlan todo, no tienen paciencia para sus proyectos. Se engañan a sí mismos y se enfrentan a quien quiera abrirles los ojos. Son incapaces de rectificar por empeño. Luego acaban como acaban… y ¿a quién pueden echarle la culpa? A todos. A sus colegas, a su familia, a sus socios… Cualquiera es culpable menos ellos. Mira, el otro día escuchaba en la tele a Fernando Arrabal… Oye, siéntate que me pones nervioso con tanto paseo —pedí—. Arrabal se preguntaba si se adquiere más experiencia con el tiempo o se acumulan cada vez más errores.

—Se acumulan más errores —dijo Julen—, que son los que te aportan experiencia.

—De acuerdo, pero hay gente que, como no va a cambiar, acumula error tras error, y la conclusión que sacan siempre es que la culpa es de los otros.

—Esos pertenecen a la clase de gente que se niega a aceptar las consecuencias de sus actos.

—Pues la manera más radical de huir de las consecuencias de tus actos es el suicidio, y por eso se suicida mucha gente. Huyen de sí mismos.

—¿Oye, tío, no te importa seguir leyendo en tu cuarto? Tengo que llamar a la periodista del otro día, esa que estaba tan buena... Mañana te traigo el libro de Gortazar sobre Romanones, que ya lo he acabado.

—¿Qué te parece? —respondí camino de mi cuarto.

—Esencial para entender la Restauración y el siglo veinte. Para mí la introducción ha sido un fogonazo.

—Vale..., ya me voy. ¿Qué pasa, que le vas a decir cositas verdes?

—Pues, si me da pie, sí, tío.

—Venga, a por ella.

Cerré el libro señalando la página con un papelito y puse el despertador. Celebraba ver que este pequeño grupo de amigos, a su vez, lo éramos entre nosotros. Tan distintos, cada uno sabíamos ver lo mejor del otro.

Desde luego era muy importante para nosotros tener la seguridad de que las valoraciones emitidas sobre los demás, cómo veíamos la marcha del partido y las opiniones y manera de ver cualquier asunto jamás saldrían de esas paredes. El intercambio mutuo de las informaciones que cada uno poseíamos, indudablemente, era algo muy valioso.

Regresé a casa a última hora del día siguiente; al ver las caras nada más entrar, me di cuenta de que algo ocurría. Me quité la corbata mientras Julen le decía a Pablo:

—Anda, cuéntale a este el asunto...

Al ver que Pablo no decía nada, pregunté:

—¿Qué asunto?

—Pues nada, que ha llegado al Congreso la petición de un suplicatorio a mi nombre para que yo pueda ser investigado.

—¿Quéééé? —grité.

—Lo que oyes —respondió Julen.

—Parece ser que se ha presentado contra mí una querella por acoso sexual por parte de una funcionaria del ayuntamiento. Una tal Noeli.

—¿Por acoso sexual? —repetí muy bajito—. Pero ¿quién es Noeli?

—Una colaboradora que tiene en el ayuntamiento —respondió Julen.

—Tranquilo, Pablo —dije—. Venga, cuéntame. Además, a ver, ¿cuándo ha puesto la querella?

—Hace unos meses, creo —respondió confuso.

—¿Y tú y ella os habéis visto o estado juntos recientemente?

—Qué va, si hace tiempo que ya no está ni en mi planta. Por lo que sé, dice que hace un año tuve «un comportamiento inadecuado con intenciones lúbricas».

—¡Necesito una copa! Pero bueno, ¿qué pasó?

—Ella dice que la llevé a un piso y le dije: «Sube a ver qué te parece lo que te voy a enseñar». Y que cuando subió la miré raro y le pregunté que si estaba húmeda. Que fue al piso porque yo insistí mucho y se sintió coaccionada porque yo era su jefe. El fiscal ha visto indicios de delito y quiere investigarme, y para eso es preciso solicitar un suplicatorio.

—Jo, tío, no me lo puedo creer.

—Pues yo tampoco —respondió Pablo—. Pero esto es lo que hay. Cuando estaba en mi despacho del Congreso me han llamado del grupo para que me explique, y yo les he dicho que no ha pasado nada. Me han preguntado si me opongo al suplicatorio y les he dicho que no, que en absoluto. Por la tarde anulé la cita con los de la FEMP y fui a ver a Rato antes de que él me llamase.

Le interrumpí:

—Vale, pero ¿por qué pone una denuncia ahora de algo que pasó hace un año o más? Pero bueno, ¿qué pasó con Rodrigo?

—Pues le conté que hace meses Noelia y yo salimos juntos del ayuntamiento un día que llovía a cantaros. Le pregunté dónde vivía y, como me venía de camino, me ofrecí a llevarla en coche a casa. Me respondió que muchas gracias, que le hacía un favor. Dije que antes tenía que pasar a echar un vistazo a un piso, cosa de diez minutos, y luego la acompañaría a casa.

»Según ella indica en la denuncia, en el piso la miré de una manera rara en la que ella vio intenciones lúbricas y que le pregunté si estaba húmeda, y que ella me dijo que quería irse porque tenía prisa y yo le decía: "Espera un momento, mujer".

»El juez le hizo distintas preguntas sobre dónde estaba el piso, que por qué había ido allí, y ella respondió que se sintió obligada porque yo era su jefe.

»El magistrado dejó decaer la denuncia porque no vio objeto de delito —proseguí con mi relato y Rodrigo me escuchaba con atención—. Un par de meses después se volvió a abrir el sumario dado que la denunciante presentó una nueva prueba. Parece ser que, días después de lo del piso, Noelia se lo contó a una compañera de trabajo. «Estaba muy agitada y llorosa», dijo esta. La compañera accede a testificar eso y que también por esas fechas yo había estado indagando cómo se podía echar a un funcionario interino. Con esa declaración el juez vio pertinente dictar auto de procesamiento.

»—¿Eso es todo? —me preguntó Rodrigo.

»—Pues sí.

»—Pero esa no es tu versión, ¿no?

»—Claro que no.

»—En todo caso, se la tendrás que contar al juez. Pero primero, ¿tú te opones a que apoyemos la petición del suplicatorio?

»—Desde luego que no. Todo es mentira, pero quiero que los hechos se investiguen y os pido que accedáis a ello.

»—Esto facilitará mucho las cosas. Yo no veo mayor entidad en el asunto y estoy convencido de tu inocencia. Podríamos oponernos, pero creo que es mejor no hacerlo. Me alegra tu postura. Ahora que... ya puedes prepararte para lo que se te viene encima con la prensa, en el ayuntamiento, tu familia, tus amigos...

»Cuando iba a salir del despacho, Rodrigo me dijo:

»—Oye, que sepas que el partido te va a apoyar y estará contigo. Tranquilo, y tú, a lo que el juez o el fiscal te digan. Ah, y tendrás que hablar con nuestro gabinete de prensa porque habrá que preparar una declaración para cuando esto salte.

»—Gracias, Rodrigo. Muchas gracias.

Todos permanecimos callados un rato. Julen dijo:

—Pues Rodrigo ha estado bien. Bueno, como hay que estar en este asunto y tratándose de ti.

—En todo caso, estas cosas van muy lentas —añadí—, pero ya sabes lo que te espera. Tendrás que ser muy fuerte y aguantar el chaparrón... Estoy seguro de que esto acaba sobreseído porque no tiene fundamento, ¿vale? Y ahora os digo algo a los dos: ni una palabra de esto a nadie hasta que no salga a la luz, aunque creo que lo hará ya mismo. Y, sobre todo, Pablo, tendrás que preparar a Margarita para que no se entere por la prensa. Por favor, haz un esfuerzo para que no te vea mal, no te dejes hundir delante de ella, que te vea entero.

Al día siguiente en la prensa no apareció nada y él tampoco se lo contó a Margarita. Tenía que hacerlo en persona y, según le dijeron en el partido, hasta el martes no creían que lo del suplicatorio transcendiese.

Cuando, por la noche, Pablo volvía a su casa, no podía apartar el asunto de la cabeza. Y a lo largo del día, y así fue durante mucho tiempo, estuviese donde estuviese y con quien estuviese, no lograba pensar en otra cosa.

Un día, mientras conducía, iba diciendo:

—Esto es increíble, increíble; esto lo van a archivar, seguro, porque no tiene ni pies ni cabeza. Debe de estar loca, ¡loca! —gritó. Agarraba el volante con fuerza y rabia.

Cuando aparcó dio un fuerte puñetazo al salpicadero del coche. Dándose cuenta de su estado de excitación, repitió varias veces:

«Tranquilo, calma…». Estuvo un rato sentado al volante. Tomó aire despacio, contrayendo lentamente el estómago, y notó cómo el diafragma subía mientras aspiraba el aire por la nariz para, pocos segundos después, expulsarlo, desinflando lentamente los pulmones y empujando hacia abajo el diafragma. Repitió dos veces más el ejercicio que aprendió un día que acompañó a su mujer a la clase de yoga. Ya más tranquilo, entró en casa tras poner una cara alegre y forzar una sonrisa.

—Marga, abre una botella de vino, por favor, y pon un poco de ese queso.

Cenó una tortilla francesa rellena con un poquito de chorizo picado; ese sencillo plato le encantaba. Un rato después se fue a la cama.

—Dame un beso —dijo él—, me voy a dormir…

—Yo me quedo un rato, que tengo un montón de plancha.

Durmió algo inquieto; a las cinco se despertó dando vueltas al asunto, se quedó adormilado un rato, pero enseguida saltó de la cama. Se duchó y fue a la alcaldía. Le vino bien madrugar porque tenía muchos informes acumulados que leer y debía despachar con mucha gente.

Se citó para almorzar con su abogado, un viejo amigo, para discutir el caso. La conversación le dejó tranquilo.

Por la noche, se lo contó a su mujer.

3

Los tres habían quedado a cenar en casa el martes. Ese día la prensa tampoco publicó nada.

Me dispuse a preparar unas copas para Julen y para mí mientras llegaba Pablo.

—Te voy a dar una *pink gin*, una ginebra rosa.

—¿Y eso qué es?

—Igual que el *dry martini* y, en lugar del vermut, pones unas gotitas de angostura. Esto lo inventaron los ingleses y holandeses en sus colonias del Caribe.

—Pues tengo una sed… Con lo que he comido, igual me vendría mejor un *gin-tonic*.

—Pero ya te he preparado esto. Te va a gustar, es muy aromático. ¿Qué has comido?

—Bacalao a lo comunista.

—¿Y eso qué lleva? No será con salsa de tomate y pimentón, je, je, je…

—Lo hacen con un bacalao cortado finito, rebozado y frito, que luego ponen sobre unas patatas hervidas y en rodajas. Se cubre todo con bechamel y a gratinar. ¡Está buenísimo! Eso es porque antes el bacalao era una cosa barata, pero ahora… Les voy a decir a los de Horcher que lo pongan en la carta, je, je… Si se lo cuento a Pippa, dirá que solo pensamos en la política…

—Es que todo lo que no sea hablar de amores y política es una frivolidad.

—¿Y hablar de cine, teatro, libros, música, arte, fútbol...?

—Todo eso también es política.

—*Touché.*

Tras un rato de silencio, dije:

—¿Sabes, Julen? Eres un tío diez.

—Y tú el mejor amigo que se puede tener.

—Je, Je...

Cuando entró Pablo, se dirigió a su dormitorio para dejar su maletín.

—¿Qué tal? —preguntó Julen—, ¿cómo va eso?

Yo cerré el resumen de prensa que estaba leyendo y miré a Pablo.

—Estoy más tranquilo. Ya se lo he contado a Marga. Creo que lo ha entendido.

—¿Y?

—Pues está muy preocupada, pero ha cerrado filas conmigo. Dijo que confía plenamente en mí. Al salir de casa me ha dado un largo abrazo.

—Es que ella es estupenda, gran mujer.

—Pero vamos a cambiar de tema —continuó Julen—, porque nos vamos a volver locos si seguimos con esto. Pablo, tú que estás en la comisión, ¿cómo va lo de la reforma laboral? —Julen pretendía que este saliese de su problema, aunque solo fuese un rato.

—Aparicio lo está trabajando a fondo. El último Consejo Europeo de Barcelona pidió suprimir obstáculos en los mercados laborales. Hay que hacerla sí o sí —dijo animándose un poco—. Y el Consejo de Luxemburgo se seca la boca pidiendo reformas estructurales en políticas de empleo, y no me digáis que no hay que meter mano en lo del empleo agrario...

—No, si eso es así —respondí dándole la razón—, pero tendremos problemas con los sindicatos. Fidalgo y Menéndez ya han dicho que lo que saben de la reforma les parece inaceptable.

—Lo que les parece inaceptable a esos es que el Partido Popular se libre de tener una huelga general.

—Pues lo que están haciendo —dijo Pablo— es entorpecer la generación de empleo, y va contra los intereses generales de los trabajadores.

—¡Anda este! —rio Julen—. Pero ¿tú qué crees, que a los que tienen asegurado su empleo les interesan más los empleos de los otros o ir a machacar al PP? ¿Qué son antes, los principios o los intereses generales? ¡Abro debate! —dijo empleando la frase que habitualmente utilizaban cuando querían analizar un tema.

—Gracias, señoría —respondió Pablo con una ligera sonrisa algo forzada—. En el caso al que nos referimos, nuestros principios y los intereses generales coinciden.

—Sí, pero yo no me refiero ya a la reforma de la ley laboral —dijo Julen—, sino a las otras muchas ocasiones en las que no coinciden del todo esos conceptos.

Me levanté del sillón y comencé a pasear por la habitación mientras decía:

—Yo pienso que las convicciones no tienen por qué estar contrapuestas al bien superior, pero no veo cómo puede haber un bien superior que no tenga principios morales, porque entonces no es un bien. Otra cosa es que tus convicciones coincidan o no con los principios que deben informar toda acción política regida por el interés general. Si es que no, tus convicciones son inmorales y tu deber es cambiarlas o te convertirás en alguien situado en el lado oscuro. Entonces tus convicciones estarán enfrentadas a las necesidades sociales. ¿He de financiar a una dictadura repugnante porque necesito su petróleo? ¿He de comprar ropa hecha por niños esclavizados? Es decir, a hacer puñetas mis convicciones. ¿Podemos justificar la crueldad buscando el bien general? Con lo que justificamos algo inaceptable.

Julen intervino:

—Yo opino que hay que obrar según tus convicciones. Eso es lo que te hace grande. Y si en una situación dada tus convicciones chocan con lo que en ese momento se diga que es el interés general, en ese momento tienes que dimitir. Aunque… entonces

¿quién defenderá tus convicciones? —reflexionó en voz alta rascándose detrás de la oreja.

—Mira, Julen —añadí—. No sé la respuesta a lo del petróleo, puede que esto sea una aporía moral, pero en todo caso creo, como tú dices, que hay que luchar por las cosas en las que crees, por lo que te parece correcto. Y de paso también creo correcto que los delincuentes rindan cuentas. Que los que han colaborado, encubierto corrupciones o inmoralidades sepan que no hay escapatoria a las consecuencias de sus actos —apuró de un trago el resto de la copa y añadió—: y me estoy refiriendo también a los que cometen tropelías amparándose en sus convicciones. Todos los que prescinden de cualquier principio moral en la búsqueda de su sociedad ideal. Sin esos principios imprescindibles, no existe el bien general. Sin principios no hay bien, insisto. Estás en el lado oscuro.

—Pido la palabra —dijo Pablo—. Te estás desviando del debate. Dices que no sabes la respuesta a lo del petróleo. Yo sí creo saber que las convicciones no pueden estar por encima de tus responsabilidades porque las convicciones absolutas son el fanatismo y, si no valoras tu responsabilidad, estás dejando a un lado las consecuencias de tus actos y eres un irresponsable. Por tanto —continuó—, ha de primar el sentido de responsabilidad, ver las consecuencias; es decir, el interés general por encima de lo que tú pienses. Y, por tanto, para mí el bien es lo que me ayuda a servir el interés general y el mal lo que me lo dificulta —estuvo unos momentos en silencio y añadió con énfasis—: Yo compro el petróleo, finalmente. Y, de todos modos, creo que ante la inevitable presencia de lo malo solo cabe obtener lo más positivo de ello e intentar resarcir los daños.

—Pues no —añadí rápidamente—. Lo que tienes que hacer es no contemporizar con el mal, luchar contra él, tratar de restaurar el bien.

—Ah, pero también el bien —terció Julen—, lo bueno, puede ser injusto. Lo bueno depende de la cultura, de sus creencias, y estas difieren de un sitio a otro del mundo. Lo que es bueno para ti, colonialista, lo impones a otras culturas. Estás imponiendo la tiranía, el mal.

Yo respondí:

—Estamos entonces en el odioso relativismo.

—Claro que el relativismo es odioso, lo cómodo son las certezas. Pero ¿cuáles son las certezas? —preguntó Pablo—. ¿Dónde está la verdad?

—Ese es el principal problema de hoy. El reino de la mentira —añadí—, la mentira como forma de gobierno con la inmoralidad como aliada. Pero eso lo dejamos para otro día, que yo me muero de sueño y he de madrugar.

—Tenemos que releer a Max Beber, chicos —dijo Julen.

—Al final creo que la responsabilidad ha de moderar a la pasión. Eso se llama mesura, y esa mesura, esa ponderación, querido Álvaro, es lo que debe guiar a todos los que buscan mejorar el mundo.

—¿Sí? Pues, anda, pídeles mesura a Castro, a Allende, a Videla, a Pinochet y a todos los que nos quieren salvar —respondí.

—Pues sin mesura, es decir, sin medida —contestó Julen—, estás perdido. Porque en ocasiones te separan del desastre muy pocos metros. Fue a su dormitorio y volvió diciendo:

—Anda, Pablo, tómate una pastillita de estas porque necesitas dormir. No te preocupes, son muy ligeras.

—Creo que me vendrá bien. Muchas gracias… a los dos.

***

Durante las vacaciones parlamentarias de Pascua recibí una llamada de Pablo. Me contó que el día que saltó la noticia, al entrar en el ayuntamiento, todos lo miraban, que por donde pasaba se hacía el silencio. Su secretaria no dijo nada, como si no hubiese leído la noticia que aparecía en todos los periódicos. Lo mismo hicieron sus colaboradores más cercanos. Solo el secretario municipal se asomó a su despacho para decirle:

—Cuenta conmigo para lo que necesites.

Antes de salir por la tarde, reunió a su equipo de confianza y comentó:

—No sé lo que pensaréis, pero yo les he dicho que nada de eso es cierto y espero que se acabe demostrando.

Durante unos días, la prensa machacó con lo del suplicatorio. Incluso en algún medio local se daba a entender que el alcalde había intentado violarla y que solo la tenaz oposición de la chica lo impidió.

Él me contó que, a pesar del escándalo en la prensa y el revuelo que se produjo en el pueblo, se encontraba bastante tranquilo. Un médico le proporcionó unos ansiolíticos y unas pastillas para dormir. «Mira», le dijo el doctor, «tómate esto. No va a resolver tus problemas, pero te ayudará a afrontarlos en mejores condiciones que en las que te veo». La conversación me tranquilizó porque continuamente pensaba cómo estaría llevando la situación.

Pippa y yo estábamos pasando una magnífica Semana Santa en Marbella. Tiempo espléndido, los ingleses bañándose en el mar. Los chiringuitos, a tope. Por las noches con un ligero jersey bastaba.

El Viernes Santo fuimos a ver la procesión del Cristo de la Buena Muerte que los legionarios de Ronda llevaban a hombros por el centro de la ciudad. Desfilaban, cabeza erguida, pasos largos y cadenciosos, entre el silencio de todos y el recogimiento de muchos. Percibíamos los tambores que con un rítmico sonido precedían al Cristo. «Bon, bon, boom, bon…». De pronto, el sonido de los cornetines que los cabos gastadores portaban braceando al ritmo del tambor se oyó como agudos latigazos al cielo oscuro de la noche. Cuando se detenía esa música espectral, los legionarios cantaban algo que a Pippa impresionó mucho, que se había convertido en el himno de la Legión: «Soy el novio de la muerte, soy un hombre a quien la suerte hirió con zarpa de fiera…».

El olor a jazmín, a dama de noche, a la cera de las velas que los miembros de las distintas cofradías portaban con su lento y majestuoso paso impregnaban el aire ejerciendo en nosotros un efecto narcotizante.

Cuando pasó el Cristo yo me santigüé y también Pippa, que era anglicana. Poco antes de eso, cuando la imagen se acercaba, yo intenté mirarle a la cara y susurré: «Señor, aunque yo te ignoré, tú no me ignores a mí. Tú ahora ya no me necesitas, pero yo a ti sí».

La religiosidad popular, el fervor, era enorme. Le dije a Pippa:

—La mayoría de esta gente luego no va a misa los domingos, no creas.

Ella se encontraba muy emocionada, casi estremecida por lo que presenciaba. No respondió nada, me agarró del brazo y se arrebujó junto a mí. Un niño peguntó a su padre, que le llevaba de la mano:

—Papa, ¿ónde está la cabra?

—No lan traío porque está llorando.

—¿Y por qué llora?

—Porque hoy ha muerto el Señor.

Pippa, que oyó la conversación, me miró.

—Este tampoco va a misa, pero así es la religiosidad de muchos hoy en día.

El Sábado de Gloria se presentó claro, fresco, radiante. Desayunamos en la terraza del hotel frente al mar. Al fondo se divisaba una regata de pequeños veleros.

Para mí, el lujo y la felicidad siempre están relacionados con la falta de prisas y el olor de jazmín de día y de la dama de noche al atardecer. A esa terraza llegaba un intenso aroma de jazmín mezclado con olor de césped recién cortado.

Un gran amigo mío, al enterarse de que estábamos allí, nos invitó a comer a casa de su madre. Gran anfitriona, los sábados organizaba pequeños almuerzos, de diez o doce personas, para amigos cercanos y familiares.

Ella era una de las grandes damas de la Marbella anterior a los árabes o los rusos. Querida y respetada, formaba parte de ese selecto grupo de personas de diversos orígenes, cultas, ricas y cosmopolitas, que tempranamente arribaron a ese entonces pequeño pueblo de la costa y acertadamente descubrieron que allí estaba el paraíso.

La casa, a los pies de Sierra Blanca, la montaña mágica que a lo largo del día cambia de forma y de color, tenía un extenso y llano jardín en la parte de atrás; quizá un par de hectáreas. Al fondo había un pabellón que servía a la vez de vestidor, bar y zona de sombra para los que se bañaban en la piscina cercana.

Acabada la comida en el interior de la casa, pasamos a tomar el café al porche frente al despejado jardín; solo césped, delimitado a ambos lados por arbustos, parterres florales y hierbas aromáticas que nuestra anfitriona cuidaba personalmente.

Cuando escribo esto me acuerdo de aquel proverbio chino que dice que, si quieres ser feliz un año, cásate; si quieres ser feliz muchos años, aficiónate a la lectura, pero si quieres ser feliz toda la vida, hazte jardinero. La dueña de la casa era feliz allí con su familia, su jardín y un listísimo, pequeño y no muy guapo perrito de raza indefinida que adoraba a su dueña tanto como ella a él.

Estábamos en un interesante momento de la conversación general cuando la señora de la casa pidió un poco de silencio. El perrito había llamado su atención y posteriormente la nuestra, emitía un extraño ruido que no era un ladrido, era una especie de gemido y chillido a la vez. Fijamos nuestra atención en él y vimos que el perrito orinaba como nunca habíamos visto hacer a un perro. Lo hacía derecho a cuatro patas, no levantando una, como es habitual, sino espatarrado mientras emitía ese angustioso sonido. Siguió un expectante silencio de los presentes y de pronto, como un rayo, observamos que un águila, tras describir una serie de círculos por encima suyo, se precipitó hacia él, le clavó las garras en el lomo y, levantando el vuelo, se lo llevó consigo.

Pippa se irguió en su silla dejando escapar un pequeño grito y la estupefacción de todos los presentes nos mantuvo unos segundos sentados. Instantes después, abandonamos la mesa en tromba y corrimos hacia el jardín. El águila, que procedía de Sierra Blanca, se elevó rápidamente sobre el cielo hasta casi hacerse imperceptible. Nosotros, aturdidos y desconcertados, no dábamos crédito a lo que nuestros ojos habían visto. Un hijo suyo se acercó a la dueña de la casa y le pasó un brazo por los hombros mientras le daba un cariñoso beso en la mejilla. Mientras, el águila cambió de rumbo hacia donde había pillado su presa y, todavía a una considerable altura, la dejó caer, como acostumbran a hacer, para estrellarla en el suelo y luego llevársela más cómodamente vencida ya su resistencia. Presenciamos asombrados e impotentes cómo caía el animal y de pronto…, «plaaff», el perrito cayó sobre el agua de la piscina.

Una vez más, nos quedamos sin capacidad de reacción, hasta que la señora de la casa echó a correr hacia donde el perro nadaba y gimoteaba, seguida de todos nosotros.

Una vez fuera del agua, comprobamos que el animal tenía todo el lomo lleno de profundas heridas que las garras le habían causado. Los hijos de la dueña llamaron al veterinario para que desinfectase y curase las heridas del pobre perro. Nosotros, tras felicitar y abrazar a nuestra aterrada anfitriona, que lloraba y reía a la vez, abandonamos la casa para no estorbar con nuestra presencia.

Ya en el coche, de regreso al hotel, seguíamos sin poder asimilar lo que habíamos presenciado, algo que, si nos lo hubiesen contado, nos hubiera parecido increíble. Pero así sucedió.

Al día siguiente fuimos a Ronda, la ciudad soñada del poeta Rilke. Yo había estado allí muchas veces y ahora quería enseñársela a Pippa. Conducía un pequeño descapotable. Las impresionantes vistas sobre el mar, que se muestran conforme se asciende esa carretera, dan paso a las de las lejanas montañas de la serranía. Aquello generaba en nosotros la dicha que el contacto con la naturaleza proporciona a la gente de ciudad.

Del bosque mediterráneo que nos abrazaba venía un olor a jara en flor, a tomillo y a muchas otras plantas que la brisa primaveral nos traía envolviendo nuestros sentidos.

En este viaje yo estaba muy ilusionado; también porque quería visitar el Museo Peinado, que hacía poco se había abierto en un antiguo palacio. La casa había pertenecido a mi querido amigo Gonzalo Moctezuma, y que luego la donó a la ciudad. Pippa me preguntó quién era Peinado. Le dije que un pintor de la Escuela Española de París, quizá uno de los vanguardistas que más puramente aplicó las lecciones de Cezanne. Peinado era un limpio poscubista muy esencial. De pronto me sorprendí recitando a Pippa los versos de Alberti:

> «*Lo principal del arte ya está contado.*
> *Es de Ronda y se llama Joaquín Peinado.*
> *Tan fina y seriamente ¿quién ha pintado?*
> *¡Qué alto y severo, si este pintor hubiera sido torero!*».

Ella había vuelto la cabeza y me miraba. Se acercó a mí y me dio un ligero beso mientras me decía al oído:

—No cambies nunca, *dear*.

Puede que esos días que pasamos en la costa hayan sido los más placenteros de mi vida. Pippa me diría, muchos años después, que fueron los más felices que podía recordar.

Cuando volví a Madrid, no había nadie en el piso, las vacaciones parlamentarias duraban todavía algunos días más. Pippa me llamó preguntándome si había llegado alguno de mis compañeros.

—Esto de las vacaciones parlamentarias me pone negro, cuando lo oye cree que estamos realmente de vacaciones, sin dar golpe. En realidad, son días de mucho trabajo necesarios para reunirnos con asociaciones, con grupos de ciudadanos o para llevar asuntos de nuestras respectivas circunscripciones. También hemos de atender las peticiones de los cargos electos de nuestras provincias... Es algo que se suma a todo lo anterior, muchas veces son unos días de locos.

—Ya lo sé, *dear*...

—Sí, pero pasa igual que cuando las cámaras de televisión sacan el hemiciclo semivacío, piensan que estamos en el bar o algo así. No se les ocurre pensar que los diputados están en su despacho, trabajando. En el pleno acostumbran a estar los que tienen un concreto interés por el tema que se trata o quieren oír a un compañero. Y, en todo caso, el resto sigue los debates desde los monitores de sus despachos. De todas formas, pienso que esto es una batalla perdida, la gente cada día tiene peor opinión de nosotros.

—Bueno, no tanto, de algunos quizá sí, pero no de todos. Y yo, mi guapo chico, cada día tengo mejor opinión de ti.

—Te quiero, preciosa. Oye… creo que entra Julen.

—Dale un beso de mi parte.

—De eso nada, tus besos son todos para mí, y además, si le doy un beso, este sale corriendo escalera abajo.

—Pero… ¿se lo darías?

—En según qué ocasión, pues claro, pero no como los que te doy a ti.

—Eso espero, ¡fiera!

—¡Te voy a comer viva cuando te vea!

—Viva no me dejo. ¡Caníbal!

—Vale, pues en la *petite mort*.

Julen entró derecho al baño.

—¿Hablabas con Pablo? —dijo al salir.

—¿Por qué?

—Como hablabas bajito…

—No, era Pippa. Pablo viene pasado mañana. Está bien.

—Ya me ha contado. El que no está en su mejor momento soy yo.

—¿Qué pasa?

—Que esto no hay quien lo aguante, tío. Ya sabes lo del concejal que mataron esos hijos de puta hace un par de días. Hoy ha sido el funeral; no veas la mujer y esos niños. Uno de ellos se abrazó al féretro. Yo es que no puedo, tío, no puedo. Lo que no entiendo es que el hermano de este o del anterior, o su padre, o su hijo mayor, no se suba a una moto con el casco puesto y cuando un par de esa panda de borrachos salga de una de esas *herriko tabernas* les suelte dos tiros y salga con la moto cagando leches.

—Seríamos iguales que ellos, unos criminales.

—Para nada. A lo menos que uno tiene derecho es a defenderse. Es lo que no entiendo, que no pase cada vez que matan a alguien. Por más que me lo expliquen no lo entenderé nunca. Yo te juro que, si a mí me matan a uno de los míos, no se me escapa ni uno.

Cuando llegó Julen preparé un par de copas. Estuvimos un rato en silencio.

—Iremos luego a tomar algo abajo.

—Álvaro, ¿te he contado alguna vez lo que Gregorio Ordoñez contó a Javier Peón?

—Pues no sé... ¿El qué?

—Un día Gregorio llamó a Javier diciendo que quería verle para consultarle algo. Javier estaba ocupadísimo, era portavoz de Industria y en ese momento se tramitaba la ley eléctrica, de la que era ponente. Preguntó a Gregorio si podían hablarlo por teléfono, pero él le dijo que no, que era muy importante. Quedaron en verse un momento en San Sebastián.

»Gregorio solo quería saber una cosa: si Odón Elorza, alcalde de San Sebastián, estaba protegido por algún tipo de fuero, algún aforamiento que impidiese que se le pudiese interponer una querella. "Quiero que se investigue algo muy gordo", le dijo. "Están pasando cosas tremendas en la Policía Municipal de San Sebastián,".

»Peón le dijo que no tenía ningún fuero especial. No habría problema para la querella si quería ponerla.

»Poco tiempo después, Gregorio, horas antes de ser asesinado, estuvo hablando con Carmen Gurruchaga. Le contó que había presentado un recurso contra la no admisión a trámite de la demanda interpuesta por él mismo contra el alcalde Odón Elorza, el jefe de la Policía Municipal y el cabo Lizárraga "en un intento de acabar con los soplones de ETA en la Policía Local". Y añadió: "Para no admitir a trámite la querella, el juez tardó seis horas, pero para responder al recurso necesita más de un mes".

»Este es un asunto novelesco pero real, Álvaro. Fíjate.

»Alfonso Morcillo, sargento jefe de la Brigada de Investigación de la Guardia Civil, trabajaba coordinado con el fiscal Navajas, a quien pasaba la información que iba obteniendo en sus pesquisas sobre este asunto. También pasaba la misma información al coronel Galindo, por lo que este se hallaba al tanto de todos los descubrimientos. Este coronel estaba siendo investigado por el fiscal Navajas.

»Poco después Morcillo fue asesinado por ETA.

»¿Qué te parece?

—Acojonante, Julen.

—Pues con eso y todo no pasó nada. El Elorza ese volvió a ganar la alcaldía que hubiera perdido si se hubiese presentado Goyo. También se perdió la oportunidad de dar un vuelco a toda la política vasca si hubiéramos gobernado en San Sebastián. Pero, aparte de eso, no pasó otra cosa.

—¿Qué quieres decir?

—Pues que el cambio sustancial, definitivo, vino dos años después con el asesinato de Miguel Ángel Blanco. Eso lo cambió todo.

»Hasta entonces no había Estado de Derecho en Euskadi porque el Estado no te protegía y la sociedad tampoco. Ese día se quebró la indiferencia social hacia las víctimas. Miguel Ángel era hijo de un albañil emigrante. No era uno de los Delcraux, que pagaron para que lo soltaran. Un empresario secuestrado era un explotador que no entendía lo que el pueblo deseaba. Tampoco era Rupérez, ministro de la UCD, por el que parece que el Gobierno también pagó.

—Pero Suárez negó repetidamente que se pagase por su liberación.

—Sí, pero para liberarlo los etarras exigieron la excarcelación, entre otras cosas, de cinco reclusos. El doce de diciembre lo liberaron y el veintidós de ese mes salieron libres catorce presos de ETA.

—Sería casualidad…

—Pues lo que tú digas. Yo digo lo que digo.

»El día del asesinato de Miguel Ángel, un hijo del pueblo, se evidenció que ETA despreciaba a ese pueblo por el que decía luchar, solo le interesaba "su pueblo".

»El Gobierno tuvo una inmensa suerte con la familia Blanco. Marimar, en los primeros momentos, dijo que no era justo que un hombre de veinte años muriera por la política. Con la liberación de Ortega Lara, el Gobierno y la sociedad española se habían apuntado un importante triunfo. Se vinieron arriba. Aznar hizo una apuesta fuerte y se negó a negociar.

»En el velatorio, una portavoz de la familia se quejó de que el Gobierno no había hecho lo suficiente para liberar a Miguel Ángel. Pero hubo suerte, la familia finalmente cerró filas con el Gobierno y calló. A partir de ahí, ya no se volvieron a publicar las cifras de lo que se pagaba en los secuestros y se obvió que lo estrecho del embudo le tocó al valiente hijo de un albañil.

»¿Qué deriva hubiera tomado el caso si con esas inmensas multitudes en todas las calles de España, la familia Blanco hubiera seguido en su primera actitud de culpar al Gobierno de cruzarse de manos aceptando como inevitable el desenlace? ¿Nunca se había negociado con ETA? ¿Nunca se volvería a negociar con ella?

»Tuvimos suerte porque esa patriótica actitud de la familia Blanco permitió a los españoles ver que ETA, además de repugnante, era algo a lo que se podía derrotar por las vías democráticas como se vio en Ermua; una revolución del pueblo, de la gente.

—Déjalo ya, Julen, deja eso ya. Anda, acábate la copa y vamos abajo a tomar algo, que me has dejado un cuerpo…

4

Al día siguiente, cuando me levanté, Julen ya había preparado café.

—Te has despertado pronto.

—Es que he dormido fatal...

—Tómate el café y nos vamos al gimnasio, que yo necesito machacarme un poco.

—No me dará mucho tiempo, a las diez tengo una cita en Génova.

—De sobra. Haremos un entreno exprés.

—¿Y eso qué es?

—Ya lo verás, te deja nuevo.

—¿Dura mucho?

—Treinta minutos, tío.

El gimnasio estaba cerca de casa. Nos cambiamos rápido. Al entrar en la sala, le dijo a Jesús, su entrenador:

—Hazle un entreno exprés a este, que yo voy por mi cuenta...

—Vamos primero con las pesas. Haremos una serie de pecho, diez levantamientos despacio y luego otra de bíceps, pero sin descanso en cada serie —Jesús le apremió—: Ahora, de inmediato, no pares: otras dos series de diez repeticiones trabajando otra vez pectoral y luego otra más de bíceps... Al terminar no descanses; vamos, rápido a máquinas, Álvaro. Haremos dos ejercicios diferentes más, de pecho y bíceps, tres series, diez repeticiones también... Luego, sin parar, venga a la cinta a correr cinco minutos, para sudar un poco. No te asustes, te pongo una intensidad moderada... Mañana haremos igual con espalda y tríceps. El tercer día haremos hombro con abdominales y lumbares. Al cuarto día trabajaremos piernas. Y el quinto día de la semana estiramiento, sauna y masaje...

Cuando acabamos, un rato después, estaba exhausto.

—¿Y tú esto lo haces todos los días? —pregunté a Julen.

—Todos los días no. Lo hago cinco días de cada mes, luego me escapo cuando puedo al gimnasio, pero entonces voy tranquilo, hago mi entreno normal.

—Pues yo quizá también te acompañaré algún día, pero solo a los entrenos que tú llamas normales. Y si me gusta, me hago socio, porque el sitio está bien.

—También puedes hacer piscina. Necesitas ejercicio, tío.

—Bueno, y ¿qué pasó con la periodista esa?

—Pues nada, tomamos un café en el Palace y me contó que tenía novio.

—Será que no le interesaste mucho.

—Yo siempre les intereso a todas, tío, y a más de uno. Je, je...

—Joder, se ve que no tienes abuela. Bueno, yo me voy a Génova, que no llego a mi cita.

***

Cerca de un mes después, la noticia corrió por el Congreso: Ana Palacio acababa de firmar el acuerdo con Rabat sobre el conflicto de Perejil. En el bar, los diputados de nuestro grupo comentaban satisfechos el asunto.

—Anda que si no es por Powell ya me dirás cómo salimos de esta, Álvaro.

—Lo que no puede ser es que esos cabrones de franceses se enfaden con la presidencia de la UE por pedir a Marruecos que retirara sus tropas y por expresar su solidaridad con nosotros. Le llegaron a decir que por qué se metía la Unión Europea en un asunto meramente bilateral de dos países amigos... —afirmé.

—¡Hay que joderse!

—Lo que está claro es que las diferencias internas en la UE impidieron una respuesta contundente.

—Pues por eso mismo el interés de nuestro Gobierno en mantener un especial vínculo de amistad y colaboración con los Estados Unidos fue un total acierto.

Sentado en una mesa cercana a la nuestra, un diputado del PSOE debió de escuchar de qué hablábamos y, con un tono amigable, se dirigió a nosotros:

—Si no es por Powell, ya me contareis cómo hubieseis salido de donde os metisteis.

—Donde nos metieron los moros, tío —dijo Julen—. ¿Y vosotros qué hubierais hecho?

—Hombre, tampoco estaba claro que Perejil fuera nuestro.

—O sea, que hubierais dejado que Hassan se apuntase el tanto.

—Eso no lo sé, a lo mejor también hubiéramos hecho lo mismo.

—Y luego —respondió Julen— igual os saca del lío la Internacional Socialista, tío.

—¡Coño, Julen!, que tú y yo somos amigos, no te pongas así.

El timbre que anunciaba las votaciones acabó con la conversación, y salimos todos corriendo hacia nuestros escaños.

Al acabar el pleno, un grupo de diputados amigos, Julen y yo nos fuimos a cenar algo. Pablo se marchó al piso porque estaba cansado. De hecho, desde lo de la querella rehuía el trato con la gente.

Cenamos bien, aunque nos pareció un poco caro. Un diputado valenciano nos propuso ir a tomar una copa.

—Venga, vamos al Manzanitas, que está muy animado.

—Yo no voy, que tengo que madrugar —dijo uno que se desmarcó.

—Yo sí, pero solo una copa y me marcho —saltó otro.

—Venga, señorías, que hay chicas nuevas —nos animó el promotor de la idea.

—Sí, nuevas pero muy usadas —contesté yo.

—Vamos a echar un vistazo y nos vamos, Álvaro —me animó Julen, al que vi con ganas de jarana—. Mirar no perjudica.

Lo pasamos bien, bailé un poco con una chica y luego me fui. Julen había desaparecido y no sé a qué hora volvió a casa. Cuando me levanté a las ocho se escuchaban sus ronquidos por todo el pasillo. Pablo y yo fuimos a desayunar al bar de abajo.

—El valenciano ese es un peligro —dijo.

—¿Sí? —le respondí yo—. Pues díselo a su mujer, que está loca por él…

5

Cuando tenía doce años me metieron en un internado inglés. Estaba relativamente cerca de Londres y lo regían monjes benedictinos. Estuve allí un par de años, hasta que sucedió lo de Alfred.

Mi abuelo siempre me acompañaba antes de comenzar el curso y aprovechábamos para pasar juntos unos días en la capital. Acostumbrábamos a repetir más o menos el mismo programa: una cena en algún club inglés que tuviese correspondencia con el suyo de Madrid. Un paseo por Savile Row para visitar al sastre, al camisero y también al zapatero al que el abuelo encargaba los zapatos a medida. Como tenían su horma, solo iba a elegir los modelos y luego se los enviaban a casa.

No dejábamos de acudir a alguna de las importantes exposiciones de arte del momento e inexcusablemente realizábamos una lenta visita a la National Gallery en Trafalgar Square. Siempre nos deteníamos ante la *Virgen de las Rocas*, de Leonardo.

Mi abuelo me contó un día que, en realidad, el original estaba en el Louvre y aquella era una segunda versión. «Esta pintura es muy enigmática —me dijo—, está llena de alegorías y símbolos. Es su obra más interesante después de *La Gioconda*». «En la versión del Louvre —me explicó— se vislumbra oculto de manera casi imposible de ver, podríamos decir que el pintor lo escondió en el cuadro, un perro atado con una correa. Dicen que se estaba refiriendo a la corrupción del papado de entonces y a la Inquisición española».

Luego siempre nos dirigíamos a ver los Turners, donde ambos nos extasiábamos viendo la magia de su luz y su color. «Mira esta pincelada», decía mi abuelo.

En una ocasión, al salir del museo, me propuso ir a cenar a su club, en el Pall Mall.

—Aunque es un poco pronto para nosotros, tomaremos una copa antes. Los viernes por la noche ponen un menú *surprise* que suele estar bien.

Cuando subíamos por la escalera, mi abuelo tomó la palabra; le encantaba hablar, pero tengo que reconocer que su charla era fascinante en muchas ocasiones y en otras siempre destilaba una cierta sabiduría propia de la edad y el sentido común que le caracterizaba:

—Aquí no pueden entrar mujeres solas, eso tranquiliza a nuestras esposas. También hay una sala en la que tampoco pueden entrar ni siquiera acompañadas por caballeros; eso está bien, no necesitan saber si un determinado señor está charlando con otro. Puede ser una reunión que no conviene que se conozca. Claro que un socio puede irse de la lengua, pero las mujeres en ocasiones no son conscientes de la transcendencia de una reunión, que, si se sabe, puede alertar a muchos de según qué cosas.

»También hay una sala en la que no se sirve bebida hasta una cierta hora y otra en la que no se puede hablar. Estas salas en las que no se puede decir nada son un tesoro para los socios. Puede que no te apetezca hablar, Álvaro, cuando la prensa está anunciando la pérdida de importantes activos de tu empresa o la quiebra de tu suegro.

»Son un refugio —continuó— cuando los jueces te llaman a declarar por asuntos delicados o cuando están a punto de imputarte un delito. Por otra parte, ¿quién tiene ganas de hablar con nadie cuando una señorita que conociste fugazmente hace tiempo sale en las revistas diciendo que tiene un hijo tuyo?

Ya en el bar, el abuelo saludó en español a un camarero gallego que trabajaba allí desde hacía años:

—Camilo, ¡amigo mío! ¿Cómo te trata la vida?

—Muy bien, excelencia. Me alegro de verle de nuevo.

—Yo también, Camilo, pero te he dicho muchas veces que no me llames excelencia. Yo no soy un lord de esos. Mira, ponle a mi nieto un jugo de tomate preparado. Te autorizo a que le añadas, además de tu fórmula, unas lágrimas de Tío Pepe. A mí un *bloody mary* como Dios manda, y sé generoso con el vodka, no saques ahora tu tendencia gallega hacia el ahorro. ¿Qué tenemos en el menú hoy?

—No debo decirlo, excelencia; si lo hago, no habría sorpresa.

—He de reconocer que siempre tienes razón; igual que mi mujer. Sois terribles.

Luego añadió para mí:

—Conozco a Camilo desde que era niño, su padre trabajaba en el pazo de mi madrina en Tuy. Se ocupaba de la plantación de camelias de mi tía. Ella no andaba muy sobrada de efectivo y los ingresos de esa plantación cubrían los gastos del pazo y su muy moderado estilo de vida. Camilo vio que allí no tenía gran futuro y se vino a Inglaterra.

»Aquí se come regular, pero yo vengo por verle; él lo sabe y me lo agradece. Yo le tengo cariño. Pero volviendo al tema, la gente que siempre tiene razón, aunque la tenga, a la larga resulta un poco odiosa.

—¿Te resulta un poco odiosa la abuela?

—En absoluto, su buena cabeza me ha salvado de muchas cosas. Aunque desde luego que los viajes que hacemos por separado, como este, me permiten reponerme de tanta sabiduría.

Ya en el comedor, volvió a tomar la palabra. Siempre que me contaba algo buscaba ilustrarme, que yo aprendiera alguna cosa.

—Fíjate, Álvaro, qué interesante. En este club Julio Verne situó el inicio y final de la aventura de Phileas Fogg en su famoso libro de *La vuelta al mundo en 80 días*. ¿Sabes cuál fue una de las últimas frases de Verne, cuando se estaba muriendo? «Todo tiene un final, todo muere, incluso el hambre de las personas que no han comido». Pues venga, vamos a cenar antes de que el hambre se nos muera.

»¿Ves cómo come y bebe toda esta gente? —prosiguió el abuelo—. Esa es la educación inglesa, pura hipocresía. Hacer como que no se come ni se bebe. Ligeros sorbitos, pequeñas porciones en el tenedor. ¿Que estás sentado entre dos señoras, una guapa y lista y otra tonta y fea? Pues que no se note que te gusta la guapa y dale también conversación a la fea, a ser posible fastídiate y dale un poco más de charleta. ¿Que acompañas a un cóctel a una señora a la que le apetece algo tonificante? Pues ofrécele un *gin-tonic* o un *bloody mary* para que parezca que toman una simple tónica o un zumo de tomate. Si hay champán, vete directo a pedir una copa para ella porque llevar entre manos algo francés siempre es chic en este país. En todo caso, siempre puedes ofrecerle un vino blanco, que resulta más elegante que el tintorro. Les gusta el vino blanco…, sí. Es como muchas de ellas, gélido y descolorido.

»¿Te he contado el cóctel al que fui en Londres el año pasado? —continuó—. Yo no tengo ganas ya de ir a esos saraos, pero mi amiga, la que nos ha invitado a ir mañana a su casa de campo, me pidió que la acompañase para no ir sola.

»Se celebraba unos días después la subasta de joyas que habían pertenecido a Elisabeth Taylor. Para que el público, la crema de la *highlife* londinense, pudiese ver con tranquilidad las alhajas, ofrecieron un cóctel en la sala. Algunas señoras llevaban tocados de los años sesenta en homenaje a la actriz, zorros rosados al hombro a juego con el color de sus zapatos, joyas más grandes que algún diminuto y sofisticado bolso.

»Una señora de figura y piernas maravillosas llamó mi atención porque, al girar su cara, tersa y luminosa, no fui capaz de aventurar si tenía cincuenta o setenta años, como sus manos delataban. Portaba un enorme brillante para que la gente le mirase en lugar de mirar sus manos. Llevaba en ellas un archienano y frágil perrito celebrado por las amigas al lucir unos pendientes en platino y brillantes a juego con los de su dueña.

»En el catálogo, varias piezas salían por encima de los tres millones de libras, y otras, en ciento cincuenta mil, eran consideradas una oportunidad por los asistentes. El día antes, las bolsas europeas habían protagonizado un pavoroso desplome y las noticias eran negativas y contradictorias, pero circulaba el champán y en el fondo de las copas de los *martinis-vodka* centelleaba un granito de caviar para distinguirlas de los *dry martinis*. Un señor reñía a un camarero por no saber qué era un *phait gin*. Entre tanto, la portadora del perrito se desplazaba susurrándole con un infinito mimo que para sí hubiera deseado alguno de sus exmaridos: *"Est-ce que tu es fatigué, mon amour?"*.

»Así son las clases altas de la sociedad inglesa, querido Álvaro, lujo y decadencia; y, sin embargo, aunque te parezca mentira, pertenecen a una nación admirable. La mayor defensora de la libertad que hay en el mundo. Para estas clases altas, indolentes y holgazanas, esnobs, lujuriosas e hipócritas, el mayor pecado, el imperdonable, siempre fue la cobardía, y la mayor virtud, el sentido del deber.

»Todas esas personas son vistas por el rojerío como una panda de parásitos, de seres despreciables. Desde luego que algunos lo son, pero otros muchos son hijos y nietos de los que hicieron grande a Inglaterra. Unos están jubilados, otros siguen trabajando en sus profesiones, o ahorrando e invirtiendo, generando la riqueza que después es necesaria para atender a las necesidades de la comunidad y de sus miembros que menos tienen.

»Hemos de pensar que se merecen un poco de respeto de los muchos políticos que no han cobrado nunca una nómina que no venga de los sitios donde les ha colocado el partido. Un respeto al menos. Y no hablemos de esos sindicatos que creen que los patrones son delincuentes engordados con la sangre del proletariado.

»Mira, Álvaro, en la vida social hay mucha gente a la que podríamos tildar de superficial. No van a ser todos magistrados, catedráticos o filósofos. Pero —añadió el abuelo tras acabar su copa de vino— a la gente que consideramos superficial yo la divido en dos grupos. Los verdaderamente superficiales, gente que siempre ha estado nadando en la espuma de las olas y no se ha alejado mucho de la playa; y luego están los que han nadado y luchado contra el mar bravío, pero que en un momento dado la vida les ha dado un calambrazo y en el instante final, antes de ahogarse, han tenido la suerte o la entereza de poder dar una patada al fondo, que casi ya tocaban, y ascender raudos a la superficie. A todos los ves ahora en la superficie, pero no todos son iguales.

Tras la cena, pasamos al salón de fumadores. El abuelo sacó un Hoyo de Monterrey de una petaca de piel de cocodrilo que en una esquina llevaba sus iniciales en oro y pidió un Calvados.

—Mira qué curioso, Álvaro, la piel de esta petaca viene de un caimán que fue cazado cerca de donde se cultivaba este tabaco. Así es la vida, siempre injusta, unos mueren, otros disfrutan.

—Pero… ¿qué tal ese colegio?

He de decir que ese colegio, al igual que el resto de mis futuros estudios en el extranjero, lo pagaba él.

—Pues bien…, no está mal.

—Yo sé que ahí aprenderás cosas buenas y cosas malas. No te preocupes, todas te servirán. Y por las cosas menos buenas que aprendas tampoco te preocupes. Todos las hemos hecho a tu edad. Pero ¿eres feliz ahí?

Dudé antes de responder.

—No, abuelo.

Tras el largo silencio que siguió, tras expulsar de nuevo el humo de su puro, me preguntó:

—¿Sigue pegándote?

—Ya no, abuelo.

—¿Cuándo fue la última vez?

—Hace más de un año que no lo hace.

—Si lo vuelve a hacer, dímelo, que la paliza se la van a dar a él.

El abuelo guardó silencio un rato largo antes de preguntarme:

—¿Te acuerdas de tu hermano?

—Claro que sí, abuelo, pero procuro no pensar en ello.

—Lo comprendo, fue terrible para ti, para todos nosotros. No entiendo cómo tu padre no se dio cuenta del problema. Pero ¿cómo se va a dar cuenta de nada? Si solo está pendiente del juego y de las putillas que se liga. Todavía no sé cómo he engendrado a un canalla de semejante calibre. ¿Le odias?

—No lo sé, abuelo.

—Lo comprendo, pero me tienes a mí y a tu madre. ¿Cómo está ella?

—Pienso que es muy desgraciada, aunque nunca se queja de nada.

—He de agradecerle siempre que no se separe de tu padre para no dejarte bajo su patria potestad.

—Así es, abuelo, pero no te preocupes, yo estoy bien.

Por la noche, en la habitación del hotel, pensé en mi padre.

Abogado, apenas ejerció unos años en el prestigioso bufete de un amigo. Realmente su labor allí era traer clientes importantes. De joven formó parte del equipo español de hípica en las Olimpiadas. De piel extremadamente oscura, tenía unos ojos extraños, verdes como los de una culebra. Dientes blanquísimos, sobre cuyo labio superior destacaba un finísimo bigote. Alto, hierático, asténico, mantenía un permanente deje de desprecio hacia los que consideraba inferiores a él, que solían ser casi todos los que no fuesen ricos, aristócratas, guapos, divertidos o influyentes. A pesar de todo, su elegante aspecto y la extraña fascinación que ejercía sobre las mujeres consiguieron conquistar a mi madre, una belleza pelirroja, nieta de un lord escocés, que nada más verle quedó prendada de él.

A él también le gustó ella, como le gustaba cualquier cosa con faldas, y no le pareció nada mal la impresionante fortuna de su suegra, que al casarse con un español se quedó a vivir en Madrid.

Mi abuelo me había preguntado esa mañana si odiaba a mi padre, y le había respondido que no lo sabía; sin embargo, lo que sí sabía era que odiaba estar cerca de él, y cuanto más lejos estaba, mejor se sentía.

El sábado por la mañana vino a buscarnos al hotel el coche que la antigua amiga de mi abuelo envió para llevarnos a su casa de campo, a una hora más o menos, cerca de Londres.

El abuelo me contó que quiso mucho a esa señora en otra época y que aún mantenían un mutuo afecto. Ella ocupaba el decimoquinto o decimosexto lugar de sucesión al trono de Reino Unido y vivía ya retirada en una de esas magníficas casas del campo inglés llenas de retratos, antigüedades y trofeos coloniales.

Esos días, Alfred estaba pasando una temporada con su abuela. Nos saludamos, encantados de descubrir que compartíamos la misma clase en el colegio. Nunca habíamos hablado mucho, pero en ese par de días nos hicimos muy amigos.

Esa amistad se consolidó en el internado y en poco tiempo era como si nos conociésemos de toda la vida. Yo encontré en él algo, no sabía bien qué, compartido. Experiencias vitales que conforme pasó el tiempo fuimos confesándonos. Confidencias que nos unieron como nunca lo habíamos estado con nadie. Lo que ese joven y guapo chófer de su abuela le hizo —«Como cuentes algo de esto te capo»— y cómo él se debatía entre el aterrador placer que sentía y su rechazo a esas cosas. Alfred siempre acababa llorando. Yo le consolaba diciendo que Dios castigó a ese cerdo cuando se estrelló contra un árbol cuando fue a buscar a su abuela a casa de la princesa Margarita. Iba borracho como una cuba.

El internado acabó siendo un buen sitio para mí, aunque echaba muchísimo de menos a mi madre. Pero al menos estar lejos de mi padre me proporcionaba seguridad.

No sé cómo contar lo que meses después sucedió. Un *weekend*, la abuela de Alfred me invitó, como ya era habitual, a su casa. Mis abuelos iban a ir a pasar unos días allí, pero al final no pudo ser.

Ese día, Alfred y yo estábamos practicando el tiro al plato en un espacio despejado algo lejos de la casa. Él no podía cerrar su escopeta con el cartucho ya puesto. Le dije que me dejara ver, la manejamos entre ambos… y el tiro se disparó directamente a su cara.

No contaré lo que siguió.

Ahora pienso que, quizá de esa manera, nunca he querido igual a nadie. Ese doloroso recuerdo, por lejano que sea, me acompañará siempre.

Alfred siempre tuvo oculta, yo fui la excepción, la abrasadora herida que marcó su corta experiencia vital. Eso permitió que yo también pudiese oxigenar algo mi vida confiándole mis penosos relatos.

He dicho que no contaré las escenas de dolor que sucedieron en esa casa. Pero sí contaré lo que a mí me ocurrió.

Me quedé sin habla, de manera literal; es decir, no podía hablar. No es que no quisiera, sino que no podía hacerlo.

Avisados mis padres de la tragedia sucedida, se personaron de inmediato en el primer vuelo que salía para Heathrow. Al día siguiente me llevaron a Londres a la consulta de un prestigioso otorrino, que realizó una minuciosa inspección de mis cuerdas vocales concluyendo que estaban en perfecto estado. El doctor se interesó por si recientemente yo había sufrido algún tipo de choque emocional y ellos le contaron el suceso.

Mientras redactaba una receta, dictaminó que yo padecía una disfonía psicógena. Era algo poco frecuente, pero que en personas sensibles se podía producir tras un incidente vital grave. Él había visto algún caso así: desaparecería tras tres o cuatro días de tranquilidad y calma.

La receta era un simple ansiolítico, pero nos recomendó que, si pasaban más de seis días sin recuperarme, debería verme sin demora un psicoanalista antes de que ese trauma se afianzase.

Cuando regresamos a Madrid yo seguía preso de una angustia tremenda, aunque vocalicé algo levemente. Mi padre dijo que yo ya estaba bien y se fue a una montería. Pasé otro día en casa a solas con mi madre y, sin darme apenas cuenta, comencé a hablar de nuevo.

6

Se ha dicho que hay profesiones que imprimen carácter: el sacerdocio, la judicatura, el ejército, la medicina... A estas hay que añadir la política. Ocurre que cuando pasas una serie de años ejerciendo algunas llegas a ver la vida de una forma diferente a como la veías antes.

También es cierto que estas profesiones te proporcionan un profundo conocimiento del ser humano. Se acostumbra a pensar que en la política hay mucha falsedad, mucha mentira. Es justo lo contrario. En ella está la verdad total del hombre, toda su esencia, tal como es, como realmente somos.

Una tarde, Julen y yo, en casa, comentábamos sorprendidos a qué se debería esa serie de pequeñas noticias relacionadas con la imputación de Pablo sin haberse producido ninguna novedad judicial. Una entrevista extemporánea, en una radio de su municipalidad, a la chica que denunció los presuntos abusos. Un comentario en un confidencial con bastante difusión en el que se decía que se habían aportado al juez nuevos testimonios incriminatorios contra el alcalde. Testimonios de miembros del partido en la localidad que ponían en duda la idoneidad de Pablo como candidato para encabezar una nueva lista electoral para las municipales...

El sábado siguiente, en la entrevista que un importante periódico nacional realizaba a un destacado miembro de la dirección del partido, se le preguntaba a este cómo veía la continuidad de Pablo como candidato a la alcaldía. El entrevistado respondía ambiguamente diciendo que todavía era pronto para valorarlo. Repreguntado sobre si Pablo debería dejar su escaño, el miembro de la dirección nacional contestó que esa era una pregunta que debería dirigir al interesado.

Por la noche llegó Pablo al piso en un estado emocional lamentable. Julen y yo compartíamos un gran disgusto.

—Pablo, cuéntanos qué ha pasado aquí —preguntó Julen.

—Es que no lo sé. El juez, vaya, el fiscal, me llamó la semana pasada para proceder a interrogarme. Quería saber si yo había intentado despedir a la funcionaria demandante, como un nuevo testigo de esta había declarado. Yo reconocí haber mantenido una conversación de ese contenido con otro funcionario y especialmente concreta con el secretario general, dado que este me había comentado que era necesario reducir la plantilla de interinos del ayuntamiento.

—¿Y eso? —dije yo.

—Nos obligan los reales decretos del año pasado —contestó—. El fiscal me preguntó qué actuaciones hicimos al respecto. Respondí que convocamos diez plazas de Policía Local, un proceso de estabilidad laboral del cuerpo de bomberos y cinco plazas, por oposición, de técnicos, que era la plaza que ocupaba la denunciante como interina, y algún proceso más que no recuerdo ahora; tendría que consultar con el secretario general.

»El fiscal inquirió cuál fue el resultado del procedimiento selectivo. Yo respondí que, como alcalde, no sigo la marcha de ello, pero que se pueden consultar en los registros de Personal del Ayuntamiento. Creo que el fiscal convocará al secretario general, según me dijeron.

—O sea, que al hilo de que el fiscal te ha llamado se ha montado todo esto y lo que *non è vero e ben trovato*, ¿no? —añadí subiendo con indignación la voz—. Mañana me entero yo de qué ha pasado aquí.

Al día siguiente, me acerqué al escaño de vicesecretario general y le dije que necesitaba hablar con él.

—Hoy es imposible, pero si quieres, quedamos mañana para almorzar y hablamos. Precisamente te quería ver porque quiero que revises el argumentario de esta semana para nuestra gente, porque el tema del *Prestige* va tomando un cariz preocupante. Quedamos mañana en Los Montes cuando acabe el pleno.

El vicesecretario, Coque Larrea, era asiduo del sitio, le encantaba y además estaba cerca de la sede del partido, con lo que no perdía tiempo para luego regresar al despacho. Los dos apreciábamos el cálido ambiente del sitio y su excelente cocina de caza. De ella lo que más me gustaba eran los pájaros: las perdices, el pato, la becada… me entusiasmaban. A principios de enero, y por pocos días, con suerte se podía encontrar ganso. Pero la caza de pelo no la soportaba. Mi padre llenaba el congelador de lomos de corzo, ciervos, jabalíes despiezados —guarros, como él decía—. No soportaba el civet al que se añadía la sangre del animal y todos esos guisos. Además, siempre tenía presente los ataques de gota de mi padre, que incrementaban su mal humor habitual. Pero no prescindía, a pesar de eso, de la caza, los mariscos y toda su dieta preferida que, junto con lo mucho que, cada vez más, bebía, le estaban proporcionando a su cara, color tierra, un tono amoratado y lívido.

—A mí me gustaría tomar un Chateaubriand —eligió Coque—, pero es para dos.

Yo hubiera preferido otra cosa más ligera, pero le dije que me parecía estupendo. Con la guarnición de setas, cebollitas francesas y las pequeñas patatitas doradas que acostumbraban a servir era suficiente para mí.

Se acercó el camarero.

—Paco —le dijo Coque sin mirarle—, vamos a tomar antes un poquito de jamón, media ración, y unas croquetas de rabo de toro. ¿Te parece bien, Álvaro? —a continuación, entró en faena—: Mira, esto del *Prestige* se está saliendo de madre. Estos de Nunca Mais han descubierto la fórmula y hacen una política destructiva en la calle. Con el concurso de algunos, la lógica indignación de la gente está mutando en odio al Gobierno.

—Hemos cometido muchos errores —asentí—, pero esto es una deriva peligrosa, no ya para nosotros, que también, sino para la convivencia ciudadana. Esto toma mal cariz.

—Por eso es muy importante salir al paso. Se están diciendo muchas mentiras y exageraciones. Hemos de defendernos. Te quiero al frente de la respuesta.

—Cuenta con ello. Yo quería hablarte de otra cosa: ¿qué está pasando con Pablo?

—Bueno..., puedes decirle que sigue contando con nuestro apoyo..., siempre y cuando esto no tarde demasiado en substanciarse. Es una situación poco cómoda para el partido.

—Pues no veas para él... Pero si esa es la posición del partido, ¿de dónde sale todo esto?

—Parece que alguien le está moviendo la silla, ¿no? Mira, por ahí viene Bárcenas.

Este, amable y sonriente como siempre conmigo, se detuvo un momento delante de nuestra mesa.

—Siéntate con nosotros un rato, tío elegante —le dije.

—Eso se lo debo a tu sastre —respondió—. Me encantaría, pero no tengo tiempo. Oye —le dijo a Coque—, esta tarde paso a verte antes de irme.

—Cuando tú quieras —respondió este—. Tenemos los despachos cerca y siempre charlamos un rato —me explicó—. Como hay tiempo, yo tomaré una copa. Paco, por favor, un *knockando* con una piedra.

—Yo otro, pero sin hielo, en copa de coñac. Y nos traes también los puros. Estos los pagos yo, Paco —sabía que el almuerzo lo pagaría mi comensal con la tarjeta de crédito que el partido le había proporcionado. Pero yo siempre procuraba corresponder con un detalle. Calentamos un poco los puros con el mechero y luego los encendimos con unas astillas de cedro que el camarero trajo.

—Bueno, continúa, ¿quién le está moviendo la silla a Pablo?

Mi compañero de mesa echó un poco para atrás su silla poniéndose cómodo, mojó en el whisky la punta del cigarro antes de llevarlo a la boca y, tras expeler el humo, entornó los ojos. Tras una pausa respondió:

—Mira, no debería decírtelo, pero es que no puedo con ese tío.

—¿Qué tío?

—Ese Ortega que tiene Pablo de teniente de alcalde.

—No puede ser... ¡Pero si le debe toda su carrera a Pablo!

—Se presentó en mi despacho diciendo que está muy preocupado porque en su pueblo la gente no entiende cómo puede encabezar las listas un encausado al que además mantenemos en el escaño.

—¿Y quién ha dicho que un encausado encabezará una lista? ¿Tú crees posible eso?

—No, pero como parece que esto va para largo, tengo que decirte que creo, honestamente, que Pablo es un problema hoy. Debería dimitir ahora para que tengamos tiempo de preparar una nueva lista con posibilidades.

—¿Y quién te ha dicho a ti que esto va para largo? Y, además, si le presionamos para que dimita y luego el juzgado da carpetazo al asunto, habrá sido todo un poco injusto, ¿no te parece?

—Pues claro que sí. Yo le tengo mucho cariño a Pablo y, aunque pienso en las próximas elecciones, también creo que hay que buscarle una salida. Si sale absuelto, sería un buen presidente para Mercamadrid, por ejemplo, que necesita un cambio, y Pablo es un tío decente que lo haría muy bien.

—Vale, Julián, tomo nota de lo dicho y ya veremos —escuché el relato con una cara de asombro que dio paso a gestos de indignación—. Porque me lo cuentas tú, que, si no, me parece increíble. ¡Qué hijo de puta!

—Te lo cuento para que Pablo sepa con quién se juega los cuartos, pero sed discretos. Solo te pido que le digas que no se dé por enterado, como si esa visita no hubiera existido. Dile también que esté tranquilo, que esto se va a resolver pronto y no pinta mal.

Poco más de un mes después, Julen y yo nos encontrábamos en el piso. Pablo nos había llamado muy agitado, un rato antes, diciendo que le esperásemos antes de ir a cenar, que estaría antes de las nueve. Cuando entró venía descontrolado.

—¿Qué pasa? —preguntamos a dúo, preocupados.

—Que, a instancias del fiscal, el juez ha tomado la decisión de hacer decaer el procedimiento contra mí.

La explosión de alegría y júbilo debieron de escucharla todos los vecinos.

—Pero bueno…, ¿a qué viene esa cara que traes?

—Es que aún no me lo creo. Se lo he contado a Marga por teléfono. Me voy ahora mismo para casa. Se ha echado a llorar, la pobre.

—Pero para un momento, por favor, cuenta cómo ha sido eso —pidió Julen.

—El secretario municipal fue citado tiempo después y confirmó que él se había dirigido a mí para informarme de la necesidad de reducir la plantilla de interinos —ya más tranquilo, Pablo continuó—: Se solicitaron los registros de Personal al Ayuntamiento. La que me denunció no fue seleccionada, se comprobó su insuficiente preparación, no ganó la plaza.

»Para más inri, la testigo que aportó Noelia, tiempo después de archivarse provisionalmente la causa, habiendo dicho que recordaba que yo me interesaba por cómo despedir a la demandante, resulta que formó parte del tribunal y la puntuó muy por encima del resto de los miembros de este.

Antes de salir pitando, radiante de alegría, añadió:

—El lunes informan al Congreso y mañana temprano llamo yo a Rodrigo.

—¡Lo celebrareeeeemooos!

—Joder, tío, qué fuerte. Cuánto me alegro —dijo Julen—. Anda que no ha sufrido el pobre… Pero te digo una cosa: todo este tiempo a menudo se me ocurría pensar la suerte que tiene Pablo con Marga. Con una mujer así a mi lado, yo aguantaría cualquier cosa, tío, cualquier cosa. Los dos son una unidad. Y ni una duda, tío, ni una… Y entonces pienso en a quién tengo yo; no tengo a nadie. ¿Qué tía va a quererme a mí cuando tengo que estar mirando todos los días debajo del coche? Cuando tengo que salir hoy por la puerta de la casa y otro día por la del garaje. Cuando voy por Guipúzcoa y alguno que me conoce escupe a mi paso. Tú por lo menos tienes a Pippa...

—Sí, para echar un polvo de vez en cuando, porque ella está allí y yo aquí. Mira, Julen, tú, aparte de las muchas cosas que tienes, te tienes a ti mismo, y tú eres algo grande, fuerte y limpio. Esos que te escupen lo que tienen de sí mismos es la basura maloliente de su podredumbre moral. Anda, abre esa botella, que yo he comprado unos sándwiches de pollo *thai* al venir.

Escuchar el desahogo de Julen me entristeció sobremanera. Recordé la famosa canción de Nat King Cole *Nature Boy*... «Había un chico extraño y encantador, un poco tímido y de ojos tristes, pero muy sabio, que me dijo: "La mejor cosa que aprenderás es simplemente amar y ser correspondido"»... La mejor cosa que aprenderás es simplemente amar y ser correspondido.

Pasaron muchos meses y la anunciada celebración de Pablo se fue retrasando por unas causas u otras. A primeros de junio, Marga me telefoneó convocándome a un almuerzo —«Díselo a Julen, aunque ya le llamaré yo»— un sábado, en el chalé que tenían en un pueblo cerca de Guadalajara. «Venid prontito, hace un tiempo fantástico y así aprovecharemos bien el día».

Cuando Marga y Pablo se casaron, el padre de ella les regaló una parcela estupenda que tenía a las afueras del pueblo, de seis o siete mil metros cuadrados, salpicada de árboles que por su enverga-dura evidenciaban que habían sido plantados décadas atrás. Era el antiguo huerto del abuelo. Durante muchos años, Pablo y Marga soñaron con poder hacerse una casa allí en el futuro. Finalmente, el sueño se hizo realidad y la fiesta de ese día sirvió para inaugurar la casa terminada pocos meses antes.

Julen y yo llegamos sobre la una de la tarde. El jardín estaba lleno de niños vociferantes correteando. Las mamás instalaban un *buffet* a la sombra de una gran morera cercana a la larga mesa que se había preparado para el almuerzo debajo de dos altos tilos.

Tras los saludos y presentaciones —lo cierto es que prácticamente no conocía a nadie—, me fui a dar una vuelta por el jardín.

Julen charlaba y reía con una chica menuda, muy guapa, como si la conociese de siempre, con la soltura habitual que tenía con todas las que le gustaban. La ayudó con unas bandejas y ya no se separó de ella ni un instante.

Un par de amigos de Pablo colaboraban en la tarea de acarrear madera —«Es de encina», dijo uno al acercarme—, de colocarla en la barbacoa de ladrillo que había en un rincón y de encender el fuego. «Aquí nada de butano», dijo uno con los ojos llenos de lágrimas por la humareda que habían formado. «Ya veo», contesté.

Fui a la cocina, descorché unas botellas de vino tinto, otras de blanco y las llevé a la mesa del *buffet*.

—Coge la jarra grande de la cocina —me pidió Pablo— y prepara eso que me dijiste que harías.

Como yo no sabía qué llevar para la comida, anuncié que haría el cóctel más rico del mundo; llevé conmigo lo necesario para un *negroni*: vermut rojo, ginebra y Campari. Hacía tiempo que había abandonado la vieja y auténtica receta y lo preparaba a mi modo. Puse en la jarra el zumo de media naranja, cuatro o cinco naranjitas enanas partidas por la mitad, la corteza de una mandarina procurando cortar solo la piel superficial. La retorcí un poco igual que hice con la piel de la naranja, cortada muy fina también, para que soltaran las esencias aromáticas, y añadí tres medios vasos de Campari, de ginebra y de vermut rojo por persona. Luego acabé llenando la jarra con hielo para intentar rebajar esa exquisita bomba.

Conforme fui dando la copa a quien me la pedía, la alegría y las risas se iban disparando.

Cogí mi vaso y me fui a ver la rosaleda que Marta había creado en un rincón del jardín. El radiante día, junto al intenso aroma a miel ligeramente hipnótico de los tilos florecidos, se mezclaba con el que el aire traía de las rosas. En un árbol pude distinguir un nido de pájaros. Mariposas blancas y amarillas, abejorros zumbando... Al fondo Pablo trajinaba lleno de entusiasmo.

Todo esto constituía una escena intemporal repetida miles de veces a través de los siglos a lo largo y ancho del mundo, entre toda clase de gentes y culturas, aportando las dosis mínimas de felicidad que los hombres necesitan indispensablemente para afrontar las luchas y decepciones cotidianas.

A media tarde los invitados se fueron marchando. Pablo nos pidió que nos quedásemos un rato más. Vi que Julen apuntaba un teléfono en un papel. Nos dijo que acompañaba a su nueva amiga a casa en la urbanización de al lado y que volvía enseguida.

Los chavales ayudaban a Marga a recoger algunas cosas y César, el secretario del ayuntamiento, Pablo y yo nos instalamos en el porche desde donde veíamos caer la tarde, que pasó la noche sin darnos cuenta de ello.

—La casa es preciosa, Pablo, pero este jardín… es algo único —dijo César.

—Hemos tenido la suerte de que los árboles se plantaron hace muchos años, porque esto no se puede improvisar por mucho que lo cuidemos.

—La casa está muy bien también —añadí—. Teniendo terreno, lo mejor es lo que habéis hecho, una sola planta.

—Mirad, nosotros habíamos ido ahorrando un dinero para construir la casa y nos íbamos a poner en ello cuando lo de la querella, pero entonces Marga dijo: «Aquí no se gasta un duro porque el panorama que tenemos no sabemos cuál es». Tened en cuenta que yo no sabía si el partido me haría dejar el escaño o, si me condenaban, tener que dimitir de la alcaldía. «Aquí no se gasta un duro por ahora», dijo Marta.

—Vale, alcalde, pero ¿cómo te iban a condenar? —se admiró César.

—Pues yo qué sé. Al suceder esto te das cuenta de que puede pasar cualquier cosa. Y, por cierto, César…, nunca dejaré de agradecer tu testimonio ante el juez.

—Gracias a ti, hombre, pero no podía hacer otra cosa. Solo conté lo que en realidad pasó, y eso felizmente es eso, pasado.

—Sí, César, pero ha sido muy duro.

—De todas formas —apunté con un tono claramente indignado—, lo de esa chica no tiene nombre. Bueno, sí, la ausencia total de moralidad.

Marta se acercó con una cubitera de hielo.

—El ron venezolano es el mejor del mundo. Yo voy a tomarlo sin hielo. Marga, por favor, trae una copa de esas grandes de coñac. No, déjalo..., ya voy yo. ¿Queréis otra cosa?

Me levanté y fui al coche a buscar algo. Volví con un paquetito de papel de aluminio.

—A ver qué os parecen estos puros.

—No llevan vitola, ¿qué tal son? —preguntó César.

—Tú huélelos.

—Mmm..., qué maravilla. ¿De dónde los has sacado?

—Me los ha mandado el hijo de Fidel Castro. Le hice un pequeño favor hace tiempo. Está en el Comité Olímpico Cubano en París. Ha sido un buen jugador de béisbol y quiere meterlo como deporte olímpico. Lo tiene difícil porque hay muchos deportes que quieren serlo. Es un tío majo, muy simpático, siempre sonríe. Tiene una mujer guapísima y vienen a España a menudo. Coincido con él todos los años en una fiesta que dan unos amigos comunes que tienen una antigua masía en San Sadurní de Noya, aneja a un importante viñedo. Elaboran uno de los cavas más conseguidos de la zona. El chico de Castro me ha invitado a ir a Cuba.

—Pues si vas, habla con Guillermo Gortazar —recomendó Pablo.

—Vale, pero no pienso ir. Después de que le quitaron la casa y lo que le quedaba allí a mi familia, Castro nos mandó una carta diciendo que agradecía nuestra aportación a la revolución.

»"Fue idea del administrador que teníamos", decía mi abuela, "para recochinearse de nosotros". Y eso por no pensar en la dictadura repugnante que tiene a miles de opositores en la cárcel, aplaudida por todos nuestros progresistas. Esos que tienen la supremacía moral sobre todos nosotros, ¡no te jode!

—Sí, pero tú coges los puros.

—Bueno, hasta que nos paguen lo robado me tienen que regalar muchos puros a mí.

—Pero el puro, hum, ex… ce… leen… te —dijo César.

Julen entró por el jardín al porche y oyó la conversación:

—Dame mi puro, tío. ¿Dónde están las copas? Yo tomaré el ron con un poco de hielo. ¿Ha quedado una corteza de naranja por ahí? ¿De qué hablabais?

—No, que dice Álvaro que la moralidad de esa chica de la querella deja mucho que desear —respondió César.

—Bueno —seguí—, la ética es parte de tu comportamiento, son tus actos, va unida a la moral. Cómo te comportas con los otros, con la sociedad.

—Pero bueno, ¡estáis tontos! —casi gritó Julen—. ¿Qué ética ni qué leches? ¿A quién le interesa? Para la mayoría de la gente la ética es como tener una piedra en el riñón, tíos. ¡Hay que desprenderse de ella cuanto antes!

—Eso es verdad, por desgracia —contesté—. La ética ha sido atropellada por la laxitud de las costumbres, los cambios de valores, la ausencia de convicciones…

—Es que hoy lo que me va bien es bueno —terció César—. La ética y la moral las adaptamos a lo que nos conviene.

—Es penoso —añadí—, pero está claro que la corrupción, el engaño y la ausencia de la responsabilidad han empapado la conciencia de la gente.

—¡Se acabó, ya está bien! —interrumpió Magda—. ¡Sois unos coñazos! ¡A por la tortilla y lo que ha quedado del rosbif! ¡He hecho pan con tomate!

—Entonces… —dijo César con la boca medio llena de tortilla—, cuando todo pasó… ¿construisteis esta casa?

—Sí, pero pedí una hipoteca y en vez de gastar el dinero lo metí en un fondo de inversión, que no ha ido mal, por cierto. Cuando estuve frente al abismo me di cuenta de lo importante que es tener un mínimo de liquidez, y solicité una hipoteca.

—Hiciste bien —añadió César—, hay que tener siempre dinero en efectivo. ¿Tú sabes los consejos que el judío de Gibraltar dio a sus hijos en el lecho de muerte?

—No, cuéntalo —pidió Julen, risueño.

—Pues mira, cuando sus hijos le rodeaban en sus últimos momentos, les dijo con un tono de voz tembloroso y apenas audible: «Hijos míos…, recordad siempre esto. Cuando os deban algo, cobradlo de inmediato o lo más pronto que podáis, pero lo de pagar hacedlo en el último momento, cuando no quede más remedio. También os recomiendo vivamente que seáis generosos con largueza… con lo que no sea vuestro. Finalmente, y esto es muy importante, ya que los designios de Dios son inescrutables y hemos de aceptarlos con humildad, cuando recéis suplicad a Dios: "Señor, si no me das, al menos ponme donde haya"».

—Qué bueno, tío, eso parece el sueño de Hacienda —remató Julen sonriente—. El de Gibraltar debía de ser socialista.

—Sí, porque nuestro Pablo ha hecho todo lo contrario en el ayuntamiento —explicó César—: ha reducido el pago a proveedores un montón de meses, ha recortado el gasto y disminuido la deuda, y además ha bajado impuestos y tasas.

—Bueno, esa es nuestra receta, ¿no? Así has atraído empresas e inversiones que han generado riqueza —repiqué.

—¿Ya estáis otra vez con la política? —nos riñó Marga—. No tenéis remedio, chicos.

Me volví hacia donde estaba César.

—Oye, cuando has empezado a contar los consejos del judío a sus hijos en el lecho de muerte, creí que ibas a contar lo del gallego moribundo.

—¿Qué es eso?

—Como estaba muy débil el pobre, con el pulso muy bajo, su hija le echó un chorrito de orujo en la taza de leche calentita. El viejo dio un par de sorbos en silencio y luego llamó a sus hijos: «Venid acá, que os voy a decir una cosa. Si yo me muero, ni se os ocurra vender esta vaca…».

—Chicos, ¿sabéis qué hora es? Lleváis aquí diez horas…

—Mira que elegantemente nos echa —dijo Julen—. ¡Agur! Vámonos todos.

7

Habían pasado varios meses, y entonces, cuando no trabajaba, iba al gimnasio por la mañana temprano; luego leía prácticamente toda la prensa, pues los sábados y domingos no me pasaban el resumen, y después escribía algo sobre lo leído. También aprovechaba mi abono del Teatro Real. A última hora de la tarde hablaba con Pippa y luego leía algo de los dos o tres libros que en ese momento tenía encima de la mesa. Los domingos visitaba a mi madre y procuraba quedarme a almorzar con ella.

Esos días de vacaciones parlamentarias, al no estar Pablo ni Julen, me permitían avanzar mucho en mis responsabilidades como vicesecretario. Me llevaba trabajo a casa y por la noche podía concentrarme en ello sin que nadie me distrajese.

En ocasiones, durante el fin de semana, aceptaba alguna invitación y me desplazaba a una finca o a la casa de campo de algún amigo más o menos cercana a Madrid.

Cuando no salía de la ciudad, cenaba con mi grupo de siempre, descubriendo algún sitio nuevo o en los clásicos: Landó, Club 31, Lucio, La Trainera... A mí lo que siempre me ha gustado de Madrid son sus tascas, pero voy a donde los amigos quieran, porque al final me da igual.

Pippa hacía algo más de un mes que por su trabajo había tenido que reinstalarse en Londres. Yo acostumbraba a llamarla a diario, pero pasaron dos o tres días y no lo hice. Algo más tarde de la hora sobre la que solíamos hablar, lo hizo ella. Estaba preocupada porque no la había telefoneado en ese tiempo. Hablamos un rato de su trabajo y luego me preguntó:

—¿Todo bien, *cherished*?

—Sí, claro. ¿Por qué?

—No sé. ¿Estás enfadado?

—¿Enfadado? No.

—Te noto raro…

—Bueno, pues no… Quizá un poco cansado.

—*I support you*, ¿lo sabes?

—Claro que sí. Mira, estoy en la cama y tengo que madrugar. Te llamo mañana. Te quiero.

—*I love you too*. Hasta mañana, *my love*.

Pensaba en Pippa y creía que en esos días no la trataba muy bien.

Los amigos también me encontraban desacostumbrado. Hablaba poco, con lo que a mí me gusta hacerlo, y tenía la impresión de que me veían ajeno, ensimismado. En algún momento pillé a alguno mirándome con curiosidad, lo comprendo. No estaba pasando un buen momento y supongo que se notaba.

Diez años atrás, yo trabajaba en la banca. Era director regional de una entidad bancaria en Madrid y poco antes había sido director de la oficina principal, por lo que conocía a los clientes más importantes y significativos. Muchos de ellos querían seguir entrevistándose conmigo para sus asuntos más complejos.

En realidad, el negocio bancario a mí me gustaba poco, me aburría. Lo que más me atraía era el trato con la gente. La escuchaba, le dedicaba todo el tiempo necesario para entender sus necesidades y ver la manera de resolver los problemas que me plantease. No obstante, tenía presente siempre, claro, que la banca es un negocio y que el beneficio es algo fundamental para su supervivencia, así como ser considerados como una empresa sólida en la que confiar.

Me gustaba mucho pensar que el beneficio, aparte de permitir la legiítima retribución a los accionistas, era el premio a la eficacia.

Esta significa que has hecho bien las cosas. No consiste en estar todo el día trabajando, sino marcarte un objetivo y cumplirlo. También es necesario saber que perder el tiempo es algo positivo. Divagar, no pensar en nada, no hacer nada... Hay que dejar descansar a tu cerebro, ya que está trabajando.

Acostumbraba a despachar regularmente con el consejero delegado. Yo le informaba de los asuntos destacables y él preguntaba, exponía sus puntos de vista, marcaba pautas de actuación y me encomendaba asuntos específicos.

En nuestra última sesión de despacho me pidió que me ocupase de un asunto con suma discreción. El consejo había decidido vender una parte de la autocartera, y como tampoco era muy grande no resultaba necesario encomendárselo a nuestra red de oficinas.

Me sugirió que seleccionase un grupo de grandes clientes, no muy numeroso, y les ofreciese la compra de un importante paquete de acciones. Habían pensado proponer el equivalente accionarial a veinte o veinticinco millones de pesetas por persona, no más, pues era preferible diversificar el número de ellos para evitar demasiado protagonismo de alguno si adquiría una posición notable. «Podríamos ofrecerles una posición destacada en el banco, la "fila cero"», lo definió. Avales y créditos al mismo y muy beneficioso interés que el que se aplicaba al consejo de administración en sus operaciones. Iguales tipos retributivos que el aplicado a los consejeros por sus depósitos. Indulgente análisis en el examen de sus peticiones crediticias. Comisiones muy reducidas en todas sus operaciones. Atención específica e individualizada en la administración de sus carteras de valores, gestionadas por nuestro valioso y reconocido departamento bursátil. Y, finalmente, beneficiarse de nuestro generoso reparto de dividendos que convertía nuestras acciones en un codiciado activo.

El consejo de administración había decidido ofrecer estas ventajas accionariales a nuestros mejores clientes con la intención de fidelizarlos. «Y para terminar, querido Álvaro —continuó el consejero delegado—, ni que decir tiene que les entregaremos el amplio dosier que nuestro Servicio de Estudios ha confeccionado. Contiene todos los datos necesarios para tomar la decisión. Asimismo —añadió con semblante serio—, entendemos imprescindible que todo vaya acompañado de la exhaustiva auditoría financiera encargada a uno de los más prestigiosos despachos internacionales radicados en España y que en este momento se está elaborando. Hemos de hacer las cosas bien en este caso, ¿no crees?». Yo entendí que era una pregunta retórica y ni me molesté en contestar.

En aquella época, las entidades financieras teníamos la obligación de mandar trimestralmente al Banco de España una serie de datos sobre nuestra entidad. Remitíamos información sobre el estado de cuentas, morosos, balances... Todo ello impreso en papel por un ordenador que ocupaba una sala entera en el sótano. Cientos de páginas que debían llevar mi firma en cada una de ellas como apoderado de la entidad. Ese trámite requería mi dedicación una tarde entera, que podía alargarse hasta las nueve o diez de la noche.

Aprovechando la ocasión, la asesoría jurídica, dos pisos más arriba, me mandaba toda clase de documentos —notificaciones, requerimientos, peticiones de embargos, ejecución de avales...— que necesitaban la firma de un apoderado de la casa.

No hace falta decir que yo no empleaba ni un segundo en leer lo que firmaba, hubiera sido imposible. Además, la asesoría jurídica —yo confiaba en ella, aunque esto era irrelevante— elaboraba el documento, y yo no era quién para entrar en su contenido. No tenía otra opción que rubricarlo. Acabada la firma, el interventor, algún directivo que aún rondase por allí y yo nos tomábamos unas cañas en el bar vecino y todos para casa.

La operación de la venta de la autocartera del banco, acciones no cotizadas que figuraban a nombre de una sociedad de la propia entidad, resultó un rotundo éxito. ¿Quién con dinero podía resistirse a esa oferta? Sin embargo, esos destacados clientes que yo había incorporado al banco hacía años, a pesar de los dosieres que les facilité para su análisis y de las prestigiosas casas auditoras, al final... solo confiaban en mí.

La mayoría eran clientes que se habían convertido en amigos. Habíamos ido a almorzar juntos muchas veces. Me habían hecho confidencias empresariales e incluso personales, y yo les correspondía con sincero afecto. Menos de un año después, tras sufrir la entidad un pánico de ventanilla —«Esperen, por favor, el furgón está viniendo para acá del Banco de España con efectivo para todos. No empujen, no griten... De verdad que tendrán todo su dinero en diez minutos», clamaba yo en el patio de operaciones—, las informaciones de la prensa, primero difusas, luego preocupantes, generaron una catástrofe.

La noche antes, en un despacho de la planta de presidencia, los consejeros y altos directivos refinanciaban deudas a intereses irrisorios y firmaban créditos a su nombre a largo plazo con intereses mínimos. Daban fe y operaban a toda prisa dos agentes de cambio y bolsa que ya se habían hecho ricos con el banco y un notario, el notario de la casa.

Nuestra entidad fue intervenida en menos de dos días por el Banco de España. Las acciones pasaron a valer una peseta. Los hechos causaron en mí un enorme impacto. Al día siguiente dejé de ir a la oficina y, tras presentar mi dimisión a la entidad en la que tantos años había trabajado, escribí una difícil carta a los llamados componentes de la «fila cero», como ese sinvergüenza había bautizado al grupo de gente que confió en nosotros.

Independientemente del tremendo disgusto que la situación generó en mí, noté a la vez un cierto sentimiento de alivio. Fue una reacción ambivalente en la que, paso a paso, se producía una especie de liberación. Había dejado un trabajo que no me gustaba, que realmente no iba conmigo. No es que fuese un trabajo que no me llenase, es que era uno que me iba vaciando lentamente. Supe que había tomado una importante y acertada decisión.

Un día después de la conversación con Pippa, pensé que nuestra situación en esos momentos debía de estar siendo muy angustiosa para ella y me propuse telefonearla por la tarde a la hora de siempre.

Pero no lo hice, no tenía ánimo ni ganas de asistir a otro interrogatorio como el de la noche antes. Me preparé un *dry martini* y puse música de Mahler, la *Sinfonía n.º 7*. Volví a prepararme otra copa y entonces me animé a llamarla.

Cogió el teléfono muy cariñosa y al rato me dijo que, como aún no estaban los chicos en el piso, aprovecharía para venir a Madrid a verme el *weekend* siguiente. A mí me pareció una buena idea porque yo también necesitaba distraerme, y de pronto añoré desesperadamente su amoroso trato.

Cuando Pippa aterrizó en Madrid ya había convocado a un grupo de amigos, diez o doce, a un *party* en casa para el sábado a última hora de la tarde. Una intensa noche de amor me dejó como nuevo y pude prestarme a realizar todo tipo de encargos para la fiesta.

—Yo me ocuparé de la comida —dijo.

A primera hora de la tarde del sábado, montamos un *buffet* en la cocina con cubiertos, platos, servilletas y vasos a un lado y en otro, ensalada verde, una gran tabla de quesos y las muchas clases de deliciosos sándwiches que Pippa había encargado.

Poco antes de la cita, encendimos la Tiffany y el resto de las luces indirectas del salón. Pippa distribuyó estratégicamente ceniceros y velas. Yo preparé una jarra de *martini* helado y, conforme los invitados llegaban, les ponía una copa en la mano. En la habitación sonaba *It's my Life* de Bon Jovi.

Tras la cena, todo el mundo llevó sus platos a la cocina y una voluntaria se encargó del lavavajillas. Otro se ocupó de los *gin-tonics* y alguien sacó unos porros que distribuyó generosamente —«Esto es lo que se fuma en Rabat», dijo—. Yo ofrecí un puro a quien lo quiso. Hubo que poner el aire acondicionado por la humareda. Se generó un ambientazo, reímos, bailamos…, y alguna pareja se encerró en el baño y recibió un aplauso al salir.

A partir de la una la gente comenzó a marcharse. Algunos quedaron en una discoteca de moda para proseguir la noche, pero nosotros estábamos cansados y preferimos quedarnos. Se quedaron también la mejor amiga de Pippa en Madrid y su novio. Yo ponía viejas músicas que me encantaban: Sinatra, Tom Jones,

Nina Simone… Pippa hablaba quedamente con su amiga y su novio se quedó dormido.

Al marcharse la pareja, cuando Pippa fue al baño puse una canción de Mina, una de mis preferidas: *Ancora, ancora, ancora*. Yo, bastante borracho, me puse a bailarla solo, me mecía suavemente al ritmo de la música y cantaba con ella: «*Ancora, ancora…*». Volví a ponerla otra vez. Noté que Pippa acariciaba mi barba y me decía suavemente al oído: «*Stop it, dear…, dear…*».

—¿Qué te pasa? —me preguntó bajito cuando me acompañaba a la cama sujetándome fuerte para que no me cayese por el pasillo.

—No me pasa nada. ¡Déjame…, déjame! —respondí bruscamente, casi a gritos.

A la mañana siguiente la cabeza me estallaba. Me duché durante mucho tiempo, y con el albornoz puesto preparé para ambos un *bloody mary* ligero de vodka y Tabasco, la ración correcta de Perrins y mucho limón.

—Tómate esto, que es lo recomendado para las resacas —dije a Pippa al acercarle el vaso.

—Pero yo no tengo resaca, *dear* —me contestó mientras me daba la espalda para que le cerrase la cremallera de la parte de atrás de su blusa.

—Tú tómatelo. Verás qué bien te sienta, lo he hecho ligerito para ti.

Posteriormente nos dirigimos a tomar un *brunch* en su sitio preferido, el hotel Santo Mauro. No teníamos ninguna prisa. Hablamos poco y ella tuvo la delicadeza de no mencionar nada de lo sucedido la noche anterior que pudiera incomodarme.

Cuando acabamos la acompañé a Barajas para que tomase su avión. Nos despedimos con un cálido y largo abrazo.

«¿Qué te pasa?», me había preguntado mi novia. No contesté. Había tomado la decisión de no hablar de eso con nadie, ni con ella ni con nadie.

Unos días después del traslado laboral de Pippa a Londres, había recibido una llamada del antiguo jefe de la asesoría jurídica del banco en el que trabajé. No había sabido nada de él en más de diez años y ahora quería verme —«No es urgente, cuando puedas, pero es importante»—. Ni que decir tiene que quedé con él al día siguiente después del trabajo.

—Tengo que darte una noticia desagradable —comenzó—, pero no creo que deba preocuparte mucho: en breve recibirás una citación del juzgado. Un antiguo cliente del banco te ha puesto una querella. En realidad, se trata de la típica «querella catalana», un montaje jurídico. Se trata de interponer una querella penal en un asunto civil o mercantil con el objeto de presionar al demandado para negociar, buscando imputar un delito al acreedor para entorpecer el proceso de cobro dilatándolo en el tiempo. Se adelantan a la acusación del banco y generan un monumental embrollo.

Me quedé estupefacto. Tras un rato de silencio le pregunté:

—Pero ¿por qué se querellan contra mí y no contra el banco?

—Porque la querella solo se puede poner a las personas físicas, no a las jurídicas. Cuando la presentaron no sabían que ya no estabas en el banco, por tanto, lo que conlleva de chantaje no les funcionará. Pero como la querella no está retirada, ha seguido su curso.

—¡Pero bueno!… ¿Por qué no te la pusieron a ti, por ejemplo, o al presidente?

—Porque el que firmó el requerimiento fuiste tú, como apoderado, y no otro.

—O sea, que me largabais a mí todo lo que no os gustaba para que lo firmase yo.

—Tú eras el director de la oficina, era una inversión tuya.

—¡No era mi inversión! Era la inversión del banco que aprobaba el comité de operaciones de la oficina, el regional y, según el montante, el consejo directivo.

—Bueno…, pero ahí estaba tu nombre firmando eso.

Por un momento dudé en levantarme de la mesa y decirle lo que tenía ganas de contestar. Hice un esfuerzo y permanecí sentado y un largo rato en silencio.

—¿Por qué dices que no debo preocuparme?

—Porque el juez, una vez admitida, ha de calificarla, y es tan evidente que es una pura maniobra del deudor que pasará a archivarla. En cualquier caso, no hace falta que te diga que contarás con nosotros, aportaremos toda la documentación y, a partir de ahora, nos ocuparemos de todo el asunto.

Salí a la calle como si me hubiesen dado un mazazo en la cabeza. Era evidente que no debía preocuparme mucho, dada la entidad y consistencia del fondo argumental. Así me lo explicó posteriormente el antiguo director jurídico del banco, que me dijo que había estudiado el caso a fondo y que el tema no prosperaría.

Pero ese no era el problema. Este radicaba en que yo era un diputado del Congreso, y eso, solo eso, si llegaba a transcender que había sido admitida una querella contra un diputado de la mayoría parlamentaria… me hundía, me liquidaba. ¿Puede entenderse ahora mi estado de ánimo? ¿La mala manera de tratar a Pippa? Me costó muchos días asimilar la noticia. Me sentía víctima de una gran injusticia.

Mi refugio era saber que era inocente. Me repetía que yo no había hecho nada de lo que avergonzarme o arrepentirme.

Iba tirando a base de unas copas antes de acostarme. Pero cuando había dormido tres o cuatro horas, me desvelaba y me resultaba imposible recuperar el sueño. Daba vueltas y vueltas en la cama y casi a punto de amanecer me amodorraba un poco. Por la mañana, tras una ducha y un café, veía las cosas de otra manera.

Cuando visité a mi madre le conté que tenía problemas para dormir —«¡Ay, la política!, respondió»—. Su médico me recetó un somnífero; a partir de ahí comencé a conciliar el sueño y paulatinamente fui entrando en la normalidad de mi vida y carácter.

—Pero… ¿qué te pasa a ti? —me dijo Julen un par de días después de su vuelta.

—¿Qué me pasa?

—Pues que estás todo el día de mala hostia, tío. Es que no te conozco… Venga, cuéntame qué te pasa.

—¡No me pasa nada! ¡Naaada! —pero cuando di un sorbo al café que estaba tomando, la mano me temblaba de manera evidente.

—¡A mí no me digas eso! —contestó furioso Julen—. Había una caja con botellas de ginebra cuando me fui y ahora solo queda una botella. Y hoy ha llegado otra igual del colmado, que me ha preguntado el portero si la subía.

—Mira, Julen, déjame ya. He hecho una mala inversión y tengo problemas financieros —esa fue la explicación que también di a Pippa.

—Pues menudo plan el tuyo: estar podrido de dinero para estar todo el día cabreado.

—Me marcho —dije—, y no estoy podrido de dinero, ¡coño!

Al salir di un portazo. Me eché a la calle con la intención de andar hasta cansarme. No había ido al gimnasio en unos días y necesitaba caminar. Lo hice sin rumbo fijo. El aire seco y gélido de Madrid me confortaba. Me fijé en la gente que pasaba: mujeres y hombres iban mejor vestidos y, en general, más elegantes que en París. La semana pasada había estado allí en un congreso. No he de negar que la ciudad tiene su atractivo, pero pienso que yo no viviría en ella.

Sin darme cuenta, me encontré frente a la sala de subastas de la que el día anterior había recibido el catálogo. Al fondo de la entrada estaba el María Blanchard que había llamado mi atención en él. Estaba muy bien iluminado, cosa rara en estas exposiciones. Representaba una mujer de mediana edad cosiendo una prenda de ropa que, por un momento, había dejado sobre su regazo. La cara, levemente girada a un lado, y la mirada baja denotaban que se encontraba absolutamente abstraída en sus pensamientos. «Lo que tiene que decidir no debe de ser fácil», pensé. «Se diría que, si en ese momento alguien entrase en la habitación sin avisar, le daría un tremendo susto».

La vida cotidiana de la costurera no parecía ser muy feliz, al igual que tampoco lo fue la de la pintora, cuya obra rezuma siempre una gran tristeza y una inmensa ternura hacia el ser humano. Era un cuadro extraordinario y deslumbrante.

El precio de salida también era impresionante y, aunque con esfuerzo hubiera podido comprarlo, rechacé la idea a pesar de mi absoluta veneración por la pintora española más importante del siglo xx.

Como toda la obra de ese periodo suyo, causaba en mí una conmoción malsana. Me golpeaba acercándome a ese abismo que me atraía, pero del que estaba obligado a huir. No quería sumergirme en la cloaca venenosa de la autocompasión, de la que había conseguido huir hacía muchos años; ahora estaba a mis pies, invitándome de nuevo a bañarme en ella, deleitándome en la pena.

8

En marzo de 2003, el país entero debatía sobre la intervención de España, junto a la coalición aliada, en Irak. El lema «No a la guerra» se coreaba en la calle. La mayoría de la opinión pública era contraria a la iniciativa del Gobierno del PP, el cual, por una serie de consideraciones, había decidido sumarse a la alianza internacional contra Saddam Hussein.

En nuestro grupo parlamentario había también opiniones diversas. En un par de días tendríamos que votar la proposición no de ley de nuestro partido en apoyo al Gobierno relativa a la intervención. Un número no desdeñable de los nuestros no tenían claro si debían secundar las indicaciones de la dirección o atender a las consideraciones que su propia opinión les marcaba.

Estábamos en casa viendo el telediario de la noche. Las manifestaciones en contra de la posición gubernamental se sucedían por todas partes, también en el extranjero.

Llegó Pablo de la calle y nos invitó a la reunión que, para analizar el asunto, habían convocado una serie de disidentes un día después.

—Yo pienso ir —nos dijo—. Tengo muchas dudas con esto.

—Hombre, Pablo, ese Saddam da cobijo a terroristas —replicó Julen—, tiene armas de destrucción masiva y es un tirano que amenaza la paz en la región. Yo tengo claro que votaré que sí.

—Pues yo no tengo claro nada —contesté—, pero creo que España tiene que estar con los Estados Unidos y nosotros, con el Gobierno.

Pablo se sentó con nosotros. Había vuelto a fumar y encendió un cigarrillo. Con voz calmada, nos dijo:

—Mirad una cosa: sabemos lo que nos dicen, cierto o no, pero no sabemos nada de lo que no cuentan.

Ante ese razonamiento no cabía respuesta alguna por nuestra parte.

—Escucha —le dije—, ve tú y luego nos lo explicas.

La reunión tuvo lugar, a la salida del pleno, en un hotel cercano a las Cortes. En la sala se reunieron poco más de una docena de diputados. Ignacio, un navarro que había sido cura, dio unas palmadas para que los asistentes prestaran atención y tomó la palabra.

—Si me lo permitís, yo abro la sesión y la moderaré porque soy el más antiguo de todos los aquí presentes. Soy un gato viejo, vaya. No se os oculta la importancia de esta reunión —comenzó—. Tenemos, posiblemente, el dilema más transcendente de nuestra carrera política y es obvio que, aparte de las consideraciones que haré, según lo que votemos esa carrera se acabó o no, que diría el vice.

»Los de Izquierda Unida han solicitado, copiando la petición de los diputados británicos en la moción de apoyo a Tony Blair y que como sabéis cosechó muchos votos en contra de su propio partido, que el voto a la proposición no de ley relativa a la intervención sea secreto. Toda la oposición se ha sumado a eso, por lo que así será.

»Nos hemos reunido para analizar la posición, llena de dudas, de muchos de nosotros. Por otra parte, tenemos presente que mañana todo el país estará pendiente de lo que votemos y que sumarnos a los otros grupos parlamentarios, por muy pequeño que sea el número de disidentes, es una censura a nuestro Gobierno, que está tomando una decisión muy cuestionada en la calle.

»El portavoz socialista, Caldera, ha apelado a nuestra conciencia. ¡Mira quiénes hablan de conciencia ahora! Pero toca en la llaga, porque es cierto que la tenemos, y sé por alguno de vosotros... —continuó tras hacer una larga pausa— que en este momento la tenéis en carne viva.

»De nuestras circunscripciones nos llegan opiniones de rechazo. Es verdad que esos electores no son nuestros, como por ejemplo pasa en Inglaterra con sus diputados; aquí no nos votan a nosotros, votan al Partido Popular.

»Aunque la Constitución reconozca la libertad de voto del diputado, sabemos que esto no funciona así. Ese es uno de los aspectos que rebajan la calidad de nuestra democracia. Estamos condicionados a aceptar las directrices de nuestros partidos, independientemente de lo que opinemos.

»Tenemos claro que el Partido Popular recoge nuestras convicciones y defiende las cosas que nosotros queremos defender. Queremos una sociedad que respete y fomente la libre iniciativa del individuo. Con igualdad de oportunidades para todos. Con las coberturas sociales necesarias que hay que ofrecer a la ciudadanía. Ese Estado en el que la educación de calidad —la mejor política que puede hacerse para luchar contra la desigualdad— constituya una prioridad. Un país donde la definición de "Estado de derecho" no sea una frase de la Constitución, sino una realidad concretada en el funcionamiento diario de la nación. Los gobiernos, los socialistas, también el nuestro, mantienen una sorda pugna por controlar el Poder Judicial, intervienen y achican la separación de poderes que constituyen la base de una democracia sana.

»Dentro de los partidos la democracia interna brilla por su ausencia. Esos partidos elaboran las listas electorales o, lo que es lo mismo, nombran a dedo a los diputados y senadores, coartando la moral y los principios de estos.

»Ello convierte a nuestro Estado en una partitocracia, como a menudo se dice.

»Nos mediatizan atendiendo, en primer lugar, a los intereses de los partidos y a los de sus aparatos orgánicos por encima del interés general e incluso, en ocasiones no tan raras, por encima de los de la nación.

»Al no existir democracia interna, hemos eliminado los controles sobre los cuadros dirigentes, y todo ello ha desembocado en una corrupción generalizada que contamina toda la acción política.

»La baja calidad democrática que arroja este balance es abono para el crecimiento de los populismos de toda clase que prenden fácilmente en una ciudadanía que, atónita, asiste al espectáculo que a diario se le ofrece y que, para acabar con ello, está dispuesta a aceptar ideas y planteamientos que agravarían, de manera muy preocupante, la enfermedad que quieren combatir.

»La Guerra Civil sigue gravitando permanentemente sobre la política española porque enterrar esa dolorosa etapa requiere el acuerdo de los partidos mayoritarios, y el PSOE y sus acólitos se niegan a hacerlo sabedores de que, sin esa etapa, hoy en día no son nada.

»Esto es lo que hay, todos lo sabemos, a ninguno nos escandaliza y, lo que creo peor, hemos renunciado a cambiarlo. Todos somos cómplices. Los gobiernos, los partidos, los grupos parlamentarios del Congreso y el Senado. Los jueces también se prestan a ello, pues si quieren llegar a lo alto, ya saben lo que hay que hacer.

»Y de la prensa, eso que llaman el cuarto poder, para qué vamos a hablar. Muchos de vosotros, esta noche o mañana temprano, le filtrareis todo lo que aquí se ha dicho.

»Pero volviendo a la cuestión: ¿podemos pensar que, si nuestra dirección nacional exhibiese un nivel superior de respeto al que en la actualidad tiene y entendiera la discrepancia de los diputados de su grupo en según qué cuestiones… nuestro partido perdería mucho ante los españoles?, ¿o ganaría algo él y la manera de como somos percibidos por la gente?

»Todos los que aquí estamos somos partidarios de la Alianza Atlántica, esa relación especial con los Estados Unidos que a nuestro Gobierno le ha costado tanto construir. Es más, creo que es uno de los grandes logros del ejecutivo.

»Estamos de acuerdo en la colaboración con los Estados Unidos, que implica bases, espacio aéreo y apoyo internacional.

Pero quizá no estamos tanto de acuerdo con el actual planteamiento de nuestro Gobierno que muchos consideramos sobreactuado, en contra de las convicciones de mucha gente y de los que aquí estamos.

»Sé que muchos de nosotros tenemos la tentación de votar en contra de la proposición de nuestro Gobierno, pero también creo que, al solicitarse la votación secreta, entendéis que eso parecería que nos estábamos escudando en el anonimato, algo poco digno —el orador tomó despacio un largo trago de agua—. Queridos colegas y amigos, acabo. Si la votación hubiera sido nominal, yo votaría que no. Al ser secreta, votaré que sí.

El silencio inicial de los asistentes duró unos pocos segundos. Los largos aplausos que siguieron generaron un ambiente de gran emoción en la sala. La votación de la propuesta en apoyo del Gobierno contó con el apoyo de todos los diputados de nuestro grupo.

***

Al llegar Pablo al piso, ya estábamos allí Julen y yo. Seguíamos las noticias de la CNN. Entró diciendo:

—Bueno, ya habéis visto la votación.

—Yo estoy contento —dije.

—A mí también me parece bien, aunque solo sea para que se jodan los que la querían secreta —añadió Julen.

—Pues yo no tengo tan claro lo que hemos hecho. Aquí nos han contado lo que han querido…

—No lo sabemos, pero creo que hemos hecho lo correcto. ¿No se dice del grupo parlamentario que es el que da sostén al Gobierno? Pues eso.

—¡Mira este! —exclamó Pablo—. ¿Y tú eras el que lucharía por la verdad?

—Desde luego, eso estoy haciendo cuando apoyo la invasión. Creo que la esencia de la verdad está en lo que es bueno para la humanidad, una mentira no puede ser buena para esta; por tanto, oponerse a la maldad, a la tiranía, es lo verdadero y justo. Mirad

—continué—, el respeto a las minorías y a la libertad de expresión constituyen la sustancia de la libertad misma. Son el rescoldo que mantiene viva la llama de la verdad. Irak es un país con muchas lenguas, credos; algunas de esas minorías son centenarias, milenarias, todas están oprimidas bajo la bota de Sadam. La verdad es intolerable para los dictadores, buscan su destrucción porque les estorba, y entonces establecen «otra verdad», algo verosímil que les permite justificarse. Esa otra verdad acaba cuajando si apelas a las creencias y sentimientos básicos de la gente, y más aún si premias o castigas.

—¡Abro debate! —saltó Pablo.

—De acuerdo —dijo Julen—, pero si actúas bajo la mentira o la manipulación de los hechos, lo que no podrás anular son las consecuencias de tus actos.

—Aceptado —contesté—, pero ahí comienza la posverdad, el relato que intenta eliminar las consecuencias de tus actos —me detuve unos segundos para tomar aire y continué con excitación—: El relato comienza con el desprecio a la verdad fundamentada, de ella tomo lo que me conviene y lo desfiguro. Da igual que sea una media verdad o una interpretación falseada. Si me sirve, establezco lo que ahora se llama un «enunciado performativo», que es algo que al anunciarlo queda ya realizado al dar realidad a lo que es solo una idea abstracta, pero que condiciona nuestras actitudes y comportamientos, incluso llega a nuestro más profundo yo y pasa a formar parte de nuestras creencias.

—Eso del enunciado performativo —interrumpió Pablo— es lo que antes se llamaba un cuento chino. El pensamiento mágico.

—No creas, tiene su fundamento porque las ideas abstractas operan permanentemente en nosotros.

—O sea —intervino Pablo—, que eso tan sublime de que la verdad nos hará libres no vale…

—Pues ya ves que no, tío. Lo que nos hará libres es la mentira que nos permite hacer lo que nos da la gana —aseguró Julen con tono irónico.

—Ese es el fundamento de todas las mentiras —apostilló Pablo.

—Ese es el método de ciertos «pobresistas», como los llama

Jesús Cacho —dije—. No pueden permitir nada, ni las evidencias empíricas, que entorpezcan o perjudiquen la «Larga Marcha» hacia el paraíso al que deben conducirnos. Es esa república ideal en la que no seremos ni libres ni iguales y en la que los que no compartan la «verdad» dictada serán denigrados, vejados, señalados y, ¿por qué no?, eliminados entre el aplauso de una mayoría formada por los que han asumido la verdad revelada y otros que no la comparten, pero que aplauden porque les va la vida, o el condumio, en ello —me levanté y me puse a pasear por la sala como acostumbraba a hacer mientras pensaba y hablaba, y continué con lo que decía—: La verdad se retoca, se disfraza, se tamiza, y el parecido final con ella es mínimo, pero verosímil; si se oculta la verdad a la gente, esta vive en la ignorancia, y el juicio desde la ignorancia es siempre erróneo. El juicio correcto, las buenas decisiones, como sabemos, son las mejor informadas.

»El contraste entre lo verificable y lo no verificable es el contraste entre la verdad y la opinión. La certeza proviene de hechos irrefutables, la opinión no; ojo, sin embargo, puede estar bien fundada, no debe ser desdeñada, pero forma parte de la conjetura, que, por otra parte, puede ser correcta.

»Termino. Es una paradoja, pero no puede haber verdad sin mentira. Si descubres la mentira, se revela la verdad. Pasa como con la luz, solo se ve en la oscuridad.

—¡Tomaaa! —exclamó Julen.

Pablo se levantó y se dirigió a la cocina mientras anunciaba:

—Ignacio y tu amigo el diputado de Jaén, ¿cómo se llama?, van a venir ahora a tomar algo. No sé qué tenemos aquí, pero han dicho que traerían algo de comer.

—Se llama Pepe Luis —contestó Julen.

—¿Y qué Ignacio es ese? —pregunté.

—El que fue cura y convenció a los díscolos para que votaran apoyando la proposición de Irak —contestó Pablo—. Si es navarro, cenaremos bien.

—Os aviso —dijo Julen— que ese tío es un poco plasta. Está muy preparado y tiene nivel, pero cuando bebe le da por la filosofía…

—Eso le pasa a mucha gente —respondí.

—Sí, pero este cuando le das carrete y bebe se hace impenetrable. ¡Estos son ellos! —exclamó Julen levantándose para abrir la puerta.

—Vaya, vaya, vaya. ¡Cuánto poder en esta casa! —entró diciendo Pepe Luis.

—Aquí el que tiene poder es don Ignacio —Pablo le llamaba así sabiendo que le fastidiaba, porque era como le llamaban en el obispado de Pamplona, donde estuvo un tiempo en labores administrativas—. Pasad y deja eso en la cocina, Pepe Luis, por favor.

—Me han dicho que has estado muy bien. Te felicito, Ignacio —me acerqué a darle la mano—. Esas cosas hay que decirlas porque así es.

—Bueno, no creo que sirva para mucho, pero que se oigan al menos.

—Por lo pronto, evitaste que los del voto secreto se divirtieran —añadió Julen.

—Sí, eso sí. Venga, hecho una mano, voy abriendo el vino.

—La tortilla, gran señora digna de veneración, que decía el clásico. ¿Y eso otro qué es?

—Una empanada de berberechos y anguilas que ha comprado este, buenísima.

Tomamos la cena en la cocina. Luego nos servimos unas copas y nos dirigimos a la sala para sentarnos. Saqué unos puros que solo fumamos Ignacio y yo.

—Es una pena que no hayáis venido antes —dijo Julen—, porque a ti, Ignacio, te hubiera gustado la conversación que teníamos.

—¿Y eso?, ¿de qué hablabais?

—Pues de cómo al final se manipula todo para hacer creer a la gente lo que nos conviene que crea —resumió Pablo—. Ya dice Felipe González que en democracia la verdad es lo que los ciudadanos creen…

—Eso lo dijo antes Oliveira Salazar.

—¿Qué dijo?

—Que en política lo que parece es.

—O sea, que aquí lo de menos es la verdad.

—Pero —intervino Ignacio— eso quiere decir que la aceptación general es lo que dota de veracidad a una afirmación. Si la aceptación general estableciera la verdad, estaríamos aceptándola sin probar nada. Una aceptación falsa aprobada por muchas personas no la convierte en verdadera. Pero también es verdad —se interrumpió para dar una calada a su puro, exhalando luego el humo por la nariz— que el derecho natural genera principios morales, reglas intemporales respecto al bien o al mal, por ejemplo, aceptadas por toda la humanidad desde las más remotas épocas, desde los filósofos griegos a los derechos humanos, reglas reconocidas por todos y no cuestionadas, que son verdades universales, verdades absolutas que da igual que sean aceptadas por muchos o por pocos. Y te digo una cosa, yo estoy de total acuerdo en lo que dice González Quirós: si conoces la verdad, y eso a veces es factible, has de decirla; es una obligación moral porque reconocer y proclamar cualquier verdad es un derecho básico del que no podemos privar a nuestros semejantes. Y eso de que lo que importa es lo que la gente cree es un acto de cinismo total: lo que importa es que tú no te calles porque, si tú proclamas la verdad, la gente puede cambiar de opinión, y tu obligación es que la gente perciba la verdad, en eso consiste el liderazgo. Y a partir de ahí —añadió satisfecho— que digan lo que les dé la gana, pero será voluntarismo.

—Pero es que hoy la existencia del derecho natural es negada por mucha gente —dijo Pepe Luis.

—Pues claro. De eso se trata, de introducir moneda falsa aprovechando la confusión —respondí—. La torre de Babel cayó por la confusión, y se trata de eso, de que caiga nuestra torre. La de la civilización grecocristiana. De que caiga la democracia liberal, que estorba. Se trata de la negación de la igualdad para sustituirla por el igualitarismo dirigista, de la negación de la libertad individual en pro de las libertades colectivas, de suprimir el pensamiento propio por el apropiado, adecuado, e incluso se intenta suprimir la propia identidad personal.

—Uf…, señorías, ¿sabéis que sois unos pedantes? —dijo Pepe Luis harto ya de tanta enjundia—. Anda, Julen, trae un poco de hielo, por favor, y vamos a pasar de las musas al teatro.

—Oye, Julen, cuéntanos eso de aquella vez que estuviste a punto de tirarte a un travesti…

—No me da la gana… y vete a la mierda, tío.

—Pero ¿le diste de hostias o no?

—¡Que te vayas a la mierda, tío!

—Pero ¿se la tocaste o no? —siguió el de Jaén desternillándose de risa.

—La hostia te la voy a dar yo a ti, gilipollas, que eres un gilipollas.

—Pues ¿sabes una cosa? —salí dirigiéndome a Pepe Luis en socorro de Julen—. Te voy a decir yo lo que Benavente le respondió a un periodista que se atrevió a preguntarle cómo se hizo homosexual. Le contestó: «Pues empecé igual que usted, joven, curioseando… curioseando…».

9

Hacía muchos meses que prácticamente no había vuelto a pensar en lo del banco. Dejé los somníferos y pude poner toda mi atención en mi trabajo.

Pablo me había llamado para preguntarme si Julen y yo podíamos ir a comer el sábado a su casa antes de que nos dispersásemos por Semana Santa. «Comeréis bien», prometió.

Estábamos encantados de ir y recuperar ese ambiente de felicidad que, cuando llevábamos juntos un par de horas, se acababa creando. A nuestro pequeño grupo —Marga también era nuestra colega— siempre se sumaba César, el secretario municipal, que esa vez vino con su mujer, una sevillana que no lo parecía porque hablaba muy poco. Con el tiempo nos dimos cuenta de que, cuando en confianza cogía carrerilla, no había quien la parase.

César se había hecho muy amigo de Pablo. En temporada lo llevaba a cazar algunas veces, y para esa ocasión había traído unas perdices que, tras cazarlas, él mismo pelaba, limpiaba por dentro guardando los higadillos y luego congelaba.

Marga, gran cocinera, las había preparado con una receta tan deliciosa como compleja. «Perdices a la moda de Alcántara», anunció con gran énfasis.

En el aperitivo, Julen me pidió que preparara unos cócteles.

—De eso nada —saltó Marga—, que luego os emborracha y no hacéis caso del vino ni de la comida.

Le respondí sonriente:

—Pero qué fama me pones, chica, por favor...

—Bueno, bueno... ve abriendo esas botellas.

—Veo que me habéis especializado en el bebercio —contesté.

Ya en la mesa y tras un primer plato de merluza frita, flanqueada en la fuente por cocochas a un lado y en el otro por unos pimientos del piquillo que se habían pochado lentamente, Pablo dio unas palmadas diciendo:

—Muy rico, Marga, pero ahora vamos a entrar en materia...

Un torrente de quejas y reproches recibió el comentario, que parecía despreciativo hacia la merluza. Al poco, la anfitriona se acercó a la mesa portando solemnemente las perdices. Durante un buen rato el silencio reinó en el comedor mientras todos centrábamos la atención en su plato. Enseguida las opiniones elogiosas comenzaron a fluir de un lado a otro de la mesa. «Esto es algo único», comentó alguien. «Una exquisitez», añadió otro.

—De verdad, Marga, no he tomado unas perdices así en mi vida. Estas perdices Alcántara —proseguí— las ponen muy bien en un restaurante de la calle Ayala, pero no tan elaboradas, y en los restaurantes de caza también es difícil que las ofrezcan.

—Es que llevan su tiempo y son complicadas de hacer, pero cuando les coges el punto son deliciosas —contestó la cocinera.

La mujer de César, que apenas había dicho nada hasta ese momento, encontró su sitio y se dirigió a Marga en tono festivo:

—¡Quiero la receta, quiero la receta! ¡Necesito esta receta en mi vida! ¿Cómo las haces?

Yo pensé: «Anda, pues es simpática», y Julen me miró pensando lo mismo.

Al momento, toda la mesa comenzó a repetir a coro: «¡Queremos la receta, queremos la receta!».

«¿Y tú para qué quieres la receta? —me dijo Marga—. Si no has cocinado en tu vida...

—Para cuando me case —respondí—. Incluiré en las capitulaciones matrimoniales que la novia, antes de la boda, ha de saberse la receta de memoria.

—Pues vaya machista que estás hecho —dijo la sevillana—. Podrías incluir en el trato que ha de saber planchar camisas...

Se hizo un breve silencio y rápidamente Marga se dirigió a ella:

—Mira, hay que dejar macerar las perdices en oporto cuarenta y ocho horas junto con laurel, un poco de tomillo y un poco de romero. El guiso lleva trufa y foie, al que hay que incorporar los higadillos. Luego lo apunto al detalle y te lo doy...

A la hora del postre Marga salió de la cocina trayendo un tarro de helado y algo en un *tupper*.

—Os pensaba preparar un suflé Alaska porque a Pablo le gusta mucho, pero no me ha dado tiempo, así que tendréis que conformaros con helado de vainilla y fresitas. Yo disfruto cocinando los platos que a Pablo le gustan —continuó mirando a la sevillana—. Luego él recoge la mesa y friega los platos. Si está en el ayuntamiento, no puede controlar que no se peguen las lentejas —dijo sonriendo—. El café y las copas en la salita.

—Te ayudo —dijo la mujer de César levantándose de la mesa—. Oye, Marga, de verdad que toda la cena ha sido estupenda, ¡pero las perdices...!

—Y tú, Álvaro, ¿no eres cazador?

—De jovencito pegué algunos tiros, pero a mí, la caza en el plato.

—Pero si vendió la finca de su abuelo... —dijo Julen—. ¿Realmente por qué lo hiciste? Con lo que a ti te gustaba...

—Por una serie de cosas —respondí—. El administrador que tenía mi abuelo se jubiló con ochenta años, yo no podía pedirle ya que siguiese. Aquí hay unos puros; es la petaca de mi abuelo, por cierto. Por otra parte, yo no iba a convertirme en ganadero de pronto. Pero me costó mucho tomar la decisión. Sí que era muy bonita, Julen.

»En un pequeño altozano había un poblado celta. Los restos, claro. Eran siete u ocho cabañas circulares de piedra. Las paredes que quedaban tenían un metro o metro y medio de alto. Algunas se comunicaban con pequeños corrales rectangulares. Los dinteles laterales de entrada, construidos con losas de pizarra, permanecían casi intactos.

»Los celtas construyeron allí sus casas para ver lo que luego vería yo cuando me sentaba en una de esas piedras. Un cruce de lejanos caminos. Los meandros de un río. Enormes encinas. Para ellos eso era su hogar, pero también su templo. Adoraban los árboles, los ríos... —continué con voz ensoñadora—: Cuando el atardecer hacía alarde de su magia, yo me quedaba allí mucho rato, veía el sol esconderse despacito y luego cómo se hundía en la tierra casi de golpe. Todo ese ambiente, las nubes corriendo el inmenso cielo, la luz que presagiaba la oscuridad, todo inducía a pensar que estabas en un lugar sagrado.

»Imaginaos ese cielo despejado tras la lluvia en el que lentamente se dibujaba un arcoíris que enseguida se ofrecía rotundo con todos los colores del espectro.

»¡Claro que el sitio era sagrado! Era inevitable pensar que, en ese río, esas encinas de tronco retorcido que exhibían las cicatrices que dejó la antigua poda, que sometió las ramas más grandes al carboneo, albergaban en su interior algún tipo de divinidad.

»En esas bellotas que yo tenía en la mano estaba Dios. ¿No dijo la santa doctora que el Señor estaba hasta en los pucheros? Pues ¿cómo no iba a estarlo en las bellotas que germinan árboles de cientos y cientos de años para seguir haciéndolo por toda la eternidad mientras este mundo exista? —continué perdiendo la mirada a lo lejos a través de la ventana—: Cuando se me hacía de noche, volvía al *jeep* bajo ese cielo no contaminado que permitía ver el infinito número de las estrellas.

»Recuerdo un día en que andaba a semioscuras buscando el coche, que no sabía muy bien dónde había dejado. Me iluminaba la luz de la luna, que centelleaba reflejándose en un abrevadero para el ganado. Una nube la ocultó fugazmente y un viento brumoso bajaba del monte; yo eché a correr sobrecogido. Parecía que, de un momento a otro, ese cielo se iba a desplomar sobre mi cabeza. Cuando llegué a casa, me tomé un par de vinos frente a la chimenea encendida. Sabía que no podía pedir más a la vida.

—Siempre hay que pedir más a la vida. «Viviendo todo falta, muriendo todo sobra», que dijo el clásico —la reflexión de Julen en voz alta rompió el silencio creado durante mi relato.

—Eso es verdad —respondí—. Disculpadme, me he dejado llevar por la nostalgia.

—Para nada —dijo Marga—, nos has dejado boquiabiertos. Es un privilegio ser amiga tuya.

—Y ahora tú ponle a planchar camisas a este —dijo Julen dirigiéndose a la andaluza.

—No seas injusto, Julen, una cosa no tiene que ver con la otra —le respondí—. Y además yo me las plancho cuando lo necesito.

La sevillana, a la que le iban dando por todos lados, no sabía dónde meterse.

—Me voy a casa, César; si no te importa, me llevo el coche. He de dar las gotas al niño y hoy he madrugado muchísimo.

—Yo me quedo un ratito. No te preocupes, me llevarán estos.

Pablo y Marga la acompañaron a la puerta, cortaron una ramita de jazmín llena de flores y se la dieron cuando subió al coche.

Tras dejar un cubo de hielo sobre la mesa, Marga se despidió:

—Hala…, ahí os dejo para que despotriquéis de Aznar y arregléis el mundo, chicos.

—La verdad —dijo Julen poniéndose una espléndida ración de armañac en la copa— es que para mí este almuerzo está siendo estupendo. A partir de hoy voy a venir poco por Madrid: Mayor Oreja me ha pedido especial dedicación a la campaña del País Vasco y el grupo ha autorizado mi ausencia parlamentaria mientras sea necesario.

—¿Las elecciones son el 25 de mayo? —preguntó César.

—Sí, y allí también hay autonómicas —contestó Julen—. Son muy importantes, esta vez tenemos muchas posibilidades. Vamos a presentar candidaturas en 246 municipios de los 250 que hay en las tres provincias. Mayor ha propuesto a los socialistas ir juntos a las elecciones, pero el PSE lo ha rechazado. Es una pena, porque hubiéramos sido una potencia electoralmente.

—De hecho, estas elecciones van a ser la antesala de las generales de 2004 —añadí—, los resultados se analizarán como unas primarias. Por eso lo han rechazado los sociatas, porque piensan que sacarán mejor resultado que nosotros y eso les vendrá bien para las generales.

—Esa es una visión muy mezquina —opinó César—, porque si el constitucionalismo pudiese gobernar en Euskadi, sería el mayor logro político de estos tiempos.

—Así es la política —respondí—. Aquí van a concurrir varios factores nuevos. Por un lado, está la guerra de Irak, y eso va contra nosotros. Por otra parte, es la primera vez que cerca de trescientos mil electores no tienen a quién votar porque se ha ilegalizado a quienes recibían su voto. Y atención a eso, Julen. ¿Tenemos posibilidades de rascar algo de eso ahí?

—No lo creo, quizá los socialistas algo. No sé. La oposición quiere convertir estas elecciones en un plebiscito contra nuestro Gobierno, por lo que los líderes se van a implicar a tope —contestó Julen—. Pero fijaos qué curioso, y quizá eso signifique algo: cuatro curas vizcaínos irán en las listas municipales del PSE y PP por solidaridad con las víctimas. Esos al menos tienen conciencia, no como otros de sus colegas.

»Pero al final a la gente lo que le preocupa es la economía, y ahí estamos fuertes, y el paro, y ahí también vamos bien. Luego lo que les interesa son los servicios públicos, vivienda, sanidad, educación, desigualdad social, drogas… y desde luego el terrorismo. Bueno ya veremos. Vámonos —terminó—, que mañana salgo para Bilbao.

10

Cuando Julen regresaba a Bilbao por motivos de trabajo se alojaba en casa de sus padres. Al irse a Madrid abandonó el apartamento de soltero que tenía y ahora volvía a su antigua habitación juvenil. Al regresar a esa casa, la situación era muy diferente a la que dejó el día que se independizó para irse a vivir por su cuenta. Allí reinaba ahora un ambiente seco, serio y desganado, no tenía nada que ver con el que él siempre recordaba de hacía apenas nada de tiempo.

Los negocios de su padre no iban bien, el clima político y sindical de Vizcaya estaba tremendamente enrarecido y la continua violencia e intimidación que la actividad de ETA proyectaba sobre los empresarios y la economía era una pesada losa que lastraba a una sociedad dividida, desorientada y llena de miedo.

Julen encontró a su padre muy cambiado, no le reconocía, había perdido el ímpetu y la ilusión que le caracterizaban. Julián, a fuerza de evidencias, lentamente, fue asumiendo algo que le hubiera resultado imposible de aceptar jamás. La empresa era inviable, resultaba evidente que tendría que cerrarla. Los precios de las manufacturas metálicas de Corea, Japón y de otros países no sujetos a los regímenes productivos del nuestro habían abocado la fábrica a una situación insostenible.

Álvaro, su socio, nunca había querido problemas y se fue distanciando de cualquier responsabilidad que le competiese. El dinero que en su día le prometió destinar a la necesaria ampliación de capital terminó en una mesa de bacarrá del casino de Biarritz.

Julián, en otras circunstancias, se hubiera atrevido a un último esfuerzo que creía posible, pero las consecuencias que su compromiso social y político le acarrearon terminaron por hundirle y le empujaron a tirar la toalla y cerrar la fábrica.

Julián, su padre, con estudios medios había abandonado León muy joven para ir a trabajar a la ferretería que un tío soltero de su madre tenía en Bilbao. Este había pedido a su sobrina que mandase al chico a trabajar con él, ya que no le gustaban los libros. Necesitaba alguien de confianza y se sentía mayor.

Con el tiempo llegó a un acuerdo con su tío y Julián se quedó el negocio, que en ese momento marchaba viento en popa. Poco después compró un pequeño taller de calderería que fue evolucionando favorablemente hasta convertirse en una próspera industria. Julián veía las muchas posibilidades que la pequeña fábrica ofrecía y comprendió que había llegado el momento de dar el salto y apostar a lo grande.

En un polígono industrial cercano había visto una parcela que resultaba ideal para su propósito. Durante meses acarició la idea de instalarse allí, por las noches soñaba con ello. El problema era que la compra del solar, la construcción, el utillaje y toda la nueva avanzada maquinaria que necesitaba estaban fuera de su presupuesto. Tenía la acendrada desconfianza hacia la banca que su tío le había inculcado; consideraba una temeridad confiar toda la financiación que necesitaba a una entidad de crédito. Sin embargo, tenía ahorrada una importante cantidad de dinero bien invertido en activos de fácil liquidez, lo que le animaba y empujaba a persistir en su idea.

Tras las primeras gestiones, Julián se enteró que la parcela pertenecía a un señor de Madrid, antiguo propietario del suelo industrial donde se ubicaba. Se fue a la capital a ver a don Álvaro con una cartera llena de papeles, balances de los tres últimos años, cuentas de resultados, listados de clientes y proveedores y toda la información que creía necesaria. Le propuso lo que pensaba que podría ser una excelente oportunidad, asociarse con él, formar una sociedad aportando uno el solar y el otro todo lo demás. Si la marcha era satisfactoria, en el futuro, si lo deseaba, podría aumentar su participación en la empresa con las ampliaciones de capital que posiblemente serían necesarias. Don Álvaro sometió el análisis del asunto a sus banqueros, que le recomendaron la operación.

En los viejos tiempos, cuando en verano les visitaba su socio, mi padre, con mi madre y conmigo, se celebraba en esa casa una comida ritual. Se ponía en la mesa lo mejor de lo mejor, a la bilbaína, sin reparar en gastos. Se trataba de solemnizar la buena marcha de la empresa y celebrar el encuentro amistoso que empezaba a tener ya una larga tradición en el tiempo.

Un año, como era habitual, en la mesa se puso una bandeja con ostras —«Tocamos a doce por barba», decía el anfitrión— y se continuó con una portentosa fuente con cigalas, percebes y centollos ya rotos y preparados —«No podéis dejar nada, es un pecado», dijo Julián mirando a Julen mientras le daba con un tenedor en la mano. «¡Quieto! Eso no va por ti, y deja esa pata gorda a tu madre, que tú ya te has despachado a modo. ¡Aprende educación de Alvarito, chico!»—.

En esto, una joven y rolliza cocinera, la Gumer, ataviada con un mandil a rayas como el de las pescaderas, sacó un rodaballo salvaje de tamaño gigantesco. «Lo hago al horno —explicó sin que nadie le preguntase—. Le pongo un refrito de ajos, guindillas, pican un poco, ojo, le añado vinagre de sidra al que al final pongo un poco de pimentón; tiene que ser de La Vera», aclaró.

En este punto las señoras dieron por acabada la comida y esperaron el postre, pero los hombres nos relamíamos pensando en el chuletón de vaca vieja, madurado en cámara tres meses, que sabíamos que vendría después.

La Gumer se asomó por la puerta de la cocina para ver cómo había ido la cosa.

—¿Estaba bueno el bicho?

—¡Buenísimo! —contestamos.

—¡Pues decirlo, leñe, decirlo! —y a continuación salió de la cocina bamboleándose con el chuletón hacia la mesa—. Os lo he cortado en trozos para que no se enfríe: luego voy sacando. Oye, dejar sitio para la Pancheneta, que la ha hecho la señora —dijo antes de retirarse.

Al levantarnos de la mesa pasamos a una pequeña sala donde había un televisor y un armarito empotrado lleno de toda clase de botellas.

—¿Quieres un Marc de champán helado? —preguntó Julián a mi padre.

—Mira, a mí déjame de historias y ponme un coñac de ese que tienes ahí.

La madre de Julen tomó una infusión con unas lágrimas de anís. La mía, algo que le encantaba y solo tomaba en contadas ocasiones y siempre que iba a esa casa: una pequeña copa de Chartreuse amarillo al cual Julián añadía un golpe de Chartreuse verde.

—Para que veas que conozco tus gustos —dijo tendiéndole la copa—. Y ahora ha llegado el momento de darles a estos chicos algo importante. Ya les toca. Hemos de educarles, Álvaro, también en esto —afirmó dirigiéndose a mi padre—. A ver, Alvarito, ¿cuántos años tienes?

—Quince —respondí todo ufano.

—Pues ven y toma, y se acabó lo de Alvarito, Álvaro.

Julián sacó del bar un par de copas de finísimo cristal tallado, puso en cada una un pequeño chorro de coñac Napoleón y nos las ofreció.

—Esta para ti, que tiene un poco menos, ya que eres un año más chico —dijo a su hijo.

El coñac refulgía en las copas. Lo olisqueé como hacía mi padre y di con precaución un pequeñísimo sorbo. De inmediato pensé que era lo más bueno que había probado en mi vida.

Ese mes yo había cumplido quince años, Julen cumpliría catorce en unos días, aunque él siempre se ponía un año de más para presumir con las chicas.

***

Esos tiempos quedaban ya muy lejos cuando Julen volvió a instalarse en casa de sus padres para la campaña electoral. Todo estaba igual, excepto las telas de los sofás más envejecidas y la nueva enorme televisión de la salita.

La Gumer había ido cumpliendo años, pero seguía fuerte y activa. Cuando se casó continuó al servicio de la casa, pero ya venía solo cuatro horas al día por la mañana y se marchaba dejando todo arreglado y la comida hecha.

—Todo sigue igual, Gumer, ¿verdad?

—Sí, todo. Pero todo tampoco.

A lo largo de esos días y en los pocos ratos que estaba en casa, la Gumer le fue poniendo al corriente de los cambios sucedidos. Así pudo enterarse de que la lesión de corazón de su madre era más grave de lo que le habían contado —«No quieren preocuparte, Julen»—. También vio que ella salía poco de casa, con lo que le había gustado siempre la calle. Daba paseos por la sala, por el pasillo. «No paro, hijo», le decía.

Él le notaba una cierta tristeza. Era una mujer de hablar pausado, tenía una mirada penetrante e inteligente, siempre sonreía, y al hacerlo su cara de una piel blanca, finísima, en la que se vislumbraban unas pequeñas venas azules, se iluminaba radiante.

—Tenía yo ganas de verte —le dijo la Gumer nada más levantarse, mientras le ponía el desayuno y secándose las manos en el delantal—. Tu padre no se porta bien, *ez, horixe!* ¿Ya sabes que tiene un lío con una? No, qué vas a saber tú si no estás nunca aquí. Una viuda de uno del PNV, *ederra da.* A mí no me importa lo que él haga, los hombres debéis tener vuestras expansiones y tu pobre madre no está para trotes… Pero, ¡leñe!, que la cuide un poco. ¡Es que no la hace ni caso! Solo tiene ojos para la otra, y tu madre ya se ha dado cuenta, ¿eh? Ha debido de ver algo o se lo han dicho, que la gente es muy mala. Yo te lo digo para que lo sepas, para que estés enterado de lo que ocurre en esta casa.

La noticia le causó un tremendo disgusto. Por encima de todo, conocer el delicado estado de salud de su madre. Respecto a lo de su padre, le invadió un sentimiento de indignación que a duras penas podía contener en su presencia, pero, cuando se le pasó la rabia, la indignación se combinó con la tristeza y la pena por él. Pensó que lo primero era evitar a su madre otro disgusto más. No podía permitir que su ira inicial le llevase a una situación de enfrentamiento entre el *aita* y él.

Comprendió que el sufrimiento que durante tanto tiempo había soportado la familia acabó pasando factura al equilibrio emocional de su padre. Al final, él era otra víctima de la actual deriva política, también su madre, todos ellos, y, claro que sí, todo el País Vasco.

Sin embargo, la vorágine electoral tiró de él y la incesante actividad de esos días puso en un rincón de su cabeza las penosas nuevas. Tras las elecciones y antes de regresar a Madrid, con la maleta ya hecha, se encerró en el despacho con su padre.

—Sé muchas cosas, casi todo —comentó—. Sé todo lo que has sufrido tú, y mi madre, y también yo, pero también sé que me has ocultado muchas otras cosas porque bastante tenía yo con lo mío. Te lo agradezco, pero necesito saber todo. Anda, cuéntame, tengo tiempo suficiente.

Su padre se levantó y sirvió café de un termo que tenía siempre en su despacho en una bandeja con tazas y vasos boca abajo. Se puso una copa de coñac del bueno, el que tenía siempre para las grandes ocasiones.

—No bebas más, papá, tienes la tensión alta. ¿Dónde está mamá?

—Se ha echado un rato a descansar. No te preocupes, está bien, la cuidamos. Es solo una copa y creo que la necesito, hijo. Mira, cuando en el 2001 Ibarretxe anunció su proyecto de un nuevo estatuto, yo no lo eché en saco roto; le conozco y vi en su mirada algo diferente, era una mirada fija, mesiánica, irreductible, un brillo singular en los ojos, como el de un profeta que tiene una misión y está dispuesto a inmolarse en aras de cumplir con un mandato superior. Me di cuenta de que, entonces sí, entonces eso iba en serio.

»Comenté eso con diferentes amigos tras una reunión de Confebask y también en otra que tuvimos en el Círculo de Empresarios Vascos. Manifesté que esa peligrosa mutación política tomaba cuerpo e iniciaba una peligrosa travesía que, por muchas razones, solo podría acarrear funestas consecuencias para Euskadi.

»Días después me llamó Mayor Oreja. Nos conocíamos desde hacía tiempo y, aunque nunca tuve una especial amistad con él, nos respetábamos y tratábamos con afectuosa cordialidad. "Quiero pedirte una cosa —me dijo—: sé de las recientes opiniones que has vertido en ciertos foros. Es necesario que te impliques en la defensa de tus ideas. Eres un hombre serio, un empresario ejemplar, tus opiniones son escuchadas. Hay mucha gente que piensa como nosotros, pero también hay mucho miedo, y la lógica prudencia los paraliza. Necesitamos romper esa inercia porque alguien tiene que oponerse a esa locura que, además, no es el pensamiento de la mayoría ciudadana".

»Me puse manos a la obra. Contacté de manera individual y discreta con distintos empresarios que sabía que compartían esos criterios. Unos meses después, el Círculo de Empresarios Vascos, en un encuentro con corresponsales extranjeros de prensa en Madrid, rechazaba el plan rupturista de Ibarretxe. Opinaba que, mientras subsistieran el terrorismo y la violencia, no se podía plantear un debate de esa profundidad. Paralelamente, la patronal vasca Confebask se sumó al rechazo expresándolo de manera absolutamente crítica.

»Todos ellos coincidían en la falta de consenso social de la que adolecía el plan. Este, decían, incumplía la ley y era imposible de realizar en un escenario de violencia terrorista con empresarios amenazados, atentados contra instalaciones ciudadanas y empresariales.

»Se trataba, asimismo, Julen, de reivindicar nuestro derecho a opinar como parte fundamental de la sociedad civil que había sido excluida del debate.

»Naturalmente, hijo, referí a tu madre las gestiones que estaba llevando a cabo. Ella me preguntó si estaba seguro de lo que hacía. "Mira, Carmen —le respondí—, no se me ocultan las posibles consecuencias que pueda tener lo que hago, pero es mi obligación". Posteriormente vi, ante la reacción del empresariado vasco, que no había sido en vano, que había valido la pena que entre unos pocos nos hubiésemos convertido en el catalizador de una reacción absolutamente necesaria, de una obligación moral con nuestra sociedad, que de no haberse producido nos habría convertido en cómplices del proceso.

»Escucha, hablé a tu madre con el corazón en la mano, fue un momento doloroso para mí porque en parte era el reconocimiento de un fracaso, de mi fracaso. "No sé si me expresaré bien, Carmen, pero quiero que sepas cómo me siento en este momento, qué es lo que me mueve a involucrarme de veras en este asunto. Sabes que la fábrica no va bien; de hecho, estoy analizando las diferentes maneras, las menos traumáticas, de liquidar el negocio. En primer lugar, he de pensar en la gente, en nuestros empleados, algunos de ellos llevan media vida en la empresa. Después he de pensar en nosotros. No creo que quede gran cosa, pero no te preocupes, tenemos la suficiente posición como para vivir sin mayores apuros el resto de nuestra vida. No va a correr el dinero como antes, pero tampoco necesitamos más. Decirte esto me duele, pero no creas que estoy triste o desesperanzado. Ya lo tengo asumido y pienso que tampoco tengo derecho a quejarme. He trabajado mucho, en ocasiones hemos pasado muchas noches en vela, hemos arriesgado nuestros ahorros, pero nos salió bien. He de reconocer que tú has sido mi sostén y refugio, me has dado fuerza cuando a mí me faltaba. También me has dado valiosos consejos en muchas ocasiones, pero hemos tenido una vida muy buena, magnífica, envidiable quizá. Sin embargo, ahora me pregunto a menudo qué es lo que voy a dejar detrás de mí. La primera respuesta es Julen, por supuesto. Pero hijos también dejan los animales. ¿Cómo he aprovechado yo mis años? Pienso que todos tenemos ocasión, al menos una vez, de convertir nuestra vida en algo grande, algo que justifique haberla vivido. Eso no puede venir del egoísmo, eso solo puede venir de la entrega, de la entrega generosa a una causa que trascienda nuestros intereses personales. Ese puede ser, ese será nuestro particular legado cuando ya no estemos. A veces esa ocasión está ahí, pero no la vemos o no nos atrevemos a aprovecharla por miedo, duda o cobardía. Lo malo es no hacerlo y arrepentirte luego el resto de tu vida. Pero aún hay algo peor: estar contento de no haberlo hecho y vivir feliz cómodamente refugiado en la seguridad que te proporcionó tu cobardía. Ese no va a ser mi caso, querida Carmen".

»Ahora, Julen, voy a contarte el resto de la historia: pocas semanas después de los posicionamientos de los empresarios, recibí una carta de ETA pidiéndome una importante suma de dinero. No dije nada a tu madre y la tiré a la basura. Tres meses después recibí otra en casa, el día de Navidad. También la ignoré, aunque comprenderás que me dio las fiestas.

»En febrero recibí dos cartas el mismo día, una en la empresa y otra en casa. Ambas venían remitidas con tu nombre y la dirección de tu apartamento. Esto no lo sabías, ¿verdad? Luego enviaron otra a tu madre con el remite y dirección de mi hermana en León.

»Comenté el asunto en casa y ahí os dije que, por el momento, no podíamos ir juntos en el mismo coche. Me pusieron escolta y todos los días revisábamos el automóvil a fondo. Así pasé algún tiempo.

»Un día cuando llegué al despacho noté algo raro, tenía la impresión de que el personal me miraba. Un jefe de taller, una administrativa, el encargado del almacén…, no sé, pero intuí algo desacostumbrado.

»El sábado por la mañana me encontraba en la terraza del hotel Tamarit, en Guetxo, concediendo una entrevista a la televisión. Me preguntaban si no había división de opiniones en el empresariado con relación al Plan Ibarretxe. Mi teléfono comenzó a sonar insistentemente y, con un gesto, pedí al escolta que lo cogiera. Era tu madre, y el escolta me dijo que era importante: un grupo de unas treinta personas estaban frente a nuestra casa profiriendo gritos e insultos contra mí.

»Expliqué al cámara lo que ocurría y que me iba de inmediato. Me preguntó si no me importaba que me siguiesen, querían grabar el suceso. Yo acepté y salí pitando seguido de la televisión.

»Cerca de casa vi una flecha pintada en el suelo que indicaba el camino donde vivía "el facha explotador". Había pintadas ofensivas en nuestra fachada frente a la que los piquetes chillaban tratándome de explotador, rata capitalista y otras lindezas. Enseguida reconocí a tres o cuatro de la fábrica; uno de ellos había entrado por la insistencia de su padre, que llevaba muchos años con nosotros, aunque nada más verle la primera vez no me gustó su aire antipático y desabrido.

»Rápidamente subí a casa. Tu madre y Gumer estaban asustadísimas, e intenté tranquilizarlas; bajé a la calle y pedí al portero que cerrase el portal. Luego me situé frente a los manifestantes, la cámara de televisión grababa todo.

»Me dirigí a ellos: "¿No os da vergüenza?, ¿no os da vergüenza lo que estáis haciendo? ¿Cómo me hacéis esto a mí? ¡Canallas!, ¡canallas!". Me dirigí al cámara y le dije a gritos: "¡Graba las caras, graba las caras de todos!". Al oírme salieron corriendo hacia una boca de metro cercana y yo salí detrás de ellos. Estaba trastornado, no sabía lo que hacía, les llamaba malnacidos, sinvergüenzas... El chico al que coloqué por la petición de su padre dejó de correr, se dio media vuelta y me dijo: "¡Cállate, payaso, fascista!". Y apuntándome con la mano simulando una pistola dijo: "Pum, pum", y echó a correr de nuevo.

»Cuando al día siguiente fui a la fábrica, un grupo de empleados, de los de toda la vida, vino a visitarme a mi despacho para manifestarme su repulsa de los hechos. Les hice saber que todos los participantes se verían ante el juez. Un día después, el padre del chico que me había amenazado se presentó en mi despacho acompañado de dos de los más antiguos empleados, gente buena y noble que yo conocía bien. El padre me dijo que su hijo no volvería más a la fábrica, que comprendía mi indignación, que hacía tiempo que no podía hacer carrera de él y que ya no vivía en casa. Que era buen chico, pero que las malas compañías le habían envenenado.

»Sus acompañantes me pidieron que no pusiese la demanda, que los que se manifestaron estaban arrepentidos; que fueron manipulados y que no pensaron nunca que la cosa iba a transcurrir así, y que las pintadas las habían hecho unos que no conocía nadie.

»No puse la demanda para no caldear más el ambiente. En todo caso, yo sabía que una demanda así no prosperaría y sería archivada, lo que envalentonaría más a esa gentuza.

Cuando su padre acabó, Julen se levantó y le dio un abrazo. Él pegó su cara a la suya y se echó a llorar. Cuando, tras un rato en silencio se serenaron un poco, le dijo:

—Papá, ahora cuéntame lo de esa señora.

—Eso ya se acabó, hijo —respondió guardando el pañuelo en el bolsillo—. Te lo ha contado Gumer... Me costó mucho trabajo hacerlo, pero yo sigo queriendo a tu madre y, tras su último diagnóstico médico, yo no podía seguir con eso, no podía hacer eso a tu madre.

La jornada electoral transcurrió como otros muchos días de elecciones. Bueno..., no exactamente así. La participación de los votantes nacionalistas fue algo fuera de lo habitual. Sacaban a los ancianos de sus casas, de los caseríos, en sillas de ruedas. Gente que no había votado hacía años se movilizaba para impedir el triunfo en las elecciones forales de los candidatos del PSE y PP. La mayor participación nunca vista. Nuestra arrogante campaña daba por hecho que el futuro pacto de la coalición PSE-PP desalojaría al PNV del gobierno de las Juntas Generales del País Vasco.

Yo cerraba la lista electoral del PP en un municipio del Goyerri. Otros diputados y afiliados del resto de España también habían rellenado las candidaturas que presentábamos en el País Vasco y que, sin su concurso, no hubiéramos podido elaborar.

Había quedado con Julen en Bilbao, en el hotel donde se seguían los resultados electorales. Allí estaban congregados muchos amigos nuestros y una multitud de simpatizantes y afiliados que, desde una pantalla grande instalada en un salón, seguían los cómputos de las distintas provincias.

Pronto vimos que la jornada no acabaría tan bien como pensábamos. La suma de escaños de PSE y PP, 69 —el PSE sacó solo un escaño más que nosotros—, no consiguió batir los conseguidos por PNV y EA, que lograron 73.

—Tampoco ha habido tanta diferencia —decía Julen—. Creo que podremos poner a Ramón Rabanera de diputado general en Álava.

—Está claro —respondí a la pregunta de un periodista— que Euskadi está prácticamente dividida en dos.

Nos tomamos una copa con la gente y yo me fui a dormir. Julen se reunió con Mayor Oreja y el equipo de campaña. Se retiraron tardísimo.

Me costó mucho conciliar el sueño; ya de madrugada dormí un poco, algo inquieto. Me levanté temprano y, sin desayunar aún, me dirigí a un parque cercano al hotel con la idea de dar una larga caminata antes de volver a Madrid.

Era un jardín magnífico con altísimos árboles de gran envergadura. «Cómo se ve lo mucho que llueve aquí», pensé. Parterres muy cuidados llenos de flores, setos con variadas clases de arbustos de diferentes tonalidades y tamaños, fuentes…

El paseo, por el contrario, lejos de lo que yo había pensado, no sirvió para serenarme. Al revés, conforme pasaba el tiempo me anegaban una enorme desesperanza y una gran tristeza. No merecía la pena tanta lucha. «Si esto es lo que quieren, pues muy bien, que se lo administren».

Regresé al hotel para recoger el equipaje y me juré que nunca más volvería a esa ciudad.

Naturalmente que después he vuelto muchas veces.

11

Lo que ignoraba cuando cumplí cuarenta años era que esa es la edad perfecta. No sabía que, al contrario de lo que pensaba, era tremendamente joven. Cuando se es muy joven puedes hacer muchas cosas, pero no siempre sabes cómo hacerlas. Cuando has avanzado en el tiempo, en esa edad en la que ya no eres ni joven ni viejo, puedes y sabes, pero muchas veces no te da la gana, dudas de si vale la pena. Cuando eres viejo de verdad, sabes, pero no puedes aunque quieras. Finalmente, entras en otra etapa de la vida, si es que llegas a ella, en la que ni sabes, ni puedes, ni quieres, pero que te da igual porque todo te importa un pito.

Pero por esas fechas en las que gran parte de la gente comienza a juntar en sí las tres facultades del saber, poder y querer, yo, sin embargo, viví mi cumpleaños más amargo y angustioso.

El día anterior, el antiguo jefe de la asesoría jurídica que me había comunicado lo de la querella, eso que llamaba «querella catalana» para quitarle importancia, me telefoneó para informarme de que el juez había apreciado el argumento de falsedad documental que los demandantes esgrimían. «Por tanto —continuó—, te van a abrir juicio oral. En breve recibirás la comunicación del juzgado».

La noticia me dejó conmocionado, supe instantáneamente qué me esperaba. Había visto muchos casos como este como para albergar alguna ilusión de lo contrario. La comparación de mi caso con el de Pablo no era posible. En el asunto de mi amigo, el juez archivó la demanda que le interpusieron, mientras que a mí me iban a sentar en el banquillo para juzgarme por algo que, hasta hace poco, ignoraba haber hecho y que, en todo caso y como reconocieron, respondía a la decisión de otros.

«Todo eso da igual, estoy liquidado», pensé. Era jueves y había quedado en ir a la cena que una amiga de Pippa daba en su casa. «No voy a dejar que esto me hunda», me dije tras dar un par de sorbos al whisky con hielo que, inmediatamente tras recibir la noticia, me serví.

Mientras la bañera se llenaba, puse un disco de Mahler, dejé la puerta del baño abierta para escuchar la música, acerqué un taburete para dejar el vaso al alcance de la mano y me sumergí totalmente durante unos segundos en el agua humeante.

«No puedo desmoronarme, no voy a permitírmelo, no me van a arruinar la mejor etapa de mi vida —me decía—, no te dejes ir, no…». El agua al enfriarse me sacó del suave sopor en el que había caído. Me sequé las lágrimas que, sin darme cuenta, inundaron mis ojos y me di una ligera ducha fría para despejarme.

Me vestí detenidamente. Elegí una camisa de seda cruda con una finísima rayita roja. Casi nunca me la ponía porque luego tenía que llevarla al tinte para lavar y planchar. Saqué de una caja, con las hormas puestas, unos brillantes zapatos negros de cocodrilo que Pippa me había traído de Jamaica y que habitualmente solo me ponía con el esmoquin.

Me miré de perfil en el espejo comprobando que el aburrimiento del gimnasio valía la pena y sobre el pantalón de franela gris marengo me puse el jersey de cachemir verde botella que tanto le gustaba a Pippa. Prefería que ella no estuviese ahora. Antes o después me hubiera notado algo o en un momento de debilidad le habría contado lo que pasaba, y eso no podía ser. «Nadie puede saberlo, nadie», me repetí.

Antes de salir de casa, pasé al dormitorio de Pablo. Había visto que en un pequeño cajón de la cómoda guardaba el frasco de tranquilizantes que el médico le recetó en su día. Me tomé una píldora y me llevé el bote a mi cuarto. Luego di un trago final a la botella de whisky.

Cuando llegué a casa de Fiona ya había siete u ocho personas.

—Me ha fallado una pareja. Seremos trece, fíjate qué horror —dijo mientras me ponía una copa de vino en la mano—. ¿O quieres otra cosa? —preguntó mientras me miraba fascinada.

—Un poco de whisky si no te importa —respondí.

Las copas, los canapés, los pinchos, el resto de la cena lo servían una chica y un chico jovencitos. Eran los hijos de los vecinos del piso de al lado y la protección que Fiona se agenciaba para que estos no se quejasen de la música y el ruido. Cuando habían terminado y recogido todo, dejaban una jarra de agua y un cubo de hielo en una mesa y, sonrientes, pasaban una gorra diciendo: «La voluntad, *please. Please*, la voluntad». La gente soltaba la pasta de manera generosa y al final cobraban más que los camareros profesionales.

Hablé con unos y con otras. Tomé un par de pequeños sándwiches de los que Pippa había enseñado a hacer a Fiona: una delgada rebanada de pan negro con un poco de mantequilla, otra de pan blanco con una pincelada de mostaza y, entre ellas, salmón ahumado cubierto de finas rodajas de pepinillos.

Al fondo de la sala, la anfitriona estaba hablando con una chica de unos treinta años. Tipazo, belleza espectacular, ojos de gato, tupidas y preciosamente perfiladas cejas. Me acerqué a ellas y me quedé mirándolas con descaro hasta que se dieron cuenta.

—Mira que eres mala, Fiona. ¿Es que no piensas presentarme a tu amiga?

Tras la presentación, tomé suavemente a la chica por el codo desplazándome hacia una zona menos animada.

—Quiero que veas este cuadro —le dije cuando me la llevaba—. Pero no quiero que veas nada, eso es mentira. Lo que quiero es que me expliques de dónde has salido, dónde has estado tan escondida que nunca nos hemos visto.

Ella echó unas risitas y respondió:

—Bueno, será que no vas a los sitios a donde yo voy…

—Pues a partir de ahora iré.

—No creo que te gusten, o quizá sí —contestó divertida.

—Pero bueno… —continué, acercándome más—, tú cuéntame: ¿por qué eres tan preciosa? Otro whisky, por favor, chico.

Fiona nos miraba con curiosidad desde la otra punta del salón. La zona de recibir de la casa era muy amplia, como corresponde a esos antiguos pisos de la calle Velázquez. El espacioso recibidor daba a un gran salón; en su pared principal colgaba un importante Wifredo Lam y frente a él, un magnífico Balthus.

La estancia tenía dos zonas diferenciadas, en un extremo un arco conectaba con el comedor, en el otro una puerta corredera daba a una sala de estar con un tresillo, una televisión y un pequeño despacho biblioteca en un rincón.

La casa pertenecía a una tía de Fiona, una hermana de su madre que, viuda y sin hijos, se había ido a vivir a Marbella. Su tía estaba encantada de que Fiona viviese allí y de que el piso no estuviese vacío y alguien lo cuidase. Cuando venía a Madrid se lo encontraba impecable y esto le confirmaba lo acertado de su decisión.

Fiona estaba en la cocina cuando sonó el teléfono: era Pippa.

—¿Qué tal? ¿Cómo va eso? —preguntó—. Está Álvaro por ahí, supongo.

—Sí, claro, muy divertido, todos preguntan por ti…

—Son un encanto. Y Álvaro, ¿cómo está?

—Para comérselo, chica.

—Ya, pero ¿cómo está? ¿Bebe mucho?

—Me temo que sí.

—Pero… ¿cómo le ves?

—Pues la verdad ahora está ligando con una que…

—¡No me digas!

—Sí, pero no te preocupes, no hay peligro.

—¿Cómo que no hay peligro? ¿Por qué?

—Porque es lesbi.

—No te creas que me fío yo mucho de esas. No será la primera vez que…

—Sí, pero esta no. Además, está su novia aquí. Pero... mira, la verdad, Pippa, hoy está un poco raro.

—¿Cómo de raro? ¡No me preocupes!

—No sé..., tiene una euforia... Bueno, mañana hablamos.

La gente se fue marchando. Cuando quedamos unos pocos pasamos a la sala de estar.

—¿Dónde está el whisky, Fiona? —pregunté.

—Para ti en ningún sitio por hoy. Anda, siéntate y come algo, que no has probado bocado.

—¡Miradla qué déspota! ¡Igual que su amiga! Y tú —dije dirigiéndome al cuñado de Fiona—, no has dado ni un duro a los chicos cuando se han ido.

—Es que no llevo nada suelto... —respondió este.

—Pues habérselo dado agarrado, que tienes una fama de tacaño... A ver —continué, recostándome en mi sillón y estirando las piernas—, vamos a jugar un poco. Pensadlo y responded uno a uno. ¿Qué cualidades negativas posee la gente que no tiene cura ni remedio? Aparte de la tacañería, claro.

Empezaron a contestar, divertidos, uno tras otro:

—La envidia.

—La maledicencia y el cotilleo.

—El mal gusto; eso es imposible de curar.

—La holgazanería, pero eso a veces es una suerte, porque si hubieran salido trabajadores, se hubieran arruinado.

—Los tontos y memos. La necedad.

—La codicia.

—Las pretensiones y delirios de grandeza.

—La crueldad.

—Los mentirosos por costumbre.

—Los antipáticos a tope. Aunque a mí esa gente en el fondo me gusta porque son muy auténticos.

—Los pródigos. Ojo, no me refiero a los generosos.

—El gorroneo, los gorrones.

—Los que dan opiniones sin que se las pidan. Yo, cuando me dicen... «te voy a ser sincero», me echo a temblar.

—Los soberbios. Se ven perfectos a sí mismos y siempre tienen razón.

—Los iracundos, qué horror.

—La impaciencia, los impacientes. Son insoportables y, además, nada elegantes.

—Los engreídos, que miran a los demás por encima del hombro.

—Los que presumen de dinero, y eso tampoco tiene solución, porque solo es mala educación, y a esas edades a ver quién los educa.

—Los impuntuales por costumbre. Oye, no hay manera de que lleguen a una cita a su hora.

—Los hipócritas. La doblez.

—Los que sin probar la comida cogen el salero.

—Los hipocondriacos: qué pesados, siempre creen que tienen algo.

—Los desconfiados y los que siempre piensan mal de los demás.

—Los malignos. El mal les posee.

—Sois fantásticos. Uy, ha pasado un ángel —dijo Fiona tras el silencio que unos momentos antes invadió la sala. Mientras se levantaba del sofá apagó su cigarrillo en un cenicero que la semana anterior había robado, honorablemente, en Jockey—. Perdonad, voy a retirarme. ¿No os importa? Estoy muy cansada.

Al acompañar a la gente a la puerta, dijo al oído a su cuñado:

—Por favor, llevad a casa a Álvaro, que va muy damnificado.

—Descuida, no te preocupes —respondió este—. Álvaro, te llevamos, que pasamos por delante de tu casa.

—Gracias, *agarrao*, que eres un *agarrao* y un tacaño —le dije tambaleándome mientras me ponía el abrigo.

Ya en casa, tropecé y caí sobre la cama al pretender quitarme un zapato sin sentarme. Me desvestí como pude y me desplomé en el lecho como una piedra.

Dormí poco más de cuatro horas; me desperté atontado, fui al baño a por un Alka-Seltzer, tomé otra pastilla de las de Pablo y me volví a meter en la cama.

Una densa niebla de odiosos recuerdos me envolvía. Oía voces muy lejanas… «Trae la fusta y rápido. Cierra la puerta. ¿Qué notas son estas…, eh? ¡Que qué notas son estas te he dicho!». «Papá por favor…, por favor». Daba vueltas en la cama. Veía a mi hermano mayor tendido en el suelo del baño, convulso, debatiéndose, como un gran pez fuera del agua, con la aguja clavada en el brazo. «Papá, por Dios, no. Mamá, mamá…».

Unas puertas llameantes se abrieron y el can Cerbero, de tres cabezas rabiosas y babeantes, las atravesó al galope abalanzándose sobre mí mordiéndome simultáneamente en el cuello, el antebrazo derecho y los testículos. Lancé un interminable alarido que me despertó de la pesadilla bañado en lágrimas.

Miré el reloj, eran algo más de las tres de la tarde. Me invadía una gran angustia. Fui derecho a la nevera, saqué la botella de jugo de tomate, le añadí medio limón, Tabasco y un gran chorro de vodka. Bebí un largo trago antes de darme una interminable ducha.

Al acabar, mientras me secaba y vestía fui tomándome la copa. Al rato me encontré mejor, bajé al bar y pedí el menú del día. De regreso a casa me acosté y dormí hasta el atardecer. Al despertar me quedé un rato en la cama, tenía la mente bastante clara. Ya estaba situado.

Cuando sucedió lo de Pablo, el juzgado se dirigió al Congreso solicitando el suplicatorio. En mi caso, se dirigirían a mí. El juzgado me lo comunicaría a mí, a nadie más. Ignoraban mi condición de diputado.

«Está bien, de acuerdo —reflexioné—. No voy a ampararme en mi inmunidad. Si lo hiciese, desde ese momento estaría muerto. He de intentar llegar a juicio sin que nadie se entere, sin que salte la escandalera política. No estoy haciendo nada malo; al revés, renuncio a un privilegio, pero he de hacerlo de facto, saltándome los formalismos, los cauces normativos que supondrían mi fin. Me voy al gimnasio, he de machacarme un poco».

De regreso a casa, entré en una iglesia, me senté frente al sagrario y susurré: «Ahora preciso de ti, Señor». Después me dirigí al Manzanitas. «Necesito echar un polvo», me dije.

Al llegar Julen a última hora del domingo vio el desastre. Seis o siete latas de tónica vacías tiradas al lado del cubo de la basura, junto a un par de botellas de ginebra que habían rodado por el suelo. Debajo de una de ellas, medio llena, se veía un charco. Los ceniceros, a tope de colillas manchadas de carmín, y un par de puros, uno apenas encendido, apagado en un plato.

En el baño principal, al pie del bidé, destacaban unas braguitas rotas, y en el váter, donde nadie se había ocupado de tirar de la cadena, flotaba un preservativo.

El pestazo de los puros apagados y mis ronquidos dominaban la casa. La puerta de mi habitación estaba abierta y dormía desnudo boca abajo, agitándome entre sonidos guturales.

Al levantarme por la mañana, encontré a Julen sentado en un sillón de la sala esperándome con cara de cabreo.

—A ver, ¿qué ha pasado aquí? ¿Tú te has vuelto loco o qué? —me dirigí a la cocina sin contestar—. ¡Pero bueno! ¿Esto qué es? —gritó Julen descompuesto. Fue detrás de mí y me agarró por el brazo tirando hacia sí—. ¡Ya me estás diciendo qué pasa o te lo saco a hostias! ¿Qué pasa, que te has arruinado o qué?

Me sacudí el brazo dándole un empujón que hizo trastabillar a Julen, que se lanzó sobre mí y, agarrándome del cuello, me dijo:

—O me cuentas lo que sea o te estrangulo, so gilipollas —tras unos segundos me soltó mascullando—: Perdona, tío, perdona.

Nos sentamos frente a frente en la sala. Yo, agachado con la cabeza entre las manos, susurré:

—Lo que pasa, Julen, es que no puedo más —luego musité algo ininteligible.

Pasé a contarle toda la historia, con todo detalle, desde la época del banco hasta lo de esa semana. Julen hizo café, estuvimos hablando y analizando todos los aspectos del problema. Llegamos a la misma conclusión: no ejercería mi aforamiento para evitar el escándalo y, puesto que la situación no la conocía nadie, ni siquiera el juez, así debería continuar siendo.

—El problema es que puede pasar mucho tiempo hasta que se abra el juicio oral —dije.

—De acuerdo. Tienes que hacer dos cosas de inmediato: la primera, ir al médico, tú no puedes vivir así, que te recete algo.

Después hay que buscar un penalista bueno; el que el banco te ponga no sirve, no puedes fiarte. Ese que colabore con el tuyo, lo necesitará porque el otro tiene toda la información. Y ahora lo más importante: que sea de confianza, de confianza total, que sepa lo mucho que te juegas y lo imprescindible de la cautela.

Esa misma mañana, fui al médico de familia que mi madre tenía hace años. Le conocía de toda la vida.

—Con esto te voy a dejar nuevo, en unos días notarás el cambio. Pero procura no beber, o bebe poco.

***

La prueba se presentaba interesante porque el Madrid había perdido ya la copa frente al Zaragoza y también la Champions, eliminado por el Mónaco. Era su oportunidad de rascar algo importante esa temporada. Julen, Pablo y yo nos organizamos para ver por la tele el partido. El clásico liguero Madrid-Barça.

Pablo seguía con la euforia que le proporcionó su amplia victoria en las elecciones al ayuntamiento. Obtuvo un 51 % de votos frente al 36 % del PSOE y el 7 % de IU. Esa noche trajo una gran bandeja de sándwiches de Rodilla y un *Magnum* reserva que tras las elecciones no tuvimos ocasión de tomar.

Julen había invitado a Carlos, el vecino de abajo, a ver el partido con nosotros. Era forofo a muerte del Real Madrid.

Mientras salían al campo, comentamos la posición desastrosa del Barça en la liga. Estábamos de acuerdo en que todo era favorable para el Real Madrid, obligado a ganar para acercarse a la Atlético de Bilbao, que en ese momento era el líder.

Empezó el partido.

—El Madrid está muy bien, está peligroso en el ataque —comenté—. Además, está desarrollando un juego preciosista. Mira, Mira, Mira… ¡Goooool! ¡Golaazo de Solari! No decís nada, ¿eh?

Sonó el timbre, Pablo se levantó y abrió la puerta a Carlos, que entró preguntando:

—¿Cómo va eso?

—Ha terminado la primera parte. Gana el Madrid uno a cero —contestó Julen.

Carlos se sentó lleno de satisfacción, preparándose a pasarlo de lo lindo.

—Ya lo sabía yo...

—Oye, tío, no te chulees que esto está empezando —dijo Julen un poco cabreado. Él era de la Atlético de Bilbao y quería que ganase el Barcelona—. El Barça ha salido muy bien y está creando oportunidades —añadió, contento.

Los minutos fueron pasando y Kluivert asustó al Real Madrid marcando el gol del empate. Julen y Pablo se abrazaron. Como Pablo era del Atleti, estaba encantado. Las espadas en alto. Julen y Pablo creían en la remontada. «¡Venga, venga, aúpa, chicos!».

—Tranqui, ¿eh?, que el Madrid nunca pierde el ánimo —dijo Carlos—. Le sobra entereza y seguridad, que por eso llevamos, por ahora, nueve Copas de Europa y un montón de Ligas.

—Escucha, que aquí también sabemos presumir —saltó Julen—. El Barça tiene más Copas del Rey que el resto de los equipos españoles y cuatro Recopas, es el equipo europeo más laureado en esta competición, ¿vale?

El partido continuó electrizante. Tras una extraordinaria asistencia de Ronaldinho a Xavi, el catalán colocó el balón por encima de Casillas y ... ¡goooooool, goooooooool!

«Estalla el éxtasis entre los blaugranas y los madridistas caen en la más absoluta desolación», afirmó el locutor que retrasmitía el partido. «Los del Nou Camp emergen en el campeonato liguero, que les permite volar hacia la gloria y que puede suponer el principio de una nueva esperanzadora etapa en juegos y resultados».

—Es un triunfo para la historia —dijo Julen.

—Bueno, eso ya se verá —contestó Carlos—. ¿Es que se va a quedar ahí todo ese vino?

—De eso nada —respondí.

—Tú no te pases, tío —me dijo Julen en voz baja.

Cuando Carlos se marchaba, lo acompañé a la puerta.

—Me gustaría comer contigo un día de estos —le dije.

—Mañana no puedo, pero pasado mañana creo que sí. Te confirmaré. ¿Ocurre algo? —me preguntó girándose antes de salir.

—Ya te contaré. Es algo que me preocupa.

Volví a la sala. Pablo ya se había retirado a su habitación.

Un par de días antes, Julen me comentó que había hecho algunas averiguaciones sobre cómo estaba conceptuado Carlos como abogado penalista.

—He indagado un par de opiniones de colegas de prestigio y han coincidido en considerarlo serio y talentoso. Es alguien respetado por todos, y eso es importante en esta profesión en la que hay toda clase de gente. Tiene otra ventaja: acaba de abandonar el despacho ese tan importante en el que estaba y se lo va a montar por su cuenta.

—Eso me gusta. En esos despachos en los que hay tanta gente trabajando todo se acaba sabiendo.

—Creo que es una buena opción. Pensando en eso, le he invitado a ver el partido con nosotros, es una ocasión para que quedéis en veros.

Al regresar a la sala de estar, le comenté:

—Julen, he hablado con Carlos ya, creo que almorzaremos pasado mañana.

—Estupendo. Venga, me voy a dormir.

—Yo me quedo un rato.

Me dispuse a ver los canales internacionales de noticias. Salían tropas españolas participando en labores de reconstrucción de Irak. Estaban reparando plantas potabilizadoras en el canal de Basora y limpiando zonas de irrigación agrícola.

«Eso está bien», me dije medio adormilado en el sofá. Al rato me desperté aterido de frío. «¿Por qué coño quitarán la calefacción en esta casa por la noche?».

«Lo que no sé todavía —pensé mientras me dirigía a la cama— es qué se nos ha perdido a nosotros en Irak». «No te contradigas», me reproché luego.

LIBRO SEGUNDO:
HICIMOS LO CORRECTO

12

Pippa y yo pensábamos permanecer en Marbella hasta el 30 de agosto, pero mi secretaria envió al hotel un telegrama en el que el presidente convocaba la Junta Directiva Nacional el día 2 de septiembre a las 11:00. Orden del día: «Elección de Mariano Rajoy como candidato a la Presidencia del Gobierno».

Debíamos volver como muy tarde el 24 o el 25, y así se lo dije a ella. En Madrid Pippa tomaría un vuelo de regreso a Londres y yo me incorporaría al despacho. Supuse que mi presencia en la calle Génova sería necesaria, aunque nadie me había encargado nada especial.

El verano había resultado muy agradable; salvo algunas cenas en *petit comité* con algunos amigos de confianza, no hicimos mayor vida social.

Por su parte, Pablo y Marta habían pasado la temporada estival en su casa de campo. De Julen sabía poco, solo que durante el verano se echó una novia. El problema era que ella vivía en Bilbao durante todo el año. Le llamé para decirle que nosotros volvíamos a Madrid antes de lo previsto y me contestó que apuraría su regreso hasta el 31 de agosto.

Tras recibir el telegrama y concretar la fecha de mi vuelta, el estómago se me empezó a encoger. La angustia volvió a aparecer y comencé a dormir mal. «Cualquier día de estos me abren el juicio oral», pensé. Seguí con las pastillas, que no había abandonado, pero comencé con otras que el médico me recetó por si volvía la ansiedad.

Entré en un estado de nervios que me llevó a pedir a Pippa que condujese el coche hasta Madrid. Ella me miró y no dijo nada, pero la feliz despreocupación de esos días pasados en la playa desapareció. Mientras conducía, al pasar por Despeñaperros, yo pensaba que no me importaría nada que en ese momento el coche se saliese en una curva y nos precipitásemos al abismo. «Si ella se salva, me da igual», pensé.

Ya en casa, en Madrid, al día siguiente de marcharse Pippa, me levanté con un sabor amargo en la boca. Fui al lavabo y vomité. Sabía que era bilis. Más de una vez, en las peores épocas de su matrimonio, vi a mi madre correr hacia el inodoro y vomitar en él, de rodillas en el suelo, lo mismo que ahora expulsaba yo.

Tomé mis pastillas y fui andando al despacho. En el camino me tranquilizó algo recordar lo que me dijo Carlos, ya mi abogado, en la comida que tuvimos para explicarle mi situación. «No te preocupes, cuando llegue el momento yo me ocuparé de todo, confía en mí. Todo saldrá bien».

Esos días en la soledad del piso de Madrid, hasta que llegó Julen, se me hicieron eternos. Me quedaba en el despacho hasta las ocho o nueve de la tarde. Algún día salía antes para ir al gimnasio y matar un poco el tiempo y los nervios, pero al llegar a casa no tenía ganas de leer, no lograba concentrarme en lo que leía e invariablemente acababa haciendo lo que me había propuesto no hacer: tomar una copa y luego otra mientras escuchaba música, para acabar recordando todo lo que al hacerlo me destrozaba. Veía llegar a mi padre a casa, con la cara desencajada —luego me enteré de que ese día había perdido en el juego un millón de pesetas—, que comenzaba a pedir dinero a gritos a mi madre, cosa a la que ella se negaba. «¡Pídeselo a tu madre!», chillaba. Al oír las voces, yo estaba en el salón y, al ver su actitud amenazante, me ponía delante de mi madre para protegerla...

«No sigas…, déjalo. ¿Por qué continúas pensando en eso?», me increpé. «Déjalo, déjalo ya de una vez. Ya no hay nada que temer, tranquilo».

La mezcla del alcohol y pastillas generaba en mí una confusión alucinatoria entre el pasado y el presente. Dormido, oía resonar en mi cabeza los rabiosos alaridos de un babuino de sangrantes colmillos con una aguja hipodérmica clavada en el brazo. Entré en el reino de lo imposible, nada de allí era imposible, todo era real. Pero esa realidad que yo veía eran alucinaciones en las que, para mi terror, todo podía pasar.

El día 2 me levanté antes que Julen, le había oído llegar durante la noche. Saber que estaba en casa me aportó cierta tranquilidad. Dormí bastante bien y me fui al despacho. Nos habían citado a las 11:00 de la mañana y Pablo me dijo que iría directamente de la alcaldía a la sede del partido. La puerta estaba tomada por prensa, cámaras de televisión y radios. A los que llegaban les resultaba difícil avanzar entre ellos; los que hacían declaraciones interferían el paso a los demás… Se respiraba un ambiente de suceso importante, aunque, por las sonrisas de muchos de los diputados, presidentes regionales, alcaldes de capitales, senadores y demás cargos orgánicos que llegaban, semejaba un día festivo.

Al acabar la junta nos fuimos a almorzar Pablo, Julen, el diputado gallego que había sido cura, el de Jaén amigo de Julen y yo. La compañía de mis colegas serenó totalmente mi ánimo. La presencia de mis amigos, su afabilidad, su simpatía y la atención que me prestaban generaron a mi alrededor una burbuja de efecto protector extremadamente beneficiosa para mi estado de ánimo.

Tras la comida, al estar en un reservado, el personal del restaurante recogió la mesa y se marchó dejándonos copas, hielo y botellas, como acostumbraban a hacer. Podíamos estar allí todo el rato que quisiéramos porque en el establecimiento quedaba una persona que enlazaría con los del turno de noche.

Yo había pedido un gran Dalia de Partagás, un 8-9-8. Se lo impuse advirtiéndoles: «Este puro o nada, yo convido. Esto no es apto para gente sin sabiduría en el mundo de los habanos». Su humo denso y penetrante, su fuerte carácter lo hacían el indicado para un día histórico como el que habíamos vivido.

El de Jaén porfió para que cada uno pagase el suyo.

—Estate quieto, Álvaro. Vamos a pagar a escote, que más valen cinco Jerios que un muerto.

—Para muertos ya hemos visto bastante esta mañana —respondí y pagué todo.

—Bueno, señorías…, ¿qué? —dijo el de Jaén.

Fueron interviniendo, sin orden, de manera espontánea:

—Como se esperaba, que diría un jesuita —respondió el cura.

—A mí me ha gustado que Rajoy anuncie que seguirá las políticas que estamos implementando, que él no tiene complejos ni necesita marcar diferencias con Aznar —apuntó Pablo.

—Bueno, eso dice ahora con Aznar delante. Luego ya se verá si tiene complejos o no —añadió Julen.

—Pues a mí lo que me divierte es el sentido del humor de Aznar en estas juntas directivas —seguí—. Menos mal que hoy no ha preguntado antes de la votación, como acostumbra, si alguien quiere salvar su voto, añadiendo que es lo único que va a salvar, je, je. Pero hoy le he visto sublime cuando ha alabado de Rajoy su capacidad de trabajo y su tenacidad. Ha sido un flipazo, chicos.

—Pero ¿qué remedio le queda? Rato se ha negado, él sabrá por qué, aunque yo me huelo la razón.

—¿Por qué?

—Tiene plomo en el ala, majo.

—¿Qué plomo?

—No quiero decir nada más de lo que he dicho. Tiempo al tiempo.

—¿Y Mayor?

—Bueno él ha contado que, como el Gobierno no le necesita para ganar las elecciones según las encuestas, él está descartado. Si se hubiesen necesitado votos, el candidato sería él, lo que no es el caso.

—¿Y Rajoy?

—Aznar cree que no le dará problemas, y yo sinceramente pienso que el país necesita un perfil como el suyo, que baje la crispación, que aporte calma y buena gestión.

—Pero ¿liderazgo?

—Vale, pero bastante hiperliderazgo hemos tenido. Ahora conviene alguien tranquilo, que no solivante al país.

—Pero hay algo importante: qué equipo económico tendrá, porque él de eso está pez.

—Pues yo pienso que puede llevar a Rato en su candidatura.

—Eso es lo que los empresarios quieren, pero dudo que Rato lo acepte. En cualquier caso, hay mucho equipo alrededor de Rodrigo.

—Sí, eso sí.

—A mí me ha gustado que Rajoy diga que cuenta con todos nosotros, que hemos demostrado nuestra valía y talla en los momentos más difíciles y aportado lo mejor de todos nosotros a los logros del Gobierno. Y también que nos lo debe por el apoyo mayoritario que le estamos prestando.

—Pues eso augura una escabechina general —dijo Ignacio, el excura navarro.

—¿Por qué lo dice entonces?

—Porque él es así, y, además, ha de tener tranquilo el gallinero hasta las elecciones.

Desde hacía meses, yo pasaba cada día más tiempo en mi despacho de la calle Génova. Se acercaban las elecciones, pero no me pesaba, estaba encantado con mi trabajo. Podría decir que, fuera de las horas que dedicaba al sueño, todo el resto del día no tenía otra cosa presente que la política, e incluso a veces hasta por la noche seguía viviendo en sueños experiencias relacionadas con ella.

Hasta el momento en que Rajoy fue designado candidato a la presidencia del Gobierno, mi despacho estaba situado pared con pared con el suyo. Esa planta tenía un acceso muy restringido y para hablar con los vicesecretarios generales se tenía que pedir cita previa a sus secretarias.

Muchas veces, Álvaro Lapuerta, tesorero general del partido, entraba en el despacho de Rajoy, al que solía llevar una caja de puros, acompañado de Bárcenas. Mientras Lapuerta despachaba con el presidente, Bárcenas pasaba por otros despachos y luego venía al mío a pegar la hebra. Su opinión era inteligente, y ni que decir tiene que informada, pero lo que más me gustaba de él era su fuerza vital. Todo le interesaba, los viajes, los deportes, la comida, la ropa, el arte…, y su carácter educado y alegre hacían de él un conversador extremadamente interesante.

Es el tipo de gente que a mí me gusta. En España uno de los mayores elogios que se puede decir de alguien es que es una persona muy seria. La seriedad es necesaria, pero en su momento, no a perpetuidad. La seriedad del burro no constituye una virtud en sí misma.

También tiene mucho predicamento aquí hablar poco, como si las pocas palabras concentrasen la sabiduría. Es cierto que, si hablas poco, te equivocas poco, y ese puede ser el origen de ese aprecio. Hablando poco se pueden decir cosas muy interesantes, pero también puede ocurrir que el que habla poco es que no tiene nada que decir y, desde luego, hablar poco no conlleva escuchar mucho. Asimismo, hay que añadir que hablando mucho se puede no decir nada y aburrir o, por el contrario, decir muchas cosas inteligentes y divertidas. También hay que contraponer que hablar mucho no significa escuchar poco.

Por razón de mi cargo yo coordinaba las diferentes aportaciones sectoriales que se incluirían en el programa electoral de nuestro partido para las siguientes elecciones generales. Estaba preparado hacía tiempo. Cada autonomía había contribuido con sus propuestas que, fundamentalmente, procedían de sus respectivas comisiones de estudios, que incluían la presencia de diferentes expertos, muchos de ellos destacados empresarios y profesionales conocedores a fondo del ámbito en que se movían. Ellos mejor que nadie conocían «dónde les apretaba el zapato» y nos ayudaron a presentar un programa adaptado a las verdaderas necesidades, pegado al terreno, del país.

Ello no constituyó mayor problema para mí. Básicamente consistía en más de lo mismo. Sabíamos lo que había dado buenos resultados y se trataba de incidir en ello.

Podíamos presentar, asimismo, unos equipos de políticos de gran solvencia demostrada en sus anteriores responsabilidades.

La campaña estaba ya prácticamente terminada. Yo había participado en algún que otro acto público, pero mi labor fundamental consistía en preparar con anterioridad contenido y sugerencias destinadas al director de la campaña electoral para ser analizadas con el resto de los miembros del comité. Nos reuníamos a las ocho de la mañana para elaborar los mensajes y el argumentario que diariamente se hacían llegar a todos los candidatos y a los respectivos comités electorales de cada provincia. Después de esta reunión me dedicaba a trabajar una serie de sugerencias e ideas fuerza para los candidatos que tuviesen pendientes debates en televisiones o radios con otros rivales electorales.

También estudiaba las intervenciones públicas que los líderes nacionales o regionales del partido tenían pendientes para aportar alguna corrección o propuesta, y en muchas ocasiones se me pedía la elaboración completa del discurso de algún candidato para un momento o lugar significativo, que posteriormente él revisaba o reelaboraba con su propio equipo.

El jueves 11 de marzo me encontraba solo en casa. Julen se había instalado en Bilbao durante toda la campaña electoral y Pablo iba a la alcaldía a primeras horas de la mañana y luego se incorporaba a los actos electorales que tenía programados.

Sobre las ocho de la mañana, el teléfono comenzó a llamar; me pareció oírlo, pero estaba en la ducha, luego volvió a sonar y no llegué a tiempo de cogerlo, pero de inmediato volvió a sonar. Era Pablo.

—Pon inmediatamente la radio —me dijo—. ¿Te has enterado del atentado?

—¿Qué atentado?

—Pon la radio o la tele, ¡coño! Ha habido múltiples explosiones en varios trenes, en Atocha. Tengo que dejarte —y colgó el teléfono.

Por la radio solo contaban los hechos ocurridos. Se trataba de una serie de ataques terroristas en unos trenes de Cercanías de Madrid. Había cientos de heridos e innumerables muertos. Con diferencia de pocos minutos, casi simultáneamente, entre las 7:36 y las 7:40, se produjeron diez explosiones en cuatro trenes de Madrid. El caos era total.

Lo primero que pensé fue en los canallas de ETA. Llamé a Gustavo Arístegui.

—Acabo de hablar con Esperanza Aguirre —dijo—, me ha llamado para preguntarme mi opinión.

—¿Tú qué crees? Ha sido ETA, ¿no? —le pregunté.

—Yo no lo creo. Esto es islamista.

Me quedé estupefacto. La primera reacción lógica era atribuir el atentado a ETA.

Seis horas después de los atentados, el presidente Aznar compareció ante los medios para anunciar que había dos líneas de investigación sobre la matanza, pero que la más lógica apuntaba a ETA.

El ministro del Interior, Ángel Acebes; el presidente Aznar, el secretario general del PSOE, Rodríguez Zapatero; el lendakari Ibarretxe y los medios de comunicación así lo creyeron. La ministra de Asuntos Exteriores, Ana Palacio, envió telegramas a las embajadas y consulados comunicando la autoría de ETA. Luego consiguió que el Consejo de Seguridad de las Naciones Unidas suscribiera una condena contra la banda.

Eso era lo lógico, pero yo tenía en alta consideración el criterio de Arístegui por su larga trayectoria diplomática en Oriente Medio; era la persona cuya opinión en ataques y atentados islamistas más valoraba. Su padre había muerto siendo embajador en el Líbano al penetrar en la embajada un proyectil sirio y él conocía de primera mano el *modus operandi* del terrorismo islámico.

Me enteré de que, por otra parte, las bombas que no habían estallado llevaban un explosivo diferente al que usaba ETA.

Me dirigí de inmediato a mi despacho. Quería hablar con una antigua compañera mía del banco que actualmente trabajaba en Nueva York. Le llamé para preguntarle qué se decía por allí. Me contestó que corría la voz de que era terrorismo islámico. Añadió que nunca en la historia de la bolsa de Nueva York esta había bajado por un atentado de ETA; ese día, nada más abrir, bajó. La explicación fueron los atentados de Madrid.

Estaba anonadado, no entendía nada. Resulta que estábamos llenos de dudas. Entonces, ¿por qué nos habíamos lanzado en tromba en una sola dirección? Pensé que eso era gravísimo, una inmensa temeridad independientemente de los razonamientos o justificaciones que pudieran hacerse.

Ese mismo día me convocaron a las siete de la tarde a una reunión en el despacho de Rajoy. Estarían Matos, Zaplana, Aristegui, Elorriaga, Arriola y algún otro más. Arriola había afirmado que estaba claro que, si la opinión pública pensaba que aquello era de ETA, ganábamos las elecciones; pero si creía que era islamista, las perdíamos.

Yo puse un pretexto y decliné asistir. La frase de Arriola era una mera constatación de la realidad, frase inocente que sin embargo marcaba el camino a seguir. Pero y qué pasa con la verdad, ¿eh? ¿Qué pasa?, pensé indignado.

En unas pocas horas contemplé la deriva que habíamos tomado. Yo no salía de mi asombro. Pero ¿por qué no nos dirigimos a los medios y decir la verdad? Simplemente: miren, no tenemos ninguna certeza, en este momento no sabemos nada. Conforme vayamos teniendo más datos e informaciones, estas serán compartidas. Yo me preguntaba las razones por las que el presidente del Gobierno no había salido, de manera solemne, ante los medios a hacer una declaración semejante acompañado de todos los líderes de los partidos democráticos haciendo frente de manera conjunta a una catástrofe semejante. El secretario general del PSOE y candidato a presidente, Rodríguez Zapatero, se había ofrecido a ello, al conocer el atentado, cuando se dirigió a la nación pidiendo unidad de todas las fuerzas democráticas. Esa posición permitiría, en su momento, emitir un comunicado conjunto que trasladase a los ciudadanos la estimación de los hechos que los representantes de la soberanía nacional compartían. La extrema gravedad del atentado exigía esa respuesta unitaria.

Estaba claro que, a las puertas de unas elecciones generales, el desastre estaba asegurado si no encontrábamos la manera correcta de administrar la situación, y resultaba evidente que en ese momento no la habíamos encontrado.

Lo que a continuación ocurrió lo sabemos todos, lo vimos en persona o por las imágenes de las televisiones. El 12 de marzo se celebró en Madrid una manifestación convocada por el Gobierno. «Con las víctimas, con la Constitución, por la derrota del terrorismo» era el lema. Asistieron más de dos millones de personas incluidos el entonces príncipe Felipe y las infantas. A lo largo de España salieron a la calle once millones de personas. En la manifestación de Madrid, el presidente del Gobierno fue recibido con gritos de «¿Quién ha sido?».

Ese mismo día a las nueve de la mañana, el secretario de Organización del PSOE, José Blanco, había salido en televisión afirmando: «El Gobierno retiene información». «Van a intentar dar toda la información después de las elecciones», aseguró.

Gente de la Facultad de Ciencias Políticas de la Universidad Complutense convocó una protesta dando por hecho que el atentado era una consecuencia de nuestra participación en Irak.

«¿Aznar de rositas?». Se distribuyó este mensaje a todos los profesores y alumnos de la Complutense, también a los dirigentes del PSOE e IU. Frente a la sede del Partido Popular se congregaron cinco mil personas. Gritaban: «Mentirosos, mentirosos», «¿Quién ha sido?», «Vuestra guerra, nuestros muertos».

Las manifestaciones se sucedieron por toda España. Simultáneamente las televisiones daban imágenes atroces del atentado, féretros, cadáveres, la desesperación de las familias buscando a las víctimas… Esas imágenes fabricaban la emoción, y las emociones que la gente sentía se convirtieron en evidencias, no se necesitaban más pruebas.

En plena jornada de reflexión, Pérez Rubalcaba compareció para exigir al Gobierno Aznar la «verdad» sobre los atentados y afirmó que los españoles se merecían un Gobierno que no les «mintiera». De arriba abajo, España era un volcán de emociones. Hablé con diferentes colegas, algún secretario de Estado, subsecretarios y un ministro del Gobierno, buen amigo mío. Este me reconoció que el Gobierno estaba en estado de *shock*, absolutamente anonadado. Les transmití que en esas circunstancias no se podía ir a las elecciones, que era una absoluta anomalía democrática.

Corrían bulos de que el Gobierno preparaba un golpe de Estado. «Intelectuales» y gente conocida de la farándula se sumaron a esta teoría, que incluso trasladaron a los corresponsales extranjeros.

La mayoría de mis interlocutores me dieron la razón. Otros no lo veían claro, alguno me dijo que eso era lo que los terroristas buscaban, alterar la normalidad democrática aplazando las elecciones. Yo les respondí que la normalidad democrática ya estaba alterada, simplemente no existía.

Después de la intervención de Rubalcaba, pensé que no se podía perder más tiempo y que se tenía que actuar. Nos reunimos en mi despacho un grupo de diputados, alguno de ellos había sido miembro del Consejo General del Poder Judicial, dos abogados del Estado y otras destacadas cabezas jurídicas. Se trataba de analizar los posibles caminos a seguir que, sin movernos un ápice de la legalidad constitucional, permitiesen aplazar las elecciones para convocarlas en un ambiente de normalidad que, obviamente, en el país ese día no reinaba.

En un par de horas elaboramos un protocolo, que hicimos llegar de inmediato a Juanjo Moreno, el jefe de gabinete de Presidencia. Con los jefes de gabinete de los hombres importantes pasa como con las viejas criadas de las grandes casas, que mandan más que sus dueñas. Todo lo que no son ideas suyas son ocurrencias. No pueden permitirse que otros sugieran algo que no haya salido de ellos. Luego pasa que, como están acostumbrados a tratar con gente de máximo nivel, miran al resto desde una cierta altura;

finalmente, también ocurre que no entra en sus apetencias presentar al jefe algo que pueda incordiarle.

Este Juanjo Moreno era un hombre jovial y convencionalmente simpático, ejercía un sentido del humor a veces ininteligible, cuando no cáustico y enigmático, lo que solía confundir a sus interlocutores. Esto desaparecía al hablar con su jefe, el presidente, entre otras cosas porque conocía bien la ausencia de humor de este.

Pronto nos dimos cuenta de que el documento no pasaría ese filtro y pedimos al ministro que compartía nuestra opinión que se lo pasase al presidente.

Hecho lo anterior, que yo creía urgente e importante, regresé a casa. Puse un rato la televisión, pero enseguida la apagué asqueado. Encendí un puro, me puse un whisky —no sé la razón, pero cuando estoy triste bebo whisky y, si soy feliz, me hago un *dry martini*—, y sentado con cierta tranquilidad reflexioné sobre los dos últimos días.

Esas manifestaciones, esos movimientos de masas protestando a lo largo de todo el país no eran algo nuevo. Ya lo habíamos visto antes. Ese estado de algarada callejera el día de reflexión era algo predecible. Ya lo habíamos vivido tras lo del *Prestige*, tras la guerra de Irak. *Prestige* e Irak eran acontecimientos concatenados en el tiempo que predecían acontecimientos futuros. La posibilidad de que ocurra un hecho depende de los anteriores; aunque sea independiente en la manera en que aparece, tienen cierta filiación. Creo recordar que este tipo de análisis lo desarrolló Markov. Lo que se ha llamado Cadenas de Markov estudia la probabilidad de que ocurra un suceso determinado en función de otros anteriores.

Esto me llevó a recordar los atentados islamistas contra la Casa de España en Casablanca de 2003, un ataque mortífero en el que murieron cuarenta y una personas. Me pregunto por qué aquí no le dimos la importancia debida, el Gobierno español no se dio por aludido. Creo que no se analizó bastante la posibilidad de que España pudiese ser objetivo islamista. No sé, en fin...

El presidente del Gobierno, José María Aznar, seguía atentamente los nuevos datos e informaciones de los medios. A las doce de la mañana el candidato Mariano Rajoy había anunciado la suspensión de la campaña electoral.

En una sala de la Moncloa, el presidente se reunió con los vicepresidentes, Rato y Arenas; el ministro del Interior, Acebes; el portavoz del Gobierno, Zaplana; el secretario general de Presidencia, Zarzalejos, y el secretario de Estado de Comunicación, Timmermans, para analizar y valorar la situación.

Cuando posteriormente me enteré de quiénes eran los allí reunidos me resultó especialmente llamativa la ausencia del director de los servicios secretos, el CNI, Jorge Dezcallar. Una semana después de los atentados, este presentó su dimisión en protesta por la desclasificación «parcial y selectiva» de informes del servicio secreto.

La reunión acordó un receso para almorzar y volver unas horas a sus respectivos despachos. Quedaron en reunirse de nuevo por la tarde.

José María Aznar estaba en su despacho tomando una tortilla francesa con unas rebanadas de pan con tomate. Había adquirido el gusto por ese plato en uno de sus muchos desplazamientos a Cataluña; lo consideraba perfecto para una comida rápida, nada pesado y delicioso. Un pequeño golpe a la puerta anunció la entrada de Juanjo Moreno, el jefe de gabinete, que llevaba en la mano el documento que habíamos remitido.

—Presidente, creo que deberías leer esto. Lo tienes en tu poder, pero lo traigo aquí; trata sobre un posible aplazamiento electoral. Al menos deberíamos analizarlo. Es breve y nada farragoso —añadió—. Tengo que decirte que estoy recibiendo llamadas y sugerencias de gente importante en ese sentido.

—¿Como quién? —preguntó Aznar.

—Catedráticos de Derecho Constitucional, miembros de consejos editoriales de prensa, gente del partido y…, por ejemplo, Jaime Mayor.

—En principio no lo acabo de ver. Que yo sepa nuestra legislación actual no contempla el caso de un aplazamiento de las elecciones a causa de ningún suceso. Pero estos que lo proponen parece ser que lo han estudiado, debe de estar fundado... Podemos verlo. Haz unas consultas y me informas. Aquí lo más importante es si hay tiempo y no pisar ni una raya de la legalidad.

Juanjo Moreno convocó a los autores del protocolo a una reunión en su despacho. A ella se incorporaron dos destacados miembros del Consejo de Estado y un par de catedráticos de Derecho Constitucional que, sumados a los autores del proyecto, constituían un potente equipo que garantizaba plenamente la bondad del dictamen final.

Tras un breve debate estuvieron de acuerdo en una serie de puntos. El artículo 116 de la Constitución, en su párrafo 3, permitía al Gobierno declarar el estado de excepción, mediante decreto acordado en consejo de ministros, previa autorización del Congreso de los Diputados. La Cámara estaba cerrada, pero su Diputación Permanente asumía plenamente sus funciones. Si esta lo autorizaba, el siguiente paso correspondería al consejo de ministros decretándolo.

También quedó claro que la Ley del Referéndum de 1980, en su artículo 4.º, declaraba que durante el estado de excepción no podría celebrarse votación de ningún tipo.

Tras el decreto del Consejo, solo quedaba pasar la firma al Rey y publicarlo en el Boletín Oficial del Estado. Establecido lo anterior, había que cumplir el resto de los requisitos constitucionales.

La declaración y proclamación del estado de excepción debía determinar expresamente los efectos de este, el ámbito territorial al que se extendería y una duración no superior a los treinta días, prorrogables otro plazo igual con los mismos requisitos.

Juanjo, nada más terminar la reunión, salió disparado a presentar las conclusiones al presidente; el resto nos quedamos analizando la justificación del decreto y la viabilidad de los plazos, dada la premura del tiempo disponible. Ahora solo quedaba tomar la decisión.

Suele ocurrir en la vida de los que se dedican a la política que en un determinado momento se te conceden un par de minutos, a veces menos, en los que has de decidir lo que más adelante ya no podrás hacer y sobre lo que no hay vuelta atrás.

Cuando regresé a casa seguía dándole vueltas al asunto. Estaba claro, pensé, que las elecciones se podían aplazar legalmente. También lo estaba que no había normalidad democrática. La subversión de la opinión pública dominaba las calles, nuestras sedes se hallaban sitiadas, nuestros candidatos acosados e insultados. Mucha gente ya nos había condenado como responsables de los atentados. En parte la culpa era nuestra, desde luego, nuestra política informativa había sido de una enorme torpeza; sin embargo, estábamos en un escenario tremendamente anómalo que inevitablemente condicionaría el voto ciudadano. A esas alturas yo no veía que tuviera sentido defender la pureza democrática del Gobierno no aplazando las elecciones cuando ese Gobierno ya había sido ensuciado previamente por Rubalcaba y Cía. Sin embargo, pensé, que cuando tú crees que has hecho lo correcto no puedes dejar de considerar que has podido generar una serie de preguntas de difícil respuesta que a su vez vuelven a plantearte si no estás gestando, con tu acción, otro anómalo escenario.

Recordé una llamada de Julen quince días atrás en la que me preguntaba qué pensaba de la última encuesta.

—Bueno, ganamos, ¿no? —le contesté.

—No, no —dijo Julen—, me refiero a eso de que un cuarenta por ciento duda todavía a quién votar. ¿Te lo puedes creer, tío? Hay gente que habla de empate técnico.

—Puede ser, pero me lo creo en parte. Cuando alguien no quiere confesar su intención de voto responde a los encuestadores que aún no lo ha decidido.

Imaginé que el voto no decidido, junto a la abstención a modo de protesta, podría alcanzar un récord histórico, y no digamos ya la que previamente se montaría en la calle.

Puse el telediario y al poco volví a quitarlo. El país estaba en un estado excepcional, la declaración del estado de excepción solo vendría a reconocer lo evidente, pero… posponer unas elecciones suponía dejar en el aire, en suspenso, el supremo momento en el que el poder soberano del pueblo se manifiesta. Pensé que esta era la decisión más difícil de un mandato presidencial.

Horas más tarde coincidí en un funeral con el banquero Luis Valls-Taberner, viejo amigo de la familia de mi madre. A la salida me atreví a pedir su opinión sobre el aplazamiento electoral. Tras unos segundos, me dijo:

—Mira, Álvaro, cuando se toma una decisión de cierta transcendencia social hay que considerar si dentro de diez años aguantará la portada de un periódico.

El día 13, a primera hora de la mañana, el presidente del Gobierno pidió al del Congreso que instase la reunión urgente de la Diputación Permanente con un punto único del día: «Solicitud del Gobierno de declaración del estado de excepción en todo el territorio nacional». La solicitud quedó aprobada por mayoría absoluta.

El consejo de ministros, reunido en sesión extraordinaria en el mismo palacio de las Cortes, a las 15:00 aprobó mediante Real Decreto la declaración del estado de excepción «al objeto de restaurar la normalidad democrática y los equilibrios electorales existentes antes del atentado perpetrado el día 11 de marzo presente. A estos efectos se suspenden los derechos de manifestación y reunión en todo el territorio nacional, por un periodo temporal de 30 días prorrogables a otros 30 de posible consideración».

A las 18:00, el Real Decreto fue presentado al Rey para su sanción.

A las 20:00, en edición extraordinaria, el Boletín Oficial del Estado publicó el Real Decreto.

«Las elecciones quedan aplazadas por un periodo de 30 días. De ser estimado necesario, el Gobierno, previo sometimiento a la preceptiva autorización de la Cortes, considerará su prórroga 30 días más».

El presidente del Gobierno citó a los medios de comunicación a las 21:00 para dar cuenta del aplazamiento electoral. Tras leer el texto del Real Decreto, se extendió en la descripción del estado de las calles en la jornada de reflexión. Consideraba obligado el aplazamiento electoral en aras de permitir a los ciudadanos un escenario en el que la libertad de voto, ese día seriamente amenazada por el aluvión de bulos, desinformaciones, falsedades, acosos y amenazas, pudiera expresarse ajena al caos, de manera serena y democrática.

Esa misma noche los partidos mayoritarios de la oposición monopolizaron las tertulias de radios y televisiones con las teorías más disparatadas y peregrinas. Que si el Rey se había negado a firmar el Real Decreto y lo había hecho fuertemente presionado. Que si se había intentado un golpe de Estado, fallido ante la negativa de los militares, habiéndose recurrido entonces a esta fórmula que retorcía la Constitución. Que no estaba claro que pasado el tiempo establecido Aznar volviese a convocar elecciones, dado que no se había garantizado esto.

PSOE, IU, CIU, ER, PNV y EA convocaron protestas ante las sedes del PP, fuertemente custodiadas por la policía, pero apenas congregaron pequeños grupos de activistas que se disolvieron sin mayores consecuencias.

En una de las tertulias en las que participé esos días, ante el cuestionamiento de las facultades de una Diputación Permanente en situaciones anómalas, recordé el precedente del año 1936 en el que, con un gobierno de derechas saliente, controlando por tanto aún la citada diputación, y dado que, aunque se habían celebrado las elecciones que ganó el Frente Popular aún no se había formado Gobierno, el citado organismo concedió la amnistía que las fuerzas ganadoras solicitaban.

Por otra parte, estaba claro que no se podía ir a elecciones con la alteración del orden público existente. Los fundamentos del orden público requieren el normal funcionamiento institucional y el libre y pacífico ejercicio de los derechos individuales, políticos y sociales, circunstancias que no se daban.

Yo, al igual que otros miembros que el partido designaba, acudía asiduamente a este tipo de debates públicos. Nuestro trabajo era intenso dado que no podíamos contar con diputados y senadores. Al disolverse la Cortes, sus miembros perdían la condición de parlamentarios, y, por otro lado, las candidaturas electorales habían decaído.

En su momento, al finalizar la prórroga del estado de excepción, el Gobierno debía convocar nuevas elecciones 54 días después de anunciarlo, reiniciándose así todo el proceso electoral, con su correspondiente campaña.

13

Los días siguientes devinieron en el periodo más sereno y quizá feliz que había disfrutado en mucho tiempo. Al estar disueltas las Cortes, tanto yo como Julen y Pablo perdimos nuestra condición de parlamentarios. El piso que compartíamos pasó a ser de uso exclusivo mío y, aunque al principio echaba de menos a mis amigos, pronto me encontré cómodo en esta nueva situación.

Nada más conocerse el aplazamiento de las elecciones, mi vecino y abogado Carlos pasó a visitarme lleno de júbilo. Ya no era diputado y tampoco lo sería al menos en seis meses, por lo que, si llegaba la apertura del juicio oral, y eso estaba a punto de suceder, no habría necesidad de pedir suplicatorio alguno para juzgarme y el escándalo quedaría soslayado. Resuelto el mayor problema que tanto me había preocupado y angustiado, todo lo demás carecía de importancia. Carlos me garantizó que la querella estaba ganada. Con todo el escenario del atentado y el estado de las calles, yo ni siquiera había pensado en esto, pero era evidente que así era.

Nada más quedarme solo, llamé a Pippa. Estuvimos hablando más de una hora en la que pasé a detallarle todo el proceso de silencio y sufrimiento que había soportado durante tanto tiempo. Ella, a su vez, me confesó cuán llena de preocupación y amargura había estado su vida viéndome tantas veces al borde del abismo.

Al acabar la conversación, me sentí agotado, notaba una extrema laxitud en todo mi cuerpo y un inmenso cansancio, pero pensé que debía hacer el esfuerzo que Julen se merecía y llamarle para contarle la conversación tenida con Carlos.

—Joder, tío —me contestó—, nunca habría pensado que dejar de ser diputado podría traernos algo tan bueno. Me alegro mucho. Esto es para que veas qué razón había en aquella frase de no sé quién que un día te dije: «En ocasiones, cuando uno se enfrenta a lo inevitable, surge lo imprevisto». Lo ves, tío, ¡qué bien!, ¡qué de puta madre! Ahora descansa, ya hablaremos.

Carlos se había portado muy bien en todo momento. Durante la campaña, al enterarse por el portero de que estaba en casa, pasaba a verme y a tomar una copa conmigo. A veces íbamos a cenar a algún restaurante del barrio. En esas ocasiones procurábamos eludir cualquier referencia al juicio pendiente. Su vecindad y la plena disposición que Carlos me mostraba constituían un bálsamo para mis temores.

Ahora todos esos temores comenzaban a quedar muy lejos, acariciaba la idea de que pronto podría volver a vivir de nuevo.

Pippa tomó a su cargo mi recuperación anímica. Venía a Madrid al menos dos fines de semana al mes. Salíamos a La Granja para luego ir a tomar cochinillo en Segovia, ciudad que a ella le apasionaba. Organizaba estancias de un par de días en algún Parador cercano y cenas en nuestra casa, a las que siempre invitaba a Carlos, o íbamos a la de algún amigo.

Coincidí en una de esas cenas con Luis Bali, viejo conocido mío, al que encontraba de vez en cuando en casa de amigos comunes. Le tenía algo de manía. Hijo de una buena familia con mucho dinero, de joven era uno de esos comunistas que en la universidad estaban al frente de todas las revueltas. Al morir su padre, él y su hermana heredaron una importante fábrica de conservas en Murcia junto con una gran finca de cítricos. Lo primero que hizo fue decir a su hermana que él no quería ocuparse de la fábrica y explotar a los obreros, que de esa manera se habían hecho ricos su abuelo y su padre. El marido de su hermana le contestó que muy bien, que él llevaría la fábrica, pero que habría que vender la finca porque él necesitaba efectivo para pagarle su mitad del negocio. Y luego, si quería, que diese el dinero a los explotados.

Luis le mandó a la mierda, se vino a vivir a Madrid, se compró un pisazo frente al Parque del Oeste y luego iba por ahí de progresista acostándose con unas y otros, porque él estaba liberado y decía que en el fondo todos éramos bisexuales.

Su hermana, que sí era amiga mía de nuestros años universitarios, me había contado muchas cosas de él y de los grandes disgustos que siempre había dado a sus padres. De una de sus trapacerías más notables se enteraron tiempo después de abrir el testamento de su abuela materna.

La señora, que tenía un importante título nobiliario, vivía en un caserón de dos plantas en el Madrid de los Austrias. Cuando Luis venía a Madrid se alojaba siempre en su casa y su abuela le acogía, encantada de que pasase unos días con ella. Tenía más nietos, pero él era su preferido; parece ser que Luis era muy cariñoso, era el mayor y, además, según contaba la señora, se parecía a su padre, el bisabuelo del chico. En verano ella se marchaba a una casa que tenía en Santander, en esos veraneos de cerca de tres meses que muchos que podían permitírselo acostumbraban a hacer.

La biblioteca de la casa de su abuela albergaba una muy buena colección de dibujos, cerca de una treintena, que ella y su difunto marido habían ido reuniendo a lo largo de muchos años, algunos heredados, los demás comprados. La biblioteca habitualmente estaba en penumbra, con las cortinas corridas a fin de que la luz no afectara a los dibujos. Tenían obras de Leonardo Alenza, Eugenio Lucas, Fortuny, Madrazo, Solana, un par de Alberti que el propio poeta les había regalado, otro de García Lorca y muchos más de diferentes épocas. En la colección destacaban un dibujo cubista de Picasso y una escena taurina de Goya. Todos ellos estaban debidamente catalogados; el Goya y el Picasso habían sido reproducidos en alguna ocasión en diferentes revistas de arte.

Un verano, con la casa cerrada y en la que solo habitaba en ese momento un antiguo empleado de confianza, Luis, alojado allí unos días, se presentó cautelosamente con un amigo suyo, antiguo alumno de Bellas Artes y copista en el Museo del Prado. El chico vivía de los encargos que a tal efecto recibía, cumpliendo siempre con las limitaciones que en cuanto a tamaño la institución exigía a los copistas para impedir falsificaciones.

Fueron a la biblioteca y el copista estudió detenidamente el Goya, tomó nota del papel y los detalles del cuadro y, tras hacerle una fotografía con una Leica, ambos salieron subrepticiamente de la casa sin que el vigilante, el antiguo chófer, advirtiese su presencia.

En cinco o seis días, el amigo de Luis, que había buscado un papel de la época y elaborado una tinta con los mismos polvos que usaba Goya, pero en proporción más diluida que la que el maestro empleaba para imitar la decoloración que el paso del tiempo genera, tenía una réplica de medidas exactas a la del original. Volvieron a la casa y dieron el cambiazo tras ponerle el mismo marco.

En esa sala mal iluminada, en la que el Picasso y el Goya estaban en el interior de una librería cerrada con cristal para proteger del polvo varios incunables y primeras ediciones, distinguir el cambio era casi imposible.

Unos meses después, pidió ser recibido por la condesa un conocido anticuario de Madrid que, con toda corrección, le pidió que firmase el recibo de la venta que, según él, ella encargó a su nieto que hiciese en su nombre. El nieto le había dicho que lo firmaría como mandatario, pero pensaba que, al figurar en todos los catálogos como propietaria, necesitaba que fuese ella la que lo hiciese.

La abuela de Luis se quedó estupefacta, pero no movió un músculo de su cara y le respondió que claro que sí, que con mucho gusto lo haría, era lo lógico. Luego le ofreció un café tras asegurar a su visitante, como le pidió este, que, ya que se conocían, si pensaba en otra venta, recurriría a él.

Pasaron seis o siete años y, al morir la abuela de Luis y de mi amiga, al abrir su testamento, muy complejo, el notario les comunicó que dejaba herederos a sus hijos con un legado a cada persona de su servicio para que, al fin, pudieran retirarse.

En el documento dejaba una relativamente importante cantidad de dinero para cada nieto, junto a un dibujo de su colección, rogándoles que lo conservasen en recuerdo suyo. Y añadía: «A mi querido nieto Luis no le dejo nada, porque ya le di en vida el dibujo de Goya que tanto le gustaba. El que hay en la biblioteca es una copia que mandé hacer como recuerdo del original».

Cuando la hermana de Luis me contó la historia le pregunté cómo habían averiguado lo que realmente pasó. Me dijo que cerca de un año después, la policía detuvo a un marchante que tenía un dibujo idéntico al original de su abuela. El copista hizo dos copias, una se la dio a Luis y la otra se la quedó él para venderla por su cuenta. De esa manera se reveló el gatuperio. La familia echó tierra sobre el asunto y hasta ahora, pero Luis ya estaba enemistado con todos ellos porque también quiso disputar la sucesión al título de su abuela a su primo mayor, sacando a relucir una carta en la que ella decía que le hubiera gustado que el título fuese para él. Naturalmente no lo consiguió, pero incordió a todos durante bastante tiempo.

Tras acabar la cena, Luis Bali me preguntó cómo iban las cosas por Génova ahora que ya no eran diputados los mandamases. Yo le contesté que, como siempre, seguíamos teniendo mucho trabajo.

—Piensa que estamos en puertas de unas elecciones en las que no podemos fallar, y las encuestas que tenemos no están nada claras.

—No, si yo lo digo porque debéis de estar muy bien pagados, porque, sin los sueldos de diputados, yo veo a tus jefes tirar de veta. El otro día vi en Rafa a tres de los tuyos atacando un centollo y una fuente de marisco regado con Belondrade Lurton, y luego pagaron en efectivo.

—Como paga la mayoría de la gente, estarían celebrando algo.

—El aplazamiento de las elecciones, supongo.

—El aplazamiento de las elecciones deberías celebrarlo tú si eres sensato, ¿o no? ¿A ti qué te parece que venga Zapatero y eche a los americanos de la base que tienen al lado de la finca que les tienes arrendada? ¿Te la van a seguir alquilando? ¿Te va a pagar alguien lo que ellos te pagan? ¿Qué comisión diste a ese americano que te los trajo y les hizo cambiar de opinión cuando se iban a quedar con la finca de tu lindero?

—Pero es que a ellos no se les puede echar de la base, llevan decenios allí...

—Claro que no, pero se pueden ir ellos si les tocas mucho los huevos, que el ZP no ha llegado y ya les tiene hartos.

—Pero ¿cómo va a llegar? ¿Tú has visto el programa que tiene? —dijo su vecino de mesa.

—Sí, claro, el programa que tiene se resume en dos puntos: defensa a ultranza de la igualdad entre géneros y que el Gobierno no esté de rodillas ante Bush, como él dice. Aunque el verdadero programa no está en el programa, como acostumbra a hacer la izquierda. Ese tiene muchos votantes entusiastas. Se trata de dar la vuelta a la tortilla y a eso se apunta mucha gente. No es un político, es un ideólogo. Un ideólogo muy peligroso con pinta de Bambi —a continuación, me dirigí a Luis—: O sea, que tú no hables de los «bien pagaos», que tú eres uno de ellos y vas a dejar de serlo si gana tu amigo ZP.

Pippa se acercó sonriendo.

—Bueno, ya está, ¿eh?, que en cuanto se os deja ya estáis con la misma conversación —atajó—. Nosotras hemos organizado una partida de *bridge*; al que le apetezca que se sume, necesitamos uno. El café está en la sala.

—Vamos, Álvaro, quiero que me cuentes cómo ves el panorama político —dijo Fernando, el dueño de la casa, tomándome por el hombro—. ¡Cómo está la calle!

Nos sentamos en un tresillo que tenía delante una mesa baja con el café y una cubeta con hielo.

—Los que queráis algo ya sabéis dónde está el bar —invitó nuestro anfitrión.

—Las masivas manifestaciones ciudadanas de estos días pasados —comencé— son legítimas y fáciles de entender. ¿Quién, atento a lo que hemos sentido y visto por la televisión, no se sumaría lleno de indignación? Pero esa indignación, si desconocemos los autores del atentado, ¿contra quién la diriges? ¿Quién es el criminal asesino?

»Rápidamente la izquierda, la extrema izquierda y todos los enemigos de un Gobierno que, tras una muy positiva gestión, con los errores y fallos que queráis, tenían perdidas las elecciones, vieron su oportunidad y dieron la respuesta: el culpable es el Gobierno.

»Esa manipulación de la opinión pública, facilitada por nuestra torpe política de comunicación, fue posible por la convicción de la izquierda en su superioridad moral, que todo lo justifica. Esa superioridad moral, que en realidad es una inferioridad moral, se asienta en la permanente negativa a la comprobación rigurosa de los hechos. Siempre tienen razón, y si la realidad se la quita, negarán la realidad —me levanté del sillón buscando un cenicero para el puro que fumaba—. Pero van más allá —continué al sentarme de nuevo—: de lo que se trata es de combatir la verdad, recurrir a la mentira y la falsificación, basarse en el relato subjetivo. La comprobación de los hechos es algo aburrido y que no conviene.

—Tal cual —interrumpió Fernando.

—¿Habéis visto alguna vez —continué como si no le hubiese escuchado— que acepten que el liberalismo y sus instituciones democráticas han sido la piedra angular que ha mejorado la condición humana, al defender los derechos del individuo, siempre débil frente al Estado?, ¿al anteponer las libertades civiles y el imperio de la ley, como único marco de supervivencia, frente a los poderosos? La única vía correcta hacia el verdadero progreso. ¿Que, antes de eso, las revoluciones burguesas fueron las que acabaron con el Antiguo Régimen, liberaron a los siervos e inauguraron una nueva época más luminosa y mejor que la anterior, y que, por el contrario, las revoluciones hechas en nombre del pueblo han devenido siempre, desde Rusia, China, Cuba, Venezuela, Nicaragua, etc., en dictaduras, opresión y supresión de todos los derechos más elementales del individuo? ¿Creéis que van a reconocer eso? Es imposible, les resulta insoportable reconocer que el socialismo ataque a la libertad y aumente la pobreza. Estas izquierdas odian el progreso, por eso se titulan progresistas de la misma manera que las dictaduras del telón de acero se denominaban repúblicas democráticas.

»¿Podéis llegar a imaginar alguno de vosotros que los comunistas de hoy, llámense como se llamen, el disfraz es imprescindible, van a renunciar a sus viejos anacronismos o fracasados planteamientos ideológicos por más que la realidad, fácil de comprobar, les lleve la contraria? Se cambian los nombres del «partido» y ya está.

Moví lentamente el puro que estaba fumando para que la larga ceniza que sostenía no cayera al suelo mientras lo dirigía al cenicero. Este era un reto que me divertía y acostumbraba a realizar.

—La salida —seguí— es recurrir al escapismo típicamente progresista: relatos de género, leyes animalistas, impuestos que no buscan la equidad social, sino proyectos de ingeniería social. Que paguen los ricos, como mantra repetido indefinidamente hasta convertirlo en una melopea que emborracha el discernimiento ciudadano. Se trata de intentar restaurar una y otra vez las vías desastrosas del ataque a las empresas, la aniquilación de los ricos. El dinero ha de estar en manos del Gobierno, dicen, no en el bolsillo de la gente, para posteriormente añadir la quintaesencia socialista: «Yo sé lo que os conviene, dónde invertir, a quién subveniono o no». Después, cae por su evidente peso que la separación de poderes, último dique que protege al ciudadano, estorba.

—Muy bien —dijo alguien—. Perdona, continúa…

—Si unas políticas destruyen empleo y generan paro y dependencia, si la apuesta por la justicia es que te dé la razón o se rechaza, ¿es eso superioridad moral? ¿Lo es repudiar el orden social que impide atropellos y violaciones de derechos necesarios para la convivencia y cuestionar la Constitución que protege las libertades de todos y entrar en el descrédito de las instituciones?, ¿es eso una política superior?, ¿eso es la gran política?

»¿Dónde está la maldad de la derecha cuando intenta establecer los mejores vínculos de solidaridad social buscando el pleno empleo, la plena y libre actividad empresarial restringiendo al máximo las cortapisas del dirigismo estatal, sin negar por otra parte los impuestos justos y predecibles que permitan la igualdad de oportunidades para todos, independientemente del lugar de donde naces o la renta paterna? ¿O es mejor cegar la fuente de los recursos necesarios para ello?

»¿No es verdadera inferioridad moral impedir respirar libremente a una sociedad, sometiéndola a prótesis, o las ortodoncias bucales nacionalistas, para que esta se ajuste a tu proyecto? ¿Es superioridad moral elogiar la ideología y revoluciones de izquierda, como muchos profesores e intelectuales hacen, en lugar de defender los movimientos de libertad y democracia?

»¿Tienen también superioridad moral los comunistas, salvadores del proletariado, que, tras caer el muro de Berlín, quedaron con sus vergüenzas al aire, y siguen trabajando en la lucha de clases, ricos, pobres, obreros, empresarios, en la lucha de géneros o en la lucha y agravios entre comunidades?

»No hay mayor prueba de inferioridad moral que el ir siempre en contra de la libertad —me quedé un momento en silencio, como para pensar lo que iba a decir a continuación—. Pertenecer a estas izquierdas es un hándicap para la construcción de sociedades libres porque la libertad es la vida real, no el relato que se ven obligados a fabricar. Son buenos construyendo utopías, pero cuando quieren pasarlas a la vida política se les caen, y para sostenerlas han de construir un exoesqueleto estatal, pero ese exoesqueleto de hierro también se oxida y antes o después acaba cayendo estrepitosamente. ¡Ah, pero no importa!, barramos los cascotes y contrapongamos a los hechos que no nos gustan, al pesimismo de los hechos, el optimismo de nuestra voluntad, como decía el italiano aquel. Podemos hacerlo porque somos, por definición, ontológicamente superiores a la derecha.

»¿Cuáles son hoy las ideas más potentes, ambiciosas y profundas que la progresía ofrece para ilusionar a los ciudadanos? El no a la guerra, tan bonito, ¿no es un ataque, en tantas ocasiones, a la capacidad militar de Occidente para defender sus ideas, principios y modelos de vida? ¿En qué se funda ese odio a la OTAN?

»¿El proyecto que ofrecer a la ciudadanía hoy es la alianza con el nacionalismo identitario?

»¿Acabar con la desigualdad social? Acordaos del famoso diálogo en el que el general portugués Saraiva de Carvalho le dijo al sueco Olaf Palme: "Nuestra revolución va a acabar con todos los ricos". "Vaya", contestó Palme, "lo que nosotros queremos es acabar con los pobres". Esto evidencia el pesado lastre de la izquierda al enfocar este asunto, su tendencia a confundir el combate contra la desigualdad con el igualitarismo.

»Lo cierto es que hay mucho que hacer para atemperar y reducir la brecha económica y social que existe en nuestro país. ¿Lo hacemos con sus ideas o con las nuestras? —me di cuenta de lo mucho que había hablado y añadí—: Bueno... me callo ya.

El breve silencio siguiente motivó una serie de intervenciones de unos u otros.

—Esto que dices de las revoluciones burguesas como algo capital para el progreso de la gente ya nadie lo discute —dijo Fernando—. Pero resulta interesante el análisis de por qué se pusieron al frente de ellas los burgueses. Si me lo permitís, continúo, ¿o ya está bien de hablar de cosas serias?

—Para nada, te lo rogamos, Fernando —respondí.

—Gracias, supongo que ya lo sabéis, pero yo lo he leído hace poco y me resultó interesante. Está claro que el régimen señorial, los privilegios de los nobles y el clero eran una cortapisa para el emprendimiento y los negocios. Al iniciarse la edad moderna, todavía en 1789 el marco social seguía siendo medieval en muchos aspectos y ámbitos, pero así habían vivido los años anteriores y así podrían haber ido tirando unos años más, pero... sucedió algo que se convirtió en el catalizador del proceso revolucionario burgués.

»Seis años antes, se produjo en Islandia la erupción del volcán Laki. Durante muchos meses, arrojó a la atmósfera más de cien millones de toneladas de dióxido de azufre. Esto cambió todo el clima del norte de Europa, que quedó cubierta por una neblina continuada que durante cerca de diez años generó heladas múltiples y bajísimas temperaturas, seguidas de largos periodos sin lluvias que arruinaron cosechas, mataron ganado y provocaron hambre y pobreza por todas partes, incluida Francia. El descontento popular se hizo patente y comenzaron culpando a los comerciantes de la falta y carestías de los productos de primera necesidad. Estos comenzaron a recibir improperios allá donde iban y, como medio de defensa, desviaron la culpa de la situación hacia la nobleza. No les resultó difícil porque esta seguía, al margen de la crisis, cobrando impuestos a la gente en sus señoríos jurisdiccionales y sus latifundios, con su vida de lujo y fiestas cortesanas. Los burgueses pensaron «ellos o nosotros», y se pusieron al frente de la indignación popular. Sus mentes estaban preparadas para ello porque ya estaban empapados del espíritu de la Ilustración, que dotó de legitimidad sus acciones. Pero, vamos, que si no es por el volcán...

—Ah, pues esto evidencia una vez más que, sin el empuje proletario, no hay cambios —dijo Luis Bali—. Y tú, Álvaro, no te ofendas, pero eres un fanático...

—En primer lugar, Luis, ya hemos distinguido entre revoluciones burguesas, sea cual sea la causa que las generen, y revoluciones populares y sus diferentes efectos. Y en segundo, no me ofendo, te lo aseguro, puede que sí lo sea, pero un fanático de la verdad.

—De tu verdad.

—No, de los hechos comprobados, que son la verdad de todos menos de los que se niegan a reconocerlos; y allá ellos en el callejón que se meten y conducen a la gente.

—Pero la gente les sigue —respondió Luis.

—Sí, porque conocen la condición humana, los antiguos deseos que anidan en cada uno de nosotros, las emociones que nos mueven, los sentimientos, el revanchismo, las envidias, las viejas banderas que siempre han seguido los hombres y los viejos himnos, llenos de bellos proyectos, que hay que cantar por el camino.

—¡Vaya! Tú estás en el ajo, ¿eh?

—Y muchos de ellos también. Otros, digamos que se tomaron su tiempo en descubrir que no estaban al corriente de la cosa, cuando caen en la cuenta de qué va eso, ya solo les queda aprovechar el momento mientras dure y seguir con el relato, recolando los posos de ilusión que puedan quedar.

—Hoy estás mordaz, Álvaro.

—Bueno, es que entre llorar o reír, yo opto por la sonrisa.

—Entonces, ¿hay que respetar la libertad siempre? —intervino una chica que había venido con Luis.

—Claro que no. La libertad no es un fin en sí mismo, sino un medio para buscar la felicidad de cuanta más gente mejor. Yo no quiero un mundo en el que cada cual haga lo que le venga en gana, unos contra otros y que gane el más fuerte, porque entonces ganarían siempre los mismos. El Estado ha de intervenir para corregir los desequilibrios que puedan generarse, que se generarán. Yo le asigno un papel corrector, no director; de corrector social, no de director de la sociedad.

—Yo estoy de acuerdo —respondió Fernando—. Decir que los liberales utilizan la palabra libertad para imponer beneficios y formas de control generando el empobrecimiento de las clases trabajadoras productoras de las grandes ganancias de los ricos, además de caricatura, es marxismo trasnochado, es mala fe al ignorar, deliberadamente, que los liberales de hoy somos socialdemócratas. De hecho, yo me considero un posliberal, un mestizo de liberal y socialdemócrata.

—Es que, como has dicho, no les da la gana reconocer el fracaso de las economías dirigistas, el exceso burocrático, la invasión de la vida personal de la gente, el gasto desorbitado que genera la creencia en el Estado benefactor, de la cuna a la tumba, como se ha descrito —repliqué—. Os diré una cosa, yo creo que, para tener futuro, el único punto de partida concebible para una izquierda realista es tomar conciencia de su derrota histórica, como ha dicho Perry Anderson.

—¿Y quién es ese Anderson?

—Un profesor y sociólogo inglés, activista en los años sesenta, miembro de la Nueva Izquierda, que básicamente se oponía a los movimientos en la órbita del materialismo dialéctico, pero considerándose siempre como la izquierda que es necesaria, partiendo de premisas no marxistas.

—Pues a este le ha respondido, y no sé si le habrá leído, nuestro Felipe Alcaraz, que ha dicho: «No sabemos retroceder ni tenemos sitio donde hacerlo» —saltó alguien.

—Un hombre clarividente ese Alcaraz —añadió otro.

—Tiene su categoría —intervine—. Ha sido secretario general del Partido Comunista de Andalucía desde el 93. Yo he tomado café con él muchas veces en el Congreso y tengo bastante buena opinión de él.

»Ciertamente, está claro que han de reinventarse, ya veremos cómo. Ese es el meollo del asunto y de eso depende, en gran parte, el futuro de España.

***

Al día siguiente, recibí una llamada de Julen.

—¿Has hablado con Pablo?

—No, ¿por qué?

—Porque hoy han cerrado las listas y él no va de diputado. Le han dado una patada en el culo, tío.

—No sé nada. ¿Qué me dices? No me he preocupado porque el vice me ha dicho que me habían puesto en el sitio de antes y he dado por supuesto que vosotros iríais igual. Tú también, ¿no?

—Yo sí, pero a Pablo se lo han cargado. Llámale ahora y que te cuente…

—Me dejas atónito.

—Pues esto es lo que hay. Fíjate, qué sabio el excura navarro, que pronosticó una escabechina. Y a mi amigo Pepe Luis, el de Jaén, también se lo han cepillado. Ya decía él que se lo veía venir... Le han ofrecido hacerle director general de los Servicios Funerarios de Andalucía.

—¿Y qué ha dicho?

—Pues se lo está pensando. Si quiere, puede integrarse en el despacho de su cuñado; se llevan muy bien y Pepe Luis le puede traer muchos clientes porque deja un gran recuerdo en su provincia. Eso de la funeraria se lo ha ofrecido su presidente regional sabiendo que es muy supersticioso —"Mira qué cabrón, lo que me ha ofrecido"—. No creo que lo coja.

»A mí lo que me choca es lo del gallego ese que era un poco cojo, un tío que se partió la cara por Rajoy en lo del chapapote y que ha estado con él desde el principio. Cuando le llamó pidiendo que interviniese le respondió: "Es que llevas mucho tiempo". Me ha llamado para contármelo, solo le ha faltado echarse a llorar, y mira que él no tiene problema de futuro porque su familia está forrada; tienen un criadero de no sé qué marisco. ¡Escucha!, que ahora viene lo bueno. Luego ha añadido: "Es que..., como somos amigos, te diré que tu presidente provincial no te quiere. Yo no lo entiendo..., pero eso parece".

—Como si no fuese con él y no mandase..., qué increíble. Pero ¿qué necesidad tenía de decir en la junta directiva que le nombró que contaba con todos nosotros?

—Prometer antes de meter, tío. Bueno, anda, llama a Pablo. *Agur.*

Llamé a Pablo, pero estaba en una reunión y no pudo atenderme. A última hora de la tarde me telefoneó él.

—¿Qué ha pasado, Pablo?

—Pues ya ves, que no voy en la lista al Congreso. Yo creo que el que tengo de teniente de alcalde ha estado intoxicando a los del comité electoral con el tema de la querella que me pusieron. Que no podía decir nada porque me quiere mucho, pero que podría venir alguna más de otra chica..., en fin, yo qué sé. Además, llega un momento en el que ya me da igual, ¿sabes?... Hasta estoy pensando en dejar la alcaldía como me pide Marga. Mira, no lo hago por no dejar el campo libre a este cabrón. Te llamo esta semana, quedamos para comer y charlamos. No te preocupes por mí, tengo mi disgusto, pero estoy bien —mientras, yo permanecí callado—. Oh…, Álvaro, sé lo mucho que lo sientes —continuó Pablo interpretando mi silencio—, pero tranquilo, de verdad, estoy bien. Solo tengo cierta decepción, una gran decepción, pero todo esto a la larga no tiene importancia; lo importante son otras cosas, ya lo sabes tú. Agradezco tu cariño, Marga y yo también te queremos. Nos llamamos para ir a comer, ¿vale?

Esa tristeza que fácilmente se percibía en él me recordó la frase de Pessoa de que todo abandono nos conmociona.

14

El presidente del Gobierno no consideró necesaria la prolonga-
ción del estado de excepción 30 días más, como podía haber planteado, y convocó las elecciones generales para el lunes 7 de junio,
47 días después como la Ley Electoral exige. Las propuestas de los
partidos, ya conocidas y repetidas por los candidatos, chocaban
con un ambiente de general indiferencia oscilante entre el aburrimiento y el hastío.

El día de reflexión transcurrió con el más absoluto respeto a lo
que esa jornada significa. La gente aprovechó para disfrutar del
buen tiempo, hacer vida de familia y hablar de todo menos de
política.

La jornada electoral no resultó un día alegre y distendido como
ocurría en otras ocasiones. Los colegios electorales de todas partes
recibían a los votantes con lazos negros en las paredes como homenaje a los fallecidos en el atentado. Había en muchos sitios carteles
de condena al terrorismo y banderas nacionales con lazos negros.
Una joven votaba con un cartel a su espalda que en grandes letras
decía «PAZ».

Cuando Aznar se acercó a su colegio a votar fue recibido con
gritos de «valiente, valiente». Ana, su mujer, lloró todo el rato
que permaneció dentro. A la salida, Aznar declaró a la prensa

allí reunida: «Los terroristas y fanáticos no lograrán dividir a la sociedad española y destruir sus libertades».

El secretario general del PSOE, Rodríguez Zapatero, al salir de votar recordó a las víctimas de los atentados. Luego expresó ante la prensa su confianza plena de que, a pesar de atravesar un momento de dificultad como el habido, iba a abrirse una etapa en la que recuperásemos la confianza en el país.

Tras votar, la mayoría del aparato dirigente del Partido Popular se dirigía a la calle Génova, muchos subían directamente a la séptima planta. Yo estaba en mi despacho y sobre las ocho y media me invitaron a subir para seguir y comentar el escrutinio.

Mucho antes de la medianoche, el resultado estaba claro. El Partido Popular había ganado las elecciones. Obtuvo 168 escaños, habíamos bajado 19. El PSOE logró 148, añadió 23 a los que antes tenía. CIU consiguió 10 escaños, bajó 5; PNV 7, igual que en las anteriores elecciones; IU 5, bajó 3, y CC 3, perdió 1. Lo más notable de la jornada fue el sensible aumento de la abstención, que rozó el 37 %.

Sin embargo, habíamos ganado las elecciones.

A continuación, sucedió lo acostumbrado. Rajoy salió al balcón acompañado de Viri, su mujer. Había gran cantidad de militantes y simpatizantes congregados en la calle, desbordada desde la plaza de Colón a la glorieta de Alonso Martínez. Gritos de «¡presidente, presidente, presidente». Gestos emotivos desde el balcón. Salida posterior y ordenada de Aznar, Rato y Mayor Oreja, con los brazos en alto, manos al corazón, y otra vez brazos en alto con las manos entrelazadas entre la atronadora música de nuestro partido. Cadena de agradecimientos de rigor para todos los que una vez más habían confiado en nosotros y, especialmente al pueblo español, que había estado a la altura de las circunstancias con su comportamiento impecablemente democrático.

Tras conocerse el resultado, el líder de IU, Gaspar Llamazares, acusó al Gobierno de haber pospuesto las elecciones anteponiendo su interés político al general y al de las víctimas de los atentados.

«El ejecutivo», añadió, «ha manipulado y desinformado. Así ha ganado las elecciones».

El *lehendakari* Ibarretxe manifestó: «Es un día de enorme tristeza al recordar a las víctimas y al ver el triunfo de quienes manipularon y ocultaron información. Han consagrado el éxito de la mala fe».

En el PSOE, Alfonso Guerra proclamó: «Hemos quedado en manos de un grupo de irresponsables que han engañado a todo el mundo, y a poco que puedan volverán a hacerlo».

El secretario general del PSOE, Rodríguez Zapatero, expresó su disgusto al ver ganar las elecciones a un «Gobierno de desaprensivos que, con la complicidad de cierta potencia hegemónica, que así le devuelve los favores prestados, no ha dudado en amordazar a la opinión pública distorsionando y manipulando la Constitución a fin de conseguir diluir la legítima ira de los españoles. La historia los juzgará».

Me escabullí discretamente de la séptima planta, todavía afectado por la catarata de emociones de ese día, y regresé a casa dando un paseo. Coches con las ventanillas bajadas agitando banderas españolas y del PP, tocando persistentemente el claxon…

Ya en casa, evité poner la televisión. No me veía capaz de conciliar el sueño de inmediato. Recordé que al salir de mi oficina de Génova sonaba, en algún despacho cercano, *Happy Days Are Here Again* de Barbara Streisand.

Me preparé mi *dry martini* y encendí un pequeño Montecristo. Misión cumplida, pensé; y, sin embargo, ahora faltaba lo más importante: si queríamos gobernar, era necesario montar una mayoría de la que carecíamos.

En esta ocasión no era posible contar con las personas que en 1993 capitanearon las negociaciones con CIU y PNV, Rodrigo Rato y Jaime Mayor, para conseguir formar la mayoría que permitió el Gobierno del PP presidido por José María Aznar. Desde hacía meses, Rodrigo Rato tenía prácticamente asegurada la victoria de su candidatura a la dirección del Fondo Monetario Internacional. Resultó una feliz casualidad que su nombramiento se produjese

ese mismo día del 7 de junio. En cuanto a Mayor Oreja, bastante ocupado estaba con las elecciones al Parlamento Europeo, candidatura del PP que encabezaba. Esas elecciones las ganó poco después el PSOE, con Josep Borrell al frente, sacando solo un voto de diferencia a Mayor.

El candidato a presidente pidió a Rato, que estaba ya en Washington, que sacase un momento para hablar con José Antonio Duran Lleida, de CIU, y con Josu Erkoreka, del PNV, portavoces en el Congreso y con los que Rodrigo mantenía una excelente relación. Había que preparar el campo para las inmediatas negociaciones. Más adelante ya hablaríamos con Paulino Rivero, de CC.

Para conseguir los acuerdos se designó una comisión formada por gente de confianza de Rajoy: Ana Pastor, Cristóbal Montoro y Eduardo Zaplana. Con ellos los pactos para conseguir la investidura en primera votación, es decir, con mayoría absoluta, estaban asegurados.

**

La noticia de la apertura de mi juicio oral, aunque esperada y deseada, causó en mi ánimo un gran impacto. Fue como si mi estómago, transformado en un potente *airbag*, estallase de pronto hacia dentro. No pude probar bocado del desayuno que me había preparado, tomé una taza de café a sabiendas de que no debía hacerlo, pues aumentaría mi nerviosismo. La angustia que ya había padecido otras veces regresó. Busqué frenéticamente las pastillas, tranquilizantes y ansiolíticos, que había dejado de tomar hacía tiempo. No sabía dónde las había guardado para que no las viera Pippa en sus visitas a Madrid; las encontré escondidas entre la ropa interior. Me temblaban las manos al abrir el estuche.

Los tres o cuatro días siguientes pasé la mayor parte del tiempo en mi despacho de Génova, preparando informes y papeles sobre diferentes consultas que me encargaban. Luego tomaba una ligera cena y, nada más llegar a casa, me tomaba un generoso vaso de whisky con hielo para tragar mis pastillas. Eso me permitía dormir tranquilo unas cuantas horas, aunque sobre las seis de la mañana ya estaba semidespierto y dando vueltas en la cama.

En esos momentos en los que la imaginación distorsiona la razón y fabrica cosas extrañas, pensaba que ese hombre triunfador, admirado y respetado en el que me había convertido seguía siendo el que fue: un adolescente lleno de miedo, dolor y furia. Ese niño rabioso no se había ido, estaba agazapado esperando el momento de salir del fondo, del profundo rincón en el que le había encerrado para decirme: ¿qué?, ¿qué te habías pensado, tío listo?... Creías que tenías el mundo agarrado por los pies, ¿eh? Pues ya ves que no, y prepárate para lo que te espera.

Me levantaba, me duchaba, preparaba el desayuno, aunque apenas tenía hambre, y ponía las noticias de la radio.

El sábado por la mañana visité un par de exposiciones en galerías de arte de amigos, pues con las elecciones no había podido verlas y las iban a retirar cualquier día. Después de almorzar en una taberna del Barrio de las Letras me marché a casa. No quería ver a nadie, puse música e intenté leer algo, mas no me concentraba. Telefoneé a Pippa, pero no le conté la cita que tenía el lunes en el juzgado. «Te encuentro raro», me dijo. «No sé, creo que ahora me sale el cansancio acumulado en las elecciones».

Tomé mis pastillas y esa noche dormí casi ocho horas de un tirón. Me levanté y fui a desayunar a un bar cercano. Después, fui al gimnasio. Al salir me encontraba como nuevo, así que fui andando al Reina Sofía. Exhibían una colección de cuadros y dibujos de pintores y escultores españoles ignorados por el público. Artistas solo recordados por eruditos, críticos de arte, coleccionistas de raros, como era mi caso, pero que estaban en la esencia de esa primera vanguardia del arte español, más allá de los grandes y consagrados maestros. Los cubistas, postcubistas, surrealistas... Todos habían pasado por París, algunos volvieron y otros no, pero ellos se alimentaron de lo mejor del arte que en el primer tercio de siglo xx allí refulgía.

Hice una lista porque quería escribir un artículo que me había pedido el suplemento cultural de un diario: Ángeles Santos, Jacinto

Salvadó, Ángel Ferrant, Joan Sandalinas, Esteban Francés, Juan Ismael, Ángel Planells, Remedios Varo, Alfonso de Olivares, Luis Fernández, José Luis González Bernal, Joan Massanet, Maruja Mayo, José Moreno Villa, Honorio García Condoy, Baltasar Lobo, Alfonso Ponce de León y Virgilio Vallmajó.

«Menudo lujo para nuestro país contar con esta escudería de valientes amantes de la belleza y la libertad, que nos recuerdan que, aun en las épocas más irrelevantes de nuestra nación, el genio español seguía brillando», pensé.

Almorcé en casa de mi madre. Ella me miraba, mejor dicho, escrutaba mi semblante, en silencio. Cuando me marché con mi mejor sonrisa, al darme un beso hizo la señal de la cruz en mi frente. «Ven a verme más, hijo».

Me dirigí al Retiro, anduve más de una hora a paso ligero, pues no quería regresar a casa hasta encontrarme realmente cansado. Recordé aquella frase de Marco Aurelio: «Mi alma lleva mi cadáver a cuestas».

Al llegar a casa estaba tranquilo, pero esa noche pasé una de las más horribles y angustiosas que creo recordar, y eso que mi memoria me protege porque tiendo a recordar poco.

Me levanté temprano, sobre las siete de la mañana, tomé mi desayuno habitual, me duché y me recorté la barba. Al verme en el espejo, mi aspecto me sorprendió; realmente parecía otro, me había quitado años de encima.

Cuando vino a buscarme Carlos, al salir a la calle me calé la gorra de espiguillas que solía usar en Londres, pues siempre hay prensa deambulando de un sitio a otro en los juzgados. Una vez allí, nos encaminamos a la sala privada que él utilizaba junto con otros abogados.

Todo salió de la manera que tenía prevista Carlos. Dirigiéndose al juez, puso de relieve que la querella se fundaba en un dolo falsario que buscaba alterar la realidad, un instrumento de presión a la entidad bancaria, la cual solo pretendía dilatar el cobro de la deuda. En poco más de veinte minutos presentó los documentos que afectaban a los querellantes y ratificaban esta exposición. La vehemencia de Carlos contrastaba con la apatía del abogado de la otra parte, que ni se molestó en interrogarme; daba la impresión de que veía el asunto por perdido.

Cuando salimos a la calle Carlos me dijo que, dada la simplicidad del caso, en un mes más o menos tendríamos la sentencia. Me invitó a comer allí cerca. Yo continuaba medio catatónico.

***

Constituidas las Cortes, se iniciaron de manera inmediata las negociaciones para contar con la mayoría necesaria que permitiera la investidura presidencial de Mariano Rajoy.

Finalmente, días después, el acuerdo se consiguió. No resultó difícil porque tanto CIU como el PNV sabían desde el principio que no les quedaba otra. La alternativa de negociar con el PSOE era una vía muerta. Sumando sus 148 votos con los 10 de CIU y los 7 del PNV obtenían 165, muy lejos de los 176 que concedían la mayoría absoluta. Para CIU, volver a una potente presencia política era vital tras los cuatro años de mayoría absoluta de Aznar. Al PNV le ocurría lo mismo y tenía una larga lista de peticiones.

Convertidas en un clásico, las demandas de los nacionalistas catalanes se resumieron en dos: lengua y financiación. Se acordó implementar la enseñanza del idioma catalán en todas las sedes del Instituto Cervantes del mundo, estudiar y analizar conjuntamente las propuestas que CIU plantease en aras de proteger y ampliar el uso del catalán en todos los ámbitos de la sociedad catalana y concretar un método operativo que permitiera calcular las inversiones del Estado en Cataluña, tanto en infraestructuras como las correspondientes en vivienda, salud y telecomunicaciones, a fin de contemplarlas en los Presupuestos Generales del Estado, y teniendo presente que el Estatuto preveía destinar un 18,85 % a infraestructuras.

Además, se anotó como prioridad la presentación, por parte del Gobierno, de las balanzas fiscales, estableciendo antes la metodología a seguir, como útil instrumento de trabajo a los anteriores efectos. Finalmente, se aprobó iniciar el estudio del trasvase del agua del río Ródano hasta Cataluña.

Los acuerdos con el PNV se materializaron en las transferencias competenciales sobre trenes de cercanías y conexiones a los servicios de pasajeros al metro de Bilbao, sobre trenes de mercancías al puerto de Bilbao y la línea Bilbao Santurce, y ampliación de la línea de Balmaseda- Bilbao, de FEVE, hasta el límite con Cantabria. Y, sumado a todo esto, el control sobre los ríos vizcaínos. También se recogieron los sucesivos traspasos de las competencias en meteorología, fondo de protección a la cinematografía y Paradores de Turismo.

Con respecto a los acuerdos con CC, Paulino Ribero afirmó dar su voto de confianza a Rajoy tras escuchar de este su firme compromiso con los intereses de las islas tanto a nivel estatal como en el seno de la Unión Europea respecto a sus productos agrícolas, luchar por el mantenimiento de las ayudas y conseguir otras, como las del transporte. En el pacto se contemplaba, además, un plan de empleo para Canarias, ampliar las subvenciones en materia de educación y otro plan de acceso a la vivienda para jóvenes.

Establecidas las Cámaras, el Rey inició la ronda de contactos con las formaciones políticas para proponer un candidato a presidente.

Cubierto el trámite preceptivo, envió a las Cortes la propuesta de Mariano Rajoy como candidato a la Presidencia de Gobierno. Hecho esto y sabiendo la existencia del acuerdo obtenido, el presidente del Congreso convocó el pleno de investidura.

Mariano Rajoy fue proclamado presidente del Gobierno con los 164 votos del PP, 10 de CIU, 7 del PNV y 3 de CC. Si la mayoría absoluta de la Cámara está constituida en 176 votos, el primer gobierno Rajoy arrancó su andadura con el apoyo de 184 diputados.

No muchos días después, a última hora de la tarde, Rajoy me llamó a su despacho. Tras agradecerme las propuestas de cesión de competencias que, en un momento de las negociaciones, presenté a petición suya, me preguntó qué pensaba sobre la legislatura naciente.

Le contesté que teníamos la suerte de recibir una gran herencia, un país muy diferente al que recibimos cuando en 1996 accedimos al Gobierno. Se había hecho un ingente trabajo, pero no estaba acabado, había que continuar la labor desarrollando muchas de las políticas anteriores y profundizar en otros aspectos en los que apenas habíamos incidido. Pero, además, era el momento de acometer importantes cambios, tantas veces aplazados por su complejidad, que la nación necesitaba. Algún retoque, muy meditado y acotado, de la Constitución. Una ley de financiación de partidos políticos. Una revisión del sistema de financiación de las comunidades autónomas con un análisis de las necesidades de gasto de cada una. Un examen de cómo se despliegan las competencias cedidas a las autonomías y un cierto control de su desarrollo. Una clara delimitación de las competencias nacionales y autonómicas, cuya dudosa frontera tanta guerra daba al Tribunal Constitucional. Una reforma del poder judicial…

Rajoy hizo un gesto de impaciencia con la mano que sostenía el puro que fumaba y yo paré mi ya larga enumeración.

—Estoy de acuerdo, Álvaro, aunque todo eso son cosas muy complejas y tendremos que enfrentarnos a ellas en su momento. Ya veremos lo que se puede hacer —me dijo mientras se levantaba del sillón—. Hoy ya hemos acabado de trabajar, ¿quieres una copa?

—Muchas gracias, presidente. Beber solo es disfrutar a medias de la bebida. Voy a acompañarte.

—¡Uf!, menudo día…

—Perdona, presidente, pero quiero decir algo para acabar. Antes me has preguntado qué pensaba sobre la legislatura que empieza y me he dejado algo, algo muy necesario. Creo que ahora una cosa muy importante es pacificar el clima político, intentar suavizar la polarización que el país ha vivido, no solo en los últimos meses, sino desde hace tiempo. El *Prestige*, la guerra de Irak, Atocha y el aplazamiento electoral. Especialmente ahora, presidente, en que la pérdida por el PSOE de las elecciones por tercera vez consecutiva ha creado un partido de resentidos que intentará inocular ese resentimiento a toda la sociedad.

»Hemos tenido un gran liderazgo, un potente liderazgo. Yo creo que ahora hay que ejercer uno distinto, hemos de acercar posturas enconadas a veces, en todo caso demasiado enfrentadas. Hay que tender puentes, no ya con los partidos, que sí, sino con la gente, entre todos los españoles. Y tú tienes el talante y el carácter adecuados para ese suave liderazgo.

El presidente se levantó, tiró el *Marca* a la papelera y volvió a sentarse.

—Gracias, Álvaro, el problema es que para los grandes cambios es preciso contar con el PSOE, al menos. Los cambios que citas son colosales y necesitarán acuerdos entre los partidos mayoritarios.

»Los acometidos en el 78 se consiguieron, pero para esas cosas lo primero es querer, lo segundo es mirar por los intereses de la nación, no los partidistas, y hoy por hoy yo no veo al PSOE en esa línea. Ese partido ahora no es el de Felipe González, Solchaga o Solana, sino el de ZP, y con respecto a lo de rebajar el clima emocional, me temo que este va en la dirección opuesta. Ya sabes que su lema es "Hay que tensionar".

»Pero te he llamado para hablarte de otra cosa ahora. Quisiera contar contigo como mi próximo jefe de gabinete. Ya sabes —prosiguió— que conlleva la categoría de secretario de Estado.

Mi primera reacción de sorpresa y alegría fue neutralizada al instante, pues recordé que mi futuro estaba pendiente de una sentencia. Me sentí tremendamente desgraciado. Respiré hondo y tomé un sorbo de mi whisky.

—Presidente, no sé qué decirte, estoy profundamente honrado con tu ofrecimiento. Me hace mucha ilusión. Me atrevo a pedirte que me des un tiempo, tengo asuntos privados muy importantes que resolver y...

El presidente me interrumpió:

—¿Cuánto tiempo?

—Quizá un mes..., supongo, más o menos...

—Bueno, no hay problema, no es un asunto urgente. Se puede aplazar el relevo un tiempo. Pero, ya sabes, dime algo cuando puedas.

Cuando llegué a casa mis emociones de alegría contrastaban con mis temores. Lo primero que hice fue llamar a Carlos para contarle la tesitura en que me encontraba. Me tranquilizó como siempre: «No te preocupes, esto va a ir rápido, el puesto es tuyo». Luego llamé a Julen, que todavía estaba en Bilbao, aunque tendría que regresar a Madrid en breve para sus labores parlamentarias. Cuando se lo conté se produjo un corto silencio.

—¡Joder, tío!, ¡qué fuerte! Déjame que me reponga —le noté emocionado. Siguió luego una explosión de júbilo; después se quedó callado un rato y añadió—: Siempre lo he sabido, tío, ¡siempre lo he sabido! Eres el mejor de todos nosotros y de todos ellos, de largo, tío, de largo —hizo una pausa y bajando la voz continuó ya más calmado—: Te felicito, hoy has conseguido algo difícil a veces, casar tu gran vocación con tu gran capacidad. Te lo vas a pasar de miedo, mejor que si fueras ministro. Ellos tienen que asumir responsabilidades y gobernar, política aplicada. Tú asistirás e intervendrás en las opciones, la toma de decisiones, las intrigas..., la política pura, que es lo divertido.

Me conmovió su entusiasmo y pensé que ya tendríamos tiempo de hablar cuando nos viésemos en casa.

Tenía razón Julen, era un puesto apasionante para quien ama la política; ese era mi caso, pero lo acepté a sabiendas de que tendría que pagar un notable precio de sacrificio y sinsabores. No me movían la ambición ni el poder, sino el propósito de contribuir, aun mínimamente, a la esperanza. Todas las decepciones y carencias que, tantas veces, mis amigos y colegas habíamos expresado en la intimidad de nuestras conversaciones podrían tener en mí un discreto cartero.

15

Llevo casi cuatro años al frente del Gabinete de la Presidencia del Gobierno y puedo decir que felizmente. Gané la querella y fui absuelto, pero no olvido que el día que llegó la denuncia al juez ya fui condenado, he vivido condenado todo este tiempo y ahora pretendo superar esa etapa con una dedicación absoluta a mi trabajo. No ha habido en mi vida una época en la que la entrega a una tarea haya sido tan intensa y absorbente.

En mi desempeño ha sido de capital importancia la buena relación y sintonía con la vicepresidenta del Gobierno, Soraya Sáenz de Santamaría, la primera mujer en España que ocupa un cargo de semejante responsabilidad en el ámbito público. Conozco desde hace muchos años a alguno de sus más cercanos colaboradores, de cuando militaba en Nuevas Generaciones e íbamos juntos a pegar carteles en el inicio de las campañas electorales, gente inteligente y reflexiva. El alto nivel de todo el equipo de Soraya ha facilitado enormemente mi tarea.

Ahora estamos en puertas de otra campaña electoral y pienso en el balance de estos años. Personalmente creo que bueno, y esta estimación deben compartirla los electores a tenor de las encuestas que manejamos. Una tras otra nos acercan a la deseada mayoría absoluta.

Las mayorías absolutas no suelen tener buena prensa y, sin embargo, es el único resultado que te permite ser tú mismo, poder cumplir las promesas que haces en tu programa electoral, del que, por cierto, luego solemos olvidar algunas.

Sería estupendo lograr esa mayoría absoluta. Dios nos libre de tener que depender del PSOE, que, por otra parte, hoy por hoy, es un partido de Estado, excepto en lo tocante a Cataluña, por lo que eso no es lo peor que nos puede pasar. Pero ni imaginar quiero que tuviésemos que depender, no ya de CIU, sino de esa ERC y un PNV radicalizados en una deriva independentista. Pienso que, si consiguiésemos la mayoría absoluta que algunas encuestas nos dan, habría llegado el momento de pactar con el PSOE la reforma de esa ley electoral que otorga a unas minorías la capacidad de maniatar y torcer el rumbo del Gobierno de la nación imponiendo el peso de un determinado número de votos a la mayoría salida de las urnas.

Anoche, cenando en Ciriaco, comentaba algunas de estas cosas con Julen y un grupo de diputados. Estábamos en el comedor del sótano, por lo que podíamos hablar tranquilamente sin oyentes. Esas reuniones eran muy animadas y todo el mundo intervenía a su aire, casi nos quitábamos la palabra unos a otros.

Julen salió en tromba:

—Eso de las promesas electorales..., ¿a quién le importan? Las promesas sirven para ganar las elecciones y luego se hace lo que se va pudiendo, tíos, ¿o no? Lo que no se puede hacer no se hace y lo que el momento exige que se olvide, pues se olvida. ¿Qué otra cosa cabe?

—Pues pensar muy bien lo que prometes y analizar a fondo antes la coyuntura en la que puedes encontrarte —repliqué.

—Pero las coyunturas cambian, y a veces muy rápidamente.

—Sí, pero otras las ves venir y prefieres ignorarlas y no modificar tu discurso. Ya sabemos que los cambios son complicados, pero es mejor hacerlos cuanto antes, no cuando tienes el problema encima, porque, aunque mires para otro lado, el problema sigue ahí y, por lo general, agravado. ¿Qué hemos hecho nosotros para desinflar la burbuja inmobiliaria, por ejemplo? La construcción ha crecido a un ritmo del 5 % anual, el parque de viviendas es enorme, la gente se ha endeudado para comprarlas. Al bajar los impuestos, y eso está bien, con los créditos superbaratos la gente dice: «¡Halaaa!, me compro un piso, que la hipoteca es más barata que lo que pago de alquiler». Veremos qué pasa cuando la alianza de la banca con el ladrillo se rompa. La deuda privada, la de la gente y la de las empresas, es acojonante, es una bomba de relojería, así que... lo dicho.

—Cambiando de tema y aprovechando que ahora te tenemos aquí, Álvaro, cuéntanos algo, hombre. Así, a bote pronto, ¿qué destacarías tú, desde el puesto que ocupas, de lo más interesante del tiempo que lleváis ahí?

—Pues no sé, muchas cosas... Creo que ha sido muy importante continuar y reforzar la alianza atlántica. España, Portugal, Reino Unido, Estados Unidos... Ese ha sido un buen trabajo que viene de lejos, nos ha permitido tener una posición propia en Europa respecto a Alemania, Francia e Italia. Compartimos con ellos muchos intereses, pero luego ellos tienen los suyos y nosotros los nuestros, sin confrontación, pero hay que defenderlos. Ese fue un giro de Aznar en nuestra política internacional hasta entonces muy subordinada a Alemania y Francia.

»El entendimiento con los Estados Unidos, ser ese aliado fiel que tenía una visión triangular de la política exterior española, de Estados Unidos, España y Latinoamérica, es muy conveniente. ¿Quién puede creer que Alemania o Francia comparten nuestra visión e intereses en Hispanoamérica?

»La foto de las Azores marca un hito: "Cuidado que ya no estoy solo, tengo al primo de Zumosol". Francia entendió ese giro como una traición al "pacto de familia", Chirac no se lo perdonó nunca a Aznar.

»Pero ahora con Rajoy hemos reforzado esa alianza, hemos incrementado muchísimo nuestra colaboración en la reconstrucción de Irak y mandado tropas y material a Afganistán. Tengamos presente que Marruecos siempre está al acecho de un desencuentro nuestro con Estados Unidos para suplantarnos, pero la relación es óptima.

—Oye, Álvaro, perdona, ¿cómo que para suplantarnos?

—Y tanto —intervino Paco, que era diputado por Cádiz—. Marruecos ya ha ofrecido, por lo bajini, a los americanos la base y el enclave de Alcazarseguir por si en el futuro quieren irse de Rota y Morón. Para los americanos tendría la ventaja de que sus buques podrían hacer escala antes de entrar y salir del Mediterráneo y, además, controlarían el Estrecho.

—Pero ¿por qué se van a querer ir de Rota, Paco?

—No es que se quieran ir, que no quieren, es que el convenio con nosotros vence en el 2021. Como parece que quieren aumentar su presencia en hombres y buques, la revisión del convenio tendría que pasar por el Congreso y para esa fecha pueden estar gobernando los sociatas, y no se fían de ellos. De modo que Marruecos dice: «Tranquilos, que aquí estoy yo y soy más fiable que ZP».

—¡Hostia, tío!

—Eso es verdad —dije—, pero yo no lo creo posible porque para ellos es de suma importancia, es clave, el acuerdo con Navantia para el mantenimiento y reparación de sus equipos y buques. A mí me han dicho en varias ocasiones que el nivel de eficacia de esos servicios es extremadamente satisfactorio.

Como vio que aún quedaban varias mesas cenando, Julen hizo señas al camarero y le pidió que trajese otra ronda de lo que estaban tomando.

—Álvaro, ¿qué más cosas destacarías? Venga, que tenemos tiempo… —intervino otro.

—Pero si ya lo sabéis, lo habéis vivido igual que yo…

—Sí, pero se trata de que nos cuentes cosas. Las que puedas contar, claro.

—Pues vuelvo a decir que muchas cosas, pero quizá… quizá lo que más me ha preocupado ha sido Cataluña. Desde el Pacto del Tinell la política de marginar al PP en todos los ámbitos y acuerdos ha ido a más. Esto es gravísimo y augura una gran inestabilidad y enfrentamiento futuros, un futuro ingobernable, porque si marginas a media nación te acercas a la España del 36, una irresponsabilidad histórica, impropia de partidos que se dicen democráticos, entregados exclusivamente al sectario vuelo gallináceo que en ese momento disfrutan. La presión que sobre nosotros, sobre el Gobierno, han ejercido Maragall, primero, luego Montilla cuando le sucedió en la presidencia y los de ERC e ICV, el tripartito, vaya, ha sido tremenda. Quieren un nuevo estatuto de máximos para comerle el terreno a Artur Mas, al que también han arrinconado.

—¿Un nuevo estatuto lo aceptaríamos?

—En principio se puede hablar, pero eso es imposible si no cuentan con el PP. Lo más preocupante de todo es que están empujando a Mas a radicalizarse. Bueno, ya veremos en qué queda eso... —me eché un par de cubitos de hielo en el whisky y lo revolví con el dedo índice mientras continuaba hablando—. Pero ¿sabéis?, ahora que estamos en confianza, lo que sentí mucho ha sido la reciente dimisión de Piqué de la presidencia del PP catalán.

»Unos días después de aquello, le llamé y, aunque al principio no tenía ganas de hablar, cuando se soltó estaba indignado. Decía que la dirección nacional había demolido su imagen ante la sociedad catalana de manera consciente. Que había constatado la voluntad de la plana mayor de la calle Génova —«de la A a la Z» subrayó, algo que no entendí bien—, de imponer en Cataluña un replanteamiento estratégico perjudicando su imagen y su autoridad personales. Siguió hablando mucho rato, se ve que quería explayarse. Entre nosotros siempre habíamos tenido una relación muy cordial. En un momento dado me confesó, ahí pude ver una muy clara decepción, que para él la actitud de Rajoy constituyó un gran disgusto. Me dijo que se lavó las manos y le dejó a los pies de los caballos, no hizo ni un gesto, como él le pidió, que confirmase su liderazgo en Cataluña. Nadie de la dirección nacional salió en su apoyo.

»A mí todo esto me afectó bastante, como os digo. En nuestro partido, en muchas ocasiones el problema no lo tenemos fuera, sino dentro de él. Esta vez, una vez más, las pulsiones centralistas y uniformadoras se impusieron cerrando la vía a las políticas integradoras que Piqué buscaba.

»Los intereses electorales de la dirección nacional siempre prevalecen sobre los del PP de Cataluña. Ese PP que cada vez que tiene un líder potente allí, con un camino propio, en un sentido o en otro acaba sacrificándolo para imponer la vuelta a los senderos trillados que siempre llevan a ninguna parte.

»¡Dejad a Alejo dar la batalla frontal y cruenta, coño! O bien dejad a Piqué tender los puentes necesarios para el diálogo y el encuentro. ¡Pero no! Ponen al frente de la batalla contra los separatistas a los separadores, abriendo una vez más la guerra de trincheras, ese escenario agotador y estéril —a continuación, bajé algo la voz, con un tono de reflexión—. Ese PPC, continuamente mediatizado, condenado a la irrelevancia en su comunidad, hipotecando así unos futuros resultados imprescindibles para tener una mayoría holgada en las Cortes. Da la impresión de que los sucesivos mandamases de Génova piensan: "El partido en Cataluña soy yo y yo sé lo que conviene" —dije subiendo el tono—. Perdonad, pero no puedo evitarlo, ¡me enervo! Y cualquier día, en un nuevo giro de timón —continué apagando aún más la voz—, se arrepentirán de las cosas que antes hicieron y dirán: "¡No, no!, dejémosles solos, que encuentren su camino, ellos conocen su terreno". ¿Antes no?, pienso yo. Y ese camino solo buscará el voto en un batido *tutti frutti* que guste a todos, porque lo único importante será que nos voten.

—Eso es la dirección cesarista. Te obligo, te empujo, te cojo, te autorizo, te dejo… —saltó alguien.

—Sí, ¿eh? Pues por eso está la gente hasta los cojones de nosotros, ¿o es que no lo vemos?

»Yo, después de eso, a menudo pienso: ¿qué hubiera pasado si Alejo hubiera continuado con su política de no dar tregua a Convergencia? Y me respondo: seríamos un partido más votado que el PSC. También me pregunto: ¿qué hubiera pasado si Piqué no dimite y hubiese encabezado la lista por Barcelona en las elecciones generales, para las que faltaban muy pocos meses? Qué lujo y qué catarata de posibilidades para nosotros y el futuro de Cataluña si un Piqué, que ya lo había sido todo en política, sin mayor ambición por tanto que la de hacer bien las cosas, hubiese llegado a estar en el Congreso como diputado por Barcelona y presidente del PP catalán. Esas son las conjeturas que me hago.

»Inmediatamente pienso que nada de eso hubiera sido posible; una conjetura debe de ser siempre factible, y estas no lo son porque no les hubieran dejado dar los pasos necesarios que en un momento u otro podrían haberse producido para evitar la deriva que hoy se vislumbra en la política catalana.

»Esto es lo que yo pienso, pero, si lo digo en voz alta, estoy liquidado.

—Oye, eso es interesantísimo, pero venga, tranquilo, destaca otra cosa…

—Como cosa negativa yo destacaría los pasos adelante y atrás de ETA. Primero en el 2006 decretan un alto el fuego permanente, luego roban trescientas cincuenta pistolas, luego a finales de año perpetran un atentado en Barajas, luego anuncian que ha finalizado la tregua que decretaron de 439 días. Y un año después han vuelto a matar, esta vez a dos gendarmes en Francia.

—Lo de atentar en Francia, una cagada —dijo Julen—. Están buscando negociar, eso está claro…

—Sí, aunque hemos de tener cautela y no crear falsas esperanzas. Creo que, en este tema de la política antiterrorista, un factor positivo ha sido la buena relación de Rajoy con Zapatero, nos ha permitido una gran sintonía operativa. Estamos de acuerdo en lo que hay que hacer.

»Pero cambiando un poco de tema, os diré que, hablando con franqueza, tengo un reparo, una… especie de frustración. En todos estos años no hemos podido abordar ni una de las reformas necesarias para resolver viejos problemas, tan evidentes hoy. Disfunciones democráticas clarísimas. Se las enumeré a Rajoy al ponerme al frente de mi trabajo. Tengo análisis muy avanzados sobre algunos de los cambios que deberíamos estudiar, pero no ha habido manera de que me escuche. No está interesado. Puede que quizá crea que ahora con socios tan dispares y un Zapatero tan escorado no es posible. Puede que sea eso, no sé...

»Ahora, para acabar, porque yo me tengo que ir, os llamo la atención sobre algo que ha sucedido, algo muy importante para todos nosotros... Por lo menos a mí me llega mucho.

»A finales de octubre, como sabéis, se ha hecho pública la sentencia del juicio de los atentados terroristas del 11-M, y en ella se reconoce que el apoyo de España en la guerra de Irak no fue el motivo del criminal atentado. Me satisface pensar que el día que aplazamos las elecciones tomamos la decisión correcta, tuvimos que elegir entre una opción mala y otra peor. No una solución dichosa, pero nos salvó de la catástrofe que hubiera sido un Gobierno de Zapatero. Al final, la vida es dos o tres decisiones.

***

Unos meses después, salimos de Madrid hacia Bilbao Pablo, Marga, Pippa, que había venido de Londres para acompañarnos, y yo. Era una mañana fresca y limpia que nos predispuso a disfrutar del viaje. Julen nos había invitado a visitarle un largo fin de semana, quería presentarnos a Edurne, su novia, con la que llevaba ya varios meses de relación. Él estaba entusiasmado con ella e impaciente por que la conociésemos; también nosotros por conocerla al fin.

Conduje yo hasta Burgos. Nuestra idea era llegar a media mañana para visitar la catedral y posteriormente el Monasterio de las Huelgas, un Real Sitio declarado Patrimonio Nacional.

Durante el viaje, de poco más de dos horas y media, me encontraba poseído de la más absoluta felicidad. Los años horribles habían quedado atrás, todas esas pesadillas inducidas por la mezcla de alcohol y fármacos que me llevaban al terror y a los diabólicos recuerdos pertenecían al pasado.

Como ya he contado, hacía poco habíamos vuelto a ganar las elecciones con una amplia mayoría. No llegamos a los excelentes resultados que en su día logramos con José María Aznar, pero con el apoyo del PNV y CIU podíamos formar gobierno.

En su discurso de investidura, Rajoy anunció su intención de trabajar de forma conjunta con ambos. Ofreció pactos de Estado al PSOE, pero las grandes cuestiones nacionales, advirtió, y sus compromisos con Europa había que atenderlos. Añadió una coletilla que no gustó nada a los nacionalistas: «España necesita un Gobierno que esté en condiciones de gobernar, no de ser gobernado, y el rumbo lo marca el Gobierno, que se le vota para eso».

Cuando Rajoy me llamó tras las elecciones y me pidió que siguiera al frente de su gabinete acepté rápidamente.

En la entrevista, me preguntó mi opinión sobre la nueva etapa que encarábamos.

—Pues verás, presidente, aunque la situación actual sea buena —comencé—, no podemos ignorar los negros nubarrones que ya se vislumbran en el horizonte, las medidas económicas que inexcusablemente habrá que tomar ante la velocidad de crucero que la crisis hipotecaria y financiera, originada en Estados Unidos, está tomando. Sabes que la crisis la negaban muchos, pero reputados economistas advertían de ella hacía tiempo, hombres de la talla de Manuel Pizarro y Margallo, entre tantos otros.

»La crisis hipotecaria generalizada está aquí, el precio de la vivienda es hoy de un valor inferior a la deuda. Esto conllevará, presidente, una cadena de embargos y desahucios, con el consiguiente impacto social.

»Hemos de subrayar, presidente, que la subida de los precios del petróleo ha producido una inflación interanual casi histórica, y lo más temible es que puede fácilmente producirse una deflación, con la consiguiente contracción de la economía, a lo que hemos de sumar las predecibles crisis bancarias, por lo que el aumento del desempleo está en puertas mientras el PIB inicia un decrecimiento previsiblemente continuado. Es muy posible, presidente, y perdona el aparente catastrofismo, que la prima de riesgo reaccione al alza en no muy lejanas fechas.

»Creo que no debemos engañarnos y hemos de ir haciéndonos a la idea de que tendremos que tomar medidas posiblemente en contra de nuestras promesas electorales e introducir giros no esperados en nuestra política económica.

»Todo eso, presidente, no es contradictorio con aplicar en paralelo una agenda reformista; tenemos las personas y equipos para desarrollarla y es absolutamente necesaria para aprovechar tu mandato con reformas de calado.

—Lo sé, Álvaro, ya he hablado con Montoro —me interrumpió Rajoy. Exhaló a continuación una sucesión de anillos de humo del puro que estaba fumando—. Lo que tendremos que hacer —dijo reposadamente— va a llevar a nuestros electores a acordarse de nuestros padres.

Yo quería aprovechar el momento y continué diciendo:

—Perdona, presidente, pero ya acabo. Quiero señalar otro ámbito de asuntos no tan perentorios, una serie de cambios para mejorar la calidad democrática y el modelo territorial. El desiderátum, presidente, sería poder afrontar la reforma de la ley electoral con el PSOE. Tú les has ofrecido pactos de Estado.

Rajoy me mostró su buena disposición respecto a lo que yo le apunté. Me dijo que yo venía de la Secretaría de Estudios y Programas y que seguro que tenía una buena lista de propuestas; me animó a concretarlas, serían analizadas y estudiadas. Seguimos charlando mucho rato. Estábamos de acuerdo en la sustancial importancia de la dimisión de Zapatero que, tras perder las elecciones, fue sustituido por Alfredo Pérez Rubalcaba.

Teníamos la convicción de que con él los pactos de Estado serían posibles. Rubalcaba era un socialdemócrata, no un populista como su antecesor en la secretaría general. Una gran cabeza política, alguien que entendía necesario poner al día nuestras normas de convivencia e introducir cambios importantes en algunas áreas políticas ya claramente disfuncionales.

Coincidimos en la visión del perfil del nuevo secretario general del PSOE. Un hombre de partido, ante todo. Ello nos llevó a recordar su decisivo papel en la jornada de reflexión tras los atentados de Atocha. El clima venenoso que personalmente creó hizo necesario el aplazamiento de las elecciones.

Rubalcaba, sí, alguien muy inteligente, con gran seguridad en sí mismo y conocedor de las debilidades humanas que todo político arrastra. En ocasiones demasiado seguro, lo que le llevaba a amenazar, suavemente y no tan suave, con frecuencia, a su interlocutor. En una circunstancia lo hizo conmigo, señalándome y moviendo el dedo con el que me apuntaba arriba y abajo. Rápidamente lo retiró cuando le dije que, por favor, siguiera así un momento más para que el fotógrafo que había cerca de nosotros pudiese realizar su trabajo. En otra ocasión vi como amenazaba igualmente con el dedo a Rafa Hernando, con el que tuvo una gresca.

Duro y correoso, pero también un patriota y hombre que sabía anteponer los intereses de parte a los generales cuando era necesario. Yo veía en él un colaborador convencido respecto a la gran tarea de puesta al día del ordenamiento jurídico imprescindible de afrontar en un futuro inmediato.

Antes de llegar a Burgos paramos en el Landa el tiempo suficiente para tomar la típica morcilla con un huevo frito. Pablo y Marga pidieron dos. Cuando salimos de Madrid acordamos hacer una parada allí. Había conseguido convencer a Pippa para que dejase de calcular las calorías de lo que consumíamos. Pactamos una tregua en la dieta hasta nuestro regreso de Bilbao.

Con esa visita al Monasterio de las Huelgas yo quería que Pippa y Marga, que tampoco lo conocía, contemplasen el enclave y los muchos tesoros artísticos que encierra; las vidrieras son de las más antiguas y bonitas del mundo, pero yo tenía un especial interés en que conociesen el papel de la reina Leonor de Plantagenet, fundadora con su esposo, Alfonso VIII, del monasterio en el año 1187. Fue una feminista «avant la lettre», les dije, una pionera de lo que hoy llamaríamos el empoderamiento femenino.

—Mira, Pippa, la reina Leonor se empeñó en que las mujeres consiguiesen el mismo nivel de mando y autoridad que los hombres. Creó un inmenso y rico señorío sobre el que las abadesas mitradas del monasterio ejercían potestad material y jurídica, con su propio fuero civil y criminal. Nombraban alcaldes y abadesas de pueblos y conventos a él sujetos y su poder estaba por encima de los obispos y dependían directamente del papa. ¿Te lo puedes creer, Marga? Todo ello duró hasta el siglo XIX.

Al salir le dije a Marga que ella hubiera sido una abadesa excelente por su temple y buen juicio. Me contestó que jamás hubiese deseado estar en ningún sitio, por alto que fuese, en el que no estuviese Pablo. Prorrumpimos en aplausos, Pippa dijo que pensaba lo mismo respecto a mí, y con sonrisa pícara contesté que si hubiésemos vivido en esa época la hubiera dejado encerrada en el monasterio, bajo el mando de Marga, para irme a las Cruzadas. «Y Pablo, ¿qué?», respondieron ellas. «Pues Pablo de recaudador de impuestos de la abadesa», contesté. «Estos lo que quieren, Pippa, es dejarnos encerradas a nosotras y ellos corretear por ahí». «Pues mira, sí», respondí a Marga entre las risas de todos.

Ni que decir tiene que fue un gran fin de semana, salvo un incidente que protagonizaron unos proetarras al reconocer a Julen en un bar de la parte vieja. Los tres les plantamos cara y el dueño del bar, que era amigo del padre de Julen, se puso de nuestra parte y ellos, achantados, se fueron al final de la barra. Pero inmediatamente el del bar nos dijo: «Ahora marchaos enseguida, porque estos bestias estarán ya avisando a los suyos de que estáis aquí».

Nos dirigimos al Guggenheim, donde estábamos citados con Julen, que había organizado un programa magnífico: visita al museo, recorrido en barco por la ría para después ir a almorzar al club marítimo El Abra y cena de *txikitos* y *pintxos* por el casco viejo.

Julen no soltaba a Edurne de la mano ni un minuto, cada dos por tres le daba un beso en el cuello, en la mano que llevaba cogida… Se le veía feliz. Yo también lo estaba porque sabía lo importante que era para él tener una relación estable.

Estábamos alojados en el hotel Ercilla, lugar familiar para nosotros, pues allí nuestro partido se reunía para seguir los resultados los días de elecciones. Al día siguiente, Julen se presentó en el hotel para recogernos. Edurne estaba un poco cansada, nos dijo, y se sumaría luego. Nos dirigimos a un mercado en la parte vieja. Julen había quedado a comer con otras dos parejas en una sociedad gastronómica de la que eran socios sus amigos y fuimos a comprar lo necesario para que pudiera cocinarnos su plato estrella: bacalao ajoarriero con langosta. Yo le dije que éramos demasiada gente e hiciese algo más sencillo, pero se empeñó. No sabía qué hacer para obsequiarnos.

Cuando Pippa vio que íbamos a hervir vivas las langostas salió corriendo hacia la calle. Al rato regresó acompañada de una sonriente y divertida Edurne que acababa de llegar, absolutamente guapísima en su belleza morena, que contrastaba con la piel blanca y ojos azules de Pippa.

Las ligeras ojeras de Edurne atestiguaban que realmente no había pasado una buena noche. Ella me sorprendió cuando la miraba atentamente y tuve la impresión de que me devolvía una mirada gélida y poco amistosa. No obstante, rápidamente sonrió, me tomó del brazo y nos dirigimos a los fogones.

El bacalao ajoarriero, memorable, y perdimos la cuenta de las botellas de *txakoli* que cayeron. Los amigos de Julen sacaron unas botellas de Pera Williams y Calvados que tenían en el congelador, trajeron también un *patxaran* casero del que Julen sirvió una regular copa a Edurne mientras él optó por un cubata de Cacique.

Mediada la tarde, Julen y Edurne se levantaron. «Tenemos cosas que hacer», dijo mientras me guiñaba un ojo. «Nos vemos luego en tu casa, Andoni. A la diez has dicho, ¿no?».

Un poco antes de la hora citada llegamos a casa de Andoni, que allí nos esperaba junto a su socio Bernat y sus mujeres, unas y otros viejos amigos de Julen. Habían puesto unas botellas de champán a enfriar.

—Agua de Bilbao —dijo Bernat.

—Yo de viejo estoy dispuesto a beber solo agua —dijo Pablo—, pero de esta, ¿eh?

—Pues yo bebo lo que me echen —afirmé.

—Pues tienes suerte de no tener cerca de ti a Lucrecia Borgia —añadió Andoni sonriendo y dándome una palmada en la espalda—. ¿Lo estáis pasando bien? Teníamos muchas ganas de conoceros.

—Estamos encantados, nos estáis tratando de maravilla. No sé si algún día sabremos corresponderos, ¿verdad, Pablo? Pero sinceramente estoy muy contento de ver a Julen tan enamorado de Edurne. Tuvo otra novia hace poco, pero no me ha contado gran cosa. Fue flor de un día ¿no?

—Sí, flor de cardo borriquero —dijo Andoni—. Le hizo sufrir mucho.

—Es que era muy celosa —intervino su mujer.

—¿Qué me dices?

—Por eso no te contó nada. Un día le vio en la calle hablando con una chica del partido. Cuando volvió a casa, nada más abrir la puerta, le dio una bofetada enorme. Le montaba unas escandaleras tremendas... Otro día en el que le dijeron en la peluquería que habían visto a Julen entrando en un coche con una chavala, esperó en la acera de la calle a que viniese. Cuando este le fue a dar un beso, ella, presa de un ataque de furia, le dio un empellón y le tiró a la calzada. Casi le atropella una moto. «¡Hala, que te suba en su coche tu amiguita!», le gritó.

Nosotros no salíamos de nuestro asombro al oír estas cosas. Pippa se levantó, cogió la botella de champán, se dirigió a Andoni rogándole que la abriese y fue dando copas a cada uno.

—Eso ya es pasado, ¿verdad? Pues a brindar por el presente.

Sonó el timbre de la puerta y, al abrir, Edurne y Julen entraron alborozados.

—Otra copa para vosotros y brindamos...

—Os he puesto una cena ligerita, ¿eh?, que hoy os habéis pasado. Una sopita rica rica de pescado y luego merluza de pincho rebozada con sus pimienticos que llevan toda la tarde al horno —dijo Andoni.

Tras la cena, nos sentamos en unos sofás al fondo del salón.

—Oye, Álvaro, hoy no has tomado tu *dry martini* con aceitunas rellenas —dijo Julen.

—Pero el *dry martini* no lleva aceitunas rellenas, sino sevillanas con hueso —puntualizó Bernat.

—Sí, claro, pero eso tiene su historia —dijo Pablo—. Anda, Álvaro, cuéntalo.

—Es que no tengo muchas ganas, es un poco pesado para vosotros.

—De eso nada —saltó Julen—, ya veréis, tíos, ya veréis... Anda, cuéntalo, por favor, no te hagas el interesante...

—Bueno, no sé... De esto hace ya mucho tiempo, yo estaba soltero y trabajaba en un banco. Salía con Mónica, una chica argentina monilla y encantadora. Yo adoraba su acento al hablar, me gustaba, pero tampoco estaba loco por ella, y la ventaja era que no tenía las inhibiciones con respecto a algunas cosas que tenían la mayoría de las españolas de esa época.

—¡Hala, qué fresco! —exclamó Marga.

—Déjale que continúe, chata.

—A la salida de nuestro trabajo quedábamos casi todos los días en un pequeño bar cercano, muy cuco, luces oscuritas, música suave y un barman que hacía unos combinados buenísimos. Mónica se tomaba un *pisco sour*.

—¡Uy, qué rico! —saltó Edurne.

—Chisst...

—Ella su *pisco sour* y yo mi *dry martini* helado. Charlábamos, hacíamos manitas... Cada vez que se abría la puerta de la calle yo miraba por curiosidad, a veces entraba un amigo o algún conocido. Si era una chica, Mónica no me perdía de ojo a ver cómo era mi reacción; si luego miraba dónde se había sentado o si se acercaba a pedir algo a la barra, ya se ponía en guardia, me cogía del mentón, me giraba la cara hacia ella y me preguntaba si la quería. Yo le decía que claro que sí, pero no era suficiente. Ella seguía: "¿Pero mucho?". "¡Mucho!". "¿Pero mucho mucho?". Yo, harto, contestaba: "¡Mucho, como la trucha al trucho!". Entonces ella se entristecía, apoyaba su cabeza en mi hombro y, soltando una lagrimita, decía: "No me quieres, te lo noto". ¿Qué podía hacer yo? Decía: "¡Que no, tonta, que solo te quiero a ti! No seas boba". Y luego para consolarla le daba un beso en el rabillo del ojo lleno de pequeñas lágrimas enredadas entre sus pestañas.

»Muchos años después, en Londres, un día de mucho frío llegué cansadísimo a la habitación de mi hotel, vi lo que había en el minibar y decidí prepararme un *dry martini*. No había aceitunas sevillanas y puse una banderilla con dos rellenas de anchoas. Tomar un baño caliente, envuelto en vapor de agua y con una copa helada al alcance de la mano mientras escucho una buena música es uno de los grandes placeres de mi vida. No tenía prisa en bajar al comedor donde me esperaba una cena de negocios con unos ingleses. Fui tomando mi copa en pequeños sorbos haciendo durar el placer; me tomé una aceituna que, al haberse macerado en la ginebra, estaba deliciosa y luego la otra.

»Salí del baño, me sequé, me puse un albornoz y me llevé el vaso al dormitorio; sentado en el borde de la cama degusté lo que quedaba en el fondo de la copa, ginebra con un delicioso toque salado. Me encantó y a partir de ahí siempre lo preparo así cuando es para mí.

—No, no te quedes ahí, continúa —me instó Julen.

—Bueno, hombre, voy a coger fama de pesado.

—No lo eres, continúa —dijo Edurne.

—Pues el caso es que, bastantes años después, yo estaba trabajando en casa cuando uno de mi equipo, del fondo de capital donde trabajaba, vino a traerme unos documentos para que los firmase.

»Tras tratar el asunto le ofrecí un *dry martini* como el que yo tomaba, y me dijo que era su cóctel preferido. Saqué una copa que tenía en el congelador junto a la botella de ginebra, eché cuatro o cinco gotas de agua, otras tres de Noilly Prat y luego añadí el palillo con las dos aceitunas rellenas de anchoas con el que removí la copa mezclándolo todo con ginebra. "Lo siento, no tengo otras aceitunas", me disculpé.

Se lo fue tomando tranquilamente mientras me contaba cotilleos de la oficina. Al marchar, me dijo: "No te preocupes que mañana sale esto para Londres a primera hora. Gracias por la copa, pero… te voy a decir una cosa: el *martini* que me has hecho es muy especial. Lo he pensado y no sé explicar la sensación", dijo sonriendo en la puerta, "es…, perdona la metáfora, como si un ángel hubiera vertido una lágrima en esa copa".

»Fue un fogonazo, súbitamente recordé esas lejanas tardes en las que, tras dar un besito en la húmeda comisura del ojo de aquella chica, tomaba después un pequeño sorbo de mi cóctel.

Pippa se levantó, despacio, de su asiento y dirigiéndose a mí me dio un beso en el rabillo del ojo.

—Oye, Oye…, no te escapes, cuéntanos ahora cómo terminó tu noviazgo con la argentina —pidió Julen.

—¡Que no! Ya está bien, ¡coño!

—Que sí, que es muy divertido; cuéntalo, tío.

—Pero bueno, ¿es que sabéis todo de vuestras respectivas vidas? —preguntó la mujer de Andoni.

—Pues sí, te parecerá raro, pero es así, hasta las cosas más íntimas, nos conocemos desde la adolescencia. Yo siempre he creído que a tu mejor amigo puedes contarle todo lo que quieras; en cambio a tu novia, a tu mujer, estás loco si lo haces. Puedes contarle muchas cosas, pero has de guardarte otras para ti; de no ser así, a la larga lo pagarás. Mira, a tu madre tampoco, solo las cosas buenas que te pasen, tus alegrías, tus éxitos, tu felicidad, no tus tristezas, tus problemas y demás, pues no dormiría por la noche la pobre —afirmé.

—¿Y a tu padre?

—A tu padre solo para pedirle consejo en tus dudas y problemas, nadie te va a aconsejar como él, que con su amor y experiencia de vida solo buscará lo mejor para ti.

—Pero no te escapes, Álvaro; cuéntalo, hombre.

—Qué pesado eres, Julen. Además, tampoco es divertido, pero bueno…

»El caso es que la chica era estupenda, pero ya me tenía un poco harto con sus manías de grandeza. Solo podíamos ir a sitios elegantes, a lugares de moda. Se pirraba por los apellidos sonoros y la gente guapa. A mí me encantan los buenos sitios, pero también me gustan las tabernas y las baretos en los que tiran bien las cañas y ponen vermut de grifo con unas patatas bravas o boquerones en vinagre. En eso Madrid es imbatible. Además, en esa época yo no tenía mucho dinero.

»El caso es que un día que íbamos a ir a Segovia paramos antes en una urbanización en la que estaba en venta la casa de mi abuela fallecida. Éramos muchos primos, había que hacer una gran obra y lo mejor era venderla. Quería pararme para ver si ya habían puesto el cartel y cómo quedaba.

»La casa, bastante abandonada, era muy bonita. Piedra del Guadarrama combinada con ladrillo, tejado de pizarra. Cuatro columnas de granito sostenían un pequeño porche en la puerta de entrada. Mi abuela la había comprado cuando se estaba cons- truyendo la urbanización y consiguió una buena parcela a buen precio.

»Detrás de la casa había un jardín con árboles de gran enverga- dura y al fondo, junto a la piscina, un pequeño pabellón con bar y un vestuario. A la derecha, la pista de tenis, muy abandonada ya. Ella se paseó un buen rato por el jardín y, al entrar en el coche para seguir camino, me dijo con su cantarín acento: "Álvaro, ¡qué lindo es ser rico!, ¿no es cierto?". Esa fue la gota que colmó el vaso. Al regresar de Segovia la llevé a su casa y ya no volví a verla más.

—Qué bueno, tío, qué bueno… —apostilló Julen.

—Y nuestro amigo Álvaro, ¿siempre es así? —preguntó Bernat a Pippa.

—Siempre.

—Pues qué suerte tiene ese Rajoy…

—No, la suerte la tengo yo de poder estar ahí —contesté.

Edurne me preguntó si veía mucho al presidente del Gobierno.

—Todos los días o casi todos.

—A mí me gustaría conocerle algún día —continuó ella tras una fugaz mirada hacia mí—, me parece un hombre interesantí- simo, Julen.

—¿Lo dices en serio? —respondió su novio.

—Desde luego.

—Cada día entiendo menos a las mujeres... —añadió Pablo.

—Bueno, el gusto de ellas es distinto al nuestro, Pablo.

—Julen, si viene a Bilbao, ¿me lo presentarás algún día? —continuó Edurne—. ¿Me lo prometes? Es que me han dicho que va a venir pronto y me encantaría...

—Pues yo no sé nada al respecto —dije.

—Oye y ¿qué tal? Debes de ver un montón de asuntos y a gente muy importante —intervino Andoni—, aprenderás muchas cosas.

—Pues sí, mi abuelo me dijo un día que hay que aprender de las que son buenas y de las que son malas. También aprendo, y mucho, de las otras.

—¿Qué otras?

—De las que no son.

—¿Eso qué es?

—Lo que no se hace.

—Vale, Álvaro, y ya dejo la política, Julen, pero ¿qué es eso que he leído el otro día de que la Fiscalía Anticorrupción ha presentado en la Audiencia Nacional una denuncia contra empresarios y cargos del PP?

—Eso viene —contesté— de otra denuncia que el año pasado presentó un concejal nuestro de Majadahonda sobre los cabecillas de una supuesta trama corrupta encabezada por un tal Correa. La UDE ha abierto un informe sobre un asunto, lo llaman el caso Gürtel. Pero palabra que no sé nada más.

—Venga, al hotel, que es tardísimo —ordenó Marga levantándose.

—Sí —dijo Andoni a su mujer—, vamos a acostarnos, que estos señores tendrán que irse, je, je...

LIBRO TERCERO
TOCABA TRABAJAR

16

Los acontecimientos de los meses siguientes imprimieron un dinamismo a la agenda del presidente del Gobierno, y por ende a mis tareas, nada comparable al de la anterior legislatura. El ministro de Asuntos Exteriores, Margallo, envió al presidente un informe económico de cerca de quinientos folios. Yo hice un resumen, no muy largo, de las principales medidas que contenía para comentarlas con Rajoy. Tras hacerlo brevemente, me pidió que remitiese el informe a los ministros del área económica.

Estaba convencido de que había llegado el momento de trabajar en serio, no solo en lo tocante a las medidas para enfrentar la crisis. La mera gestión de los problemas cotidianos, en sí necesaria, no era suficiente. Había que aprovechar la oportunidad de tener delante a un Rubalcaba dispuesto a concertar acuerdos de trascendencia.

Pensando en ello, quizá la reforma más delicada —no urgente, pero que antes o después habría que afrontar— era la de la Constitución. Bueno, yo cambiaría la palabra *reforma* por la de *retoque*. No se trataba de rehacer la Constitución, sino de una puesta al día contemplando defectos y fallos de funcionamiento que el tiempo ha evidenciado, y de desarrollar nuevos preceptos constitucionales. Hay cimientos de nuestra convivencia contemplados en ella que de suprimirlos o cambiarlos llevarían al suicidio de nuestra nación, como los que atribuyen la soberanía nacional a todo el pueblo español. Hay otros igualmente importantes que debemos entender como intocables. Se trataría, por tanto, de delimitar claramente y *a priori*, con el imprescindible consenso de los grandes partidos, sobré qué contenidos operar y los preceptos que modificar.

Sin embargo, no se me ocultaba la dificultad de que Rajoy iniciase ese proceso. Conociendo como iba conociendo la idiosincrasia del presidente, abandoné toda esperanza al respecto y confié en que, quizá algún día, Rubalcaba lo plantease por algún motivo concreto.

En la línea que me había trazado de sugerir iniciativas, no pedidas pero deseables, a nuestra labor de gobierno, monté un pequeño equipo con tres asesores parlamentarios y otro de presidencia y me puse a trabajar en algo que tampoco era urgente, pero a lo que yo daba mucha importancia: la lucha contra la desigualdad económica y social. Veía la crisis que se nos venía encima.

Reunidos en mi despacho, les solté un mitin:

—Nosotros, en nuestro partido, estamos orgullosos de nuestra habilidad para crear riqueza y crecimiento. Por cierto, ¿habéis visto alguna vez la expresión «crecimiento económico», imprescindible para el crecimiento social, en boca de un progresista? Yo tampoco, pero nosotros a lo nuestro, que consiste en no olvidar que la prosperidad ha de alcanzar al mayor número de ciudadanos o no resultaría aceptable como objetivo político. Pero la prosperidad la crean los emprendedores, los que ahorran, invierten y arriesgan, no el Gobierno.

»Nosotros lo que tenemos que hacer es un ajuste del sistema productivo, ayudarles. Generar un marco fiscal, laboral y social que traiga oportunidades y estimule y favorezca la innovación y la inversión. Sacarles de la jaula en la que los socialistas quieren meterles y terminan metiéndonos a todos.

»En el PP, cada vez que viene a cuento repetimos el mantra de que "la mejor política social posible es la creación de empleo". Eso es una verdad a medias, ya que empleo tienen todos los explotados en la India y también lo tenían los trabajadores de las factorías inglesas en los inicios de la Revolución industrial mientras vivían en el analfabetismo, la enfermedad y la pobreza. Hemos de elaborar un documento base sobre la desigualdad económica y social, el empobrecimiento de las clases medias, que van de más a menos, y la mejora de oportunidades para todos los que hoy en día no las tienen o padecen difícil acceso a ellas. Importa poco que nuestro PIB suba si el empobrecimiento crece.

»Por eso, quiero empezar contemplando la subida del salario mínimo interprofesional como primer objetivo. Un empresario con altura de miras también lo tendrá, pero sin subir la productividad no podrá hacerlo, sería envenenar lentamente a la empresa.

»Sin embargo, los españoles estamos entre los que menos producimos per cápita en Europa. Luego nos quejamos de que no podemos comprar un piso y, como necesitamos uno, este tiene que dárnoslo el Estado. Pero cuantas menos cosas nos dé el Estado, más libres seremos, *ergo* la gente tiene que ingresar más dinero.

»Yo siempre he creído que las familias no se arruinan por gastar mucho, sino por ganar poco, cosa que sí tiene remedio.

»Comencemos con la elaboración de medidas tendentes a aumentar la productividad. Si somos de los menos productivos de Europa, por algo será, no va a ser por la siesta. Hemos de analizar los diversos factores que contribuyen a eso. Quiero recomendar al presidente la creación del Consejo Nacional de la Productividad de España que, entre otras cosas elabore un informe anual.

»Cambiando de tercio, es obvio que la principal medida que mantiene en funcionamiento el "ascensor social" es la educación. Solo una de calidad permite una igualdad de oportunidades, independientemente de donde nazcas y la familia a la que pertenezcas, el crecimiento inclusivo y el incremento del principal activo económico de un país van ligados a los recursos humanos altamente cualificados. Posteriormente vendrán la inversión, la investigación, el I+D+i, la fiscalidad, la desregulación y muchas otras cosas necesarias para el despegue empresarial, pero el factor humano está en la base del crecimiento.

»Pero cuando hablo de una educación de calidad, quiero incluir en eso la no discriminación o minusvaloración de las humanidades, porque estaremos perjudicando a la ciencia. Un gran científico no puede ser nunca un hombre con una formación parcial, en la que se haya amputado la rama más importante de la sabiduría. Hemos de tener esto presente.

»Perdonadme el mitin, pero es inexcusable que consintamos la inacción. Hoy la mayoría de los niños que nacen pobres mueren pobres de mayores. Todo lo que esos niños heredan de sus padres es la pobreza. ¿En España sucede eso y nosotros no hacemos nada?

»Ya está, chicos, seguiremos reuniéndonos para hablar de estos temas. Muchas gracias por vuestra presencia hoy, viernes, a última hora de la mañana. Yo me voy ahora a tomar una cerveza a Santa Bárbara con unas cortezas y unos boquerones en vinagre; al que le apetezca venir está invitado y seguimos hablando. Me gustaría que me contaseis cotilleos del grupo parlamentario.

El presidente mantenía en su despacho del partido encuentros regulares con Luis de Guindos, Cristóbal Montoro y algún secretario de Estado llamado para alguna reunión concreta. Yo preparaba, a esos efectos, los recientes comunicados de la Comisión Europea y de algún otro organismo de Bruselas, junto a sus análisis y recomendaciones. En Europa se seguía con preocupación la situación de España, aunque se reconocía que el Gobierno español estaba tomando las medidas adecuadas.

Una mañana relativamente tranquila me pasaron una nota en la que comunicaban que la Fiscalía Anticorrupción había denunciado ante la Audiencia Nacional a una serie de personas relacionadas con las finanzas del PP. El juez Baltasar Garzón, a quien le turnaron el caso, imputó y detuvo a esas personas. Yo había oído ya algo sobre este asunto, que arrancó de la denuncia de un concejal nuestro de un pueblo. Pero verlo concretado de esa manera me produjo cierta impresión. Confieso que en ese momento estaba muy lejos de imaginar el desarrollo y la trascendencia de este suceso.

Unos meses después, vi en la prensa el nombre de Bárcenas

relacionado con el caso Gürtel, como se empezó a denominar este asunto; «la trama Gürtel», leí en otro sitio. Tras ello, empecé a atar muchos cabos que solo aumentaron mi inquietud.

Quedé para almorzar, en Las Reses, con Coque Larrea, que seguía siendo vicesecretario general. En esos últimos años había echado un poco de barriguita y vestía unos estupendos trajes de sastre; continuaba siendo el que era, como nos ocurre a todos: perspicaz al máximo, cauto, inteligente y pelota del jefe a tope, pero eso es algo a lo que no hay que dar mayor importancia, es una ley biológica que nos imprime como primer mandamiento la lucha por subsistir. También he pensado siempre que era un hombre bueno al que había que agradecerle su simpatía con todo el mundo.

—¿Qué tomará, don Jorge?

—Paco, yo un poquito de jamón, del nuestro, pero sin pan con tomate, que me lo como. Don Álvaro se ha empeñado en el Chateaubriand y nos sacrificaremos.

Yo no había dicho tal cosa y, de hecho, pensaba tomar un pescado a la plancha, pero le dejé hacer.

—Bueno, Coque, ¿qué está pasando con lo del Gürtel? —le espeté en cuanto se fue el camarero.

—Pues ya ves, eso es lo que hay.

—Pero ¿eso es cierto?

—Naturalmente que lo es, a ti no te voy a engañar, aunque habría que matizar muchas cosas. Y muchas otras ya veremos cómo irán saliendo. Vamos a ver cómo lo capeamos…

»Mira, Álvaro, tú sabes que hay cargos en el partido que, además de sus tareas parlamentarias, dedican a la gestión de sus puestos orgánicos horas, días, fines de semana, vacaciones, puentes… El partido considera que es de justicia que sean remunerados por ello. Por otra parte, y si decimos esto en público nos tirarán tomates, los presidentes del Gobierno, ministros y diputados están remunerados de manera paupérrima, a la cola de la clase política de otros países europeos. Si te dan un sobre con dinero y lo tomas, no es lo mismo que meter la mano en la caja, ¿verdad? Te lo dan y crees que te lo has ganado. ¿Tú qué harías?

—Pues si lo cojo, y no digo que no, lo que haría sería incluirlo en mi declaración de Hacienda de ese año.

—¿Y si no puedes?

—¿Por qué?

—Pues porque, si lo declaras, dejas al partido con el culo al aire. Es obvio que, si es un dinero en un sobre, no incluido en nómina, sin retenciones... o sea, dinero negro, sale de una caja negra. Contabilidad B. Y reconocido eso, has de explicar cómo se nutre esa caja B, de dónde provienen los fondos y, más adelante, cómo se emplean. Fíjate dónde nos metemos.

Me quedé en silencio, necesitaba procesar todo lo que Coque me estaba contando.

—Está claro que, de todas formas, nuestros señoritos no tuvieron el músculo moral suficiente como para rechazar el dinero, sabiendo de dónde venía, porque, al final, ese dinero no podía venir de otro sitio que no fuera el de la corrupción.

—Sí, pero no creas, en algunos casos esas cantidades fueron préstamos para necesidades perentorias que luego devolvieron.

—Mira, no hay por dónde cogerlo. A ver cómo gestionamos esto porque...

—Pues, por el momento, estamos siguiendo el consejo que mi suegra daba a sus hijas.

—¿Qué consejo?

—Que si su marido las pillaba en la cama con un tío, lo primero era negarlo, decir que no es lo que parece; y si ya no quedaba otra, decir que lo había hecho por él, por lo mucho que le quiere, para que se fijase en ella: «Que ni me miras, lo he hecho por llamar tu atención, que estoy loca por ti y tú ni me miras».

—¿Será una broma?

—Pues claro, pero a veces funciona.

—Prefiero la frase de Clausewitz de que, si no puedes ganar, haz cuanto esté en tu mano para resistir. Lo estamos haciendo, pero con lo que me has contado aquí no podemos ganar, de modo que nos dirigimos a la hecatombe.

Volví a mi despacho con un cabreo monumental, recogí los

documentos que tenía sobre la mesa y me marché a casa para cambiarme. Había recibido una invitación de la embajada alemana, y pensé que me vendría bien salir del sobrecargado ambiente político en el que vivía.

Nos habían citado a las ocho de la tarde. La recepción, en la moderna embajada de la calle de Fortuny, había sido organizada para aprovechar la ocasión de escuchar y recibir, en su paso por Madrid, a una pianista alemana considerada como una de las más consagradas del mundo.

Conforme íbamos entrando en un mediano salón, se nos ofrecía una copa de champán. Encontré mucha gente conocida, algún amigo como Guillermo Gortazar charlando con Miguel Ángel Cortes. Me acerqué a saludar a Pitita, que contaba cómo se había tenido que trasladar a Sotogrande porque Marbella estaba imposible.

—Y eso —decía— que Jesús Gil se porta muy bien. Será como sea, pero es estupendo en su llaneza. Pero fijaos cómo estamos: el otro día Michael estaba jugando un partido de tenis y de pronto entró la policía en la cancha y, sin más, se llevó esposado a su *partenaire*. Fíjate, Álvaro, a ver si hacéis algo. Desde luego que Marbella es un paraíso y yo siento muchísimo irme, pero…

Yo la interrumpí sonriendo:

—Tienes razón, Pitita, pero ya sabes que del paraíso original vienen todos nuestros males, también allí había serpientes… Perdonad, os dejo, que llega el ministro.

Nuestro ministro de Cultura entró, charló un rato con los embajadores y desapareció inadvertidamente.

Como íbamos a pasar enseguida a la sala del piano, aproveché para saludar rápidamente a la reina Margarita de Bulgaria, querida y respetada por todo el mundo. Siempre creí ver, en el fondo de sus ojos, un deje de tristeza.

En la sala del piano nos encontrábamos unas ochenta personas. El concierto comenzó con un par de solos de impecable ejecución y continuó con una serie de conocidos Lied de extraordinaria emoción y belleza.

Alrededor de media hora después, el concierto terminó y

pasamos al comedor, en el que se habían distribuido unas mesas para ocho personas con el nombre de cada cual indicado en una tarjetita con letra gótica alemana escrita con tinta dorada.

Me situaron entre la esposa de un embajador —su marido estaba en otra mesa— y la agregada de Cultura de Portugal, que había venido de pareja de un conocido crítico musical marcadamente gay.

Comenzó la cena con un *foie* que acompañaron de un viejo oloroso jerezano, ambos extraordinarios. A partir de ahí todos los vinos fueron alemanes, blancos deliciosos como era de esperar. Tras dar un rato de conversación a la señora mayor, me concentré en mi vecina portuguesa, de una belleza morena poco común. Al rato estábamos riéndonos sin parar. Si quieres conquistar a una mujer, además de hacerla reír, debes dejarla hablar y escucharla atentamente, interesarte por sus cosas, de manera genuina. Eso es lo que hice.

Acabada la cena, tras un rato de sobremesa, muchas personas se marcharon. El crítico musical se fue con un rubiales de la embajada y los pocos que quedamos pasamos a una salita.

Flavia y yo no nos sentamos y permanecimos un rato de pie. Ella se fue a charlar con una amiga y yo aproveché que el embajador estaba momentáneamente solo para hablar con él y agradecerle la invitación. Me pidió que saludase al presidente en su nombre y le trasmitiese las buenas impresiones que, sobre la labor del Gobierno, le constaba que la Merkel tenía. «Nuestra canciller tiene un positivo concepto de todo el Gobierno, pero recientemente me ha preguntado por la ministra Fátima Báñez. La sigue con especial interés y creo que aprecia de manera especial el trabajo que está haciendo con algo tan difícil como la reforma laboral», comentó.

Me dirigí al grupo de señoras en el que Flavia estaba, y dando la impresión de que ella y yo éramos viejos amigos, le pregunté: «¿Nos vamos, querida?». Tras un levísimo gesto de sorpresa, me respondió que cuando quisiera. La amiga de Flavia y otras señoras se opusieron, pero, agarrando a Flavia por el brazo, contesté jovialmente: «El éxito está en saber abandonar la fiesta en el momento oportuno». Siempre he creído eso. Luego nos fuimos a casa de ella a tomar una copa.

***

El caso Gürtel seguía aportando a la prensa novedades casi a diario. En cuanto los medios veían a Rajoy se lanzaban sobre él con el tema. Era imposible eludirlo.

En la sede nacional, el presidente expresó su malestar: «Nuestro partido está en una indefensión absoluta. Las filtraciones del sumario son un atentado contra el Estado de Derecho. Solo hay dos dirigentes locales imputados y ambos han dimitido. Todos nuestros contratos están en el Tribunal de Cuentas. Exigimos que se levante el secreto del sumario. No podemos defendernos».

Días después en el Congreso declaró: «El juez quiere convertir el sumario en una causa general contra el Partido Popular, se filtran un sinfín de informaciones sobre personas a las que se machaca su honor y se les deja en la indefensión».

Algún tiempo después telefoneé a Bárcenas para informarle que el partido había decidido pagar su defensa. La conversación resultó corta y más bien fría, todo este asunto empezaba a repelerme.

En esas fechas, yo me encontraba ocupadísimo preparando la reunión en la Moncloa que el *president* Artur Mas había solicitado a Rajoy. La situación era tensa. El Tribunal Constitucional había «cepillado», en palabras de Alfonso Guerra, el Estatuto de Maragall, aprobado por las Cortes Generales y refrendado en posterior consulta en Cataluña. Todo ese «lío», como Rajoy lo calificó, tuvo su génesis al derogar el PSOE el recurso previo de inconstitucionalidad que habría evitado ese desaguisado. Los sectores nacionalistas más combativos interpretaron el fallo del Constitucional como la prueba definitiva de la imposibilidad para Cataluña de conseguir el debido reconocimiento a sus demandas al Estado español por otras vías que no fueran las de la confrontación.

Días antes de la entrevista, Artur Mas había calentado el escenario al anunciar en una conferencia coloquio, organizada en Madrid por Nueva Economía Fórum: «Cataluña necesita un Estado». Comentando con el presidente la organización del encuentro, yo le referí que el *president* había rechazado dirigirse, tras este, a los medios desde la sede del Gobierno como era habitual, y que pensaba hacerlo desde la delegación de Cataluña en Madrid.

Esto convenció a Rajoy de que Mas buscaba un no a su propuesta de un pacto fiscal para Cataluña, y que el encuentro era una escenificación para evidenciar el rechazo de Madrid a todas las reivindicaciones catalanas.

La reunión, pues, fue como se esperaba. Mas pidió el Concierto Económico y Rajoy respondió que no.

Lógicamente, el presidente Rajoy no me comunicaba con anterioridad las decisiones que pensaba tomar ni las posiciones que adoptaría a lo largo de cualquier reunión. Pero sabía que la demanda de un pacto fiscal específico para Cataluña no sería aceptada; sin embargo, me sorprendió la rotundidad de la respuesta, tan contraria a su galleguidad. No entendía cuál era la razón por lo que ante una petición semejante no respondió con la fácil salida de dar largas al asunto, proponiendo un grupo de trabajo o una comisión de estudio, algo difícilmente rechazable, y que hubiera significado para el *president* un pequeño trofeo a exhibir en casa.

Comprendía que la situación económica no estaba para fiestas de este tipo, pero cambiar una amable atención a la propuesta, que básicamente se hubiera convertido en una *dilación sine die*, por una negativa tajante era algo cuya razón se me escapaba.

***

Cuando llegué a casa por la noche, Julen estaba preparando una intervención que tenía al día siguiente. Al verme se levantó raudo y dejó de escribir.

—Ya la terminaré mañana, que esto va por la tarde —dijo y me dio un ligero abrazo—. ¡Qué ganas tenía de verte, tío! Que no hemos podido hablar nada desde Bilbao... ¿Cómo va eso? Bueno, ya me contarás lo de Mas y Rajoy. Aparte de eso, creo que no lo pasas mal, ¿eh? Ya me ha contado Guillermo que te levantaste una brasileña de puta madre en la embajada alemana.

—No era brasileña, sino portuguesa, pero cuéntame tú. ¿Qué quieres tomar? —fui a la cocina a buscar lo que tenía en el congelador.

—Yo me pondré un vino, abrí una botella ayer de las que te mandaron en Navidad. Tenemos ahí un montón de cajas. ¿Has cenado?

—No, luego bajamos a tomar algo.

—Voy a cortar un poco de queso. Estoy muy contento, Álvaro. Ya has conocido a Edurne… Me he enamorado, tío, solo quiero estar con ella, su presencia me hace feliz. Después de vuestra marcha estuvo más cariñosa que nunca, no sabes cómo me trata. Oye, tú le caíste muy bien —trajo un platito con el queso, lo dejó en la mesa de café que había entre nosotros y prosiguió—: Mira, Álvaro, yo nunca he tenido suerte con las mujeres. He follado todo lo que he querido, de eso no me quejo. Lo hago de que siempre escojo la persona equivocada, tías raras llenas de problemas. Antes de lo de Edurne estuve con otra que tenía unos celos patológicos. Antes de esa, salí un par de meses con una abogada que me gustaba muchísimo, lista, simpática… hasta que descubrí que también se acostaba con el director del despacho. Luego la vida que llevo, Bilbao, Madrid, los escoltas, las campañas… Todo eso dificulta una relación normal. Ahora creo que he encontrado la persona que necesito, alguien que me quiere, que entiende mi trabajo y que se interesa por él, que comparte nuestras ideas. Rezo para que esto dure.

»Tú llevas una vida que te gusta —dijo empujando el plato de queso hacia mí—, Pippa te adora. Pero a mí la vida que he llevado desde hace tiempo no me gusta nada, y luego, tío, es insoportable aquello, ver cómo viven nuestros compañeros de partido, estamos todos paranoicos. Alguna vez me han dicho que yo tengo la suerte de estar soltero y, si me matan, al menos no dejo detrás la mujer, los niños… Pero yo no quiero esa suerte, ya no soporto la soledad, me da igual que me maten, pero quiero una vida normal.

»No acabo de superar la muerte de mi madre, Álvaro, no hay día que no me acuerde de ella, continuamente… Me dan mucha pena los últimos años de su vida. Acércame la botella.

—Toma.

—La pérdida de una madre es algo tremendo, ellas nos llevan nueve meses en su seno y, cuando mueren, las llevamos el resto de nuestra vida dentro de nosotros. Anda vamos a dejar eso porque… francamente… qué pena todo. Venga, vamos abajo a picar algo y dime qué te ha parecido Edurne.

Era inevitable que la confidencia de Julen generase en mí cierta tristeza. Le quería y le deseaba lo mejor, pero tenía la sensación, no sabría decir por qué, de que quizá una vez más se había equivocado.

Ya en el bar, le pregunté:

—Y tu padre, Julen, ¿cómo está?

—Está bien. Ha pasado una mala época, como es lógico, pero lo va superando. No puedes pretender llegar a los ochenta años impunemente, ¿verdad? Pero él es un tío muy fuerte y, fíjate, ha vuelto a salir con aquella viuda del PNV con la que cortó la relación al empeorar mi madre. No tengo nada que reprocharle, se portó muy bien con ella, la cuidó mucho y no la dejó un solo momento hasta el final. La quería muchísimo, eso lo sé. También está muy solo el pobre.

Al día siguiente, al sentarme en la mesa del despacho, encontré encima el diario El País. Estaba abierto por la página en la que aparecía un artículo de Jorge Trías Sagnier.

—Mira lo que escribe tu amigo… —dijo Pepa, mi secretaria, asomando la cabeza por la puerta.

El artículo se titulaba «Sombras o certezas». En él se denunciaba la existencia de una caja B en el Partido Popular, utilizada, entre otras cosas, para el pago de sobresueldos mensuales «en negro» a destacados miembros de la dirección nacional.

Leí rápido el artículo, luego más detenidamente. Al acabar me sentí desolado, no podía creer que Jorge hubiera publicado eso. Le llamé de inmediato. Su secretaria me dijo que intentaría pasarme con él; deduje que tenía instrucciones de no comunicarle con determinadas personas.

—¿Cómo estás, Álvaro? No hace falta que pregunte por qué me llamas...

—Pero, Jorge, ¿cómo se te ha ocurrido hacer esto?, ¿qué sentido tiene?

—Porque es verdad.

Me quedé desconcertado.

—Pero, aunque sea verdad, ¿tienes que salir a contarlo tú?

—Mira, Álvaro, Bárcenas me enseñó los papeles hace dos años, catorce hojas de un cuaderno que recogían una contabilidad paralela a la del partido. Aparecían anotados pagos que oscilan entre 5000 y 10.000 euros, en algún caso 15.000. Cuando examiné los papeles, no vi nada delictivo en cuanto a los recipiendarios de esas cantidades. En el caso de que no hubieran declarado ese cobro, ninguno de ellos sobrepasaba el límite a partir del cual pudiera considerarse delito fiscal. Hubiera sido, en todo caso, una infracción tributaria. Pero luego he visto mucho cinismo y cosas que no me han gustado nada, y yo lucho desde hace años por la justicia y la verdad, por la democracia y la transparencia, necesaria para que esta funcione. Y te digo una cosa, Álvaro, esto es solo el principio porque los papeles están circulando y ya no hay quien pare esto.

—¿Los has puesto en circulación tú?

—Tuve los papeles en mis manos y los guardé; me debatía entre silenciarlos y difundirlos, pero cuando me enteré de lo de las cuentas en Suiza vi que era una bomba que no podía destruir ni mantener en secreto, Álvaro.

—Pero ¿hay cuentas en Suiza?

—Sí, y con mucho dinero. Espera que lleguen los datos de la comisión rogatoria que seguro que pedirá el juez a su debido tiempo.

Ciertamente que era una bomba, como había dicho Jorge, y como tal estalló en el partido y en la opinión pública.

Nos resistíamos como un gran atún lo hace cuando le están pescando. No es trabajo fácil sacarlo del agua, y esa tarea iba a llevar mucho tiempo porque el pez era fuerte y poderoso. Agotado, pero aún con posibles recursos, se cobraron la pieza porque esta decidió abandonar.

Poco después del artículo de Trías, el presidente Rajoy declaró: «La Gürtel no es una trama del PP, sino una trama contra el PP».

¿Qué se podía hacer sino seguir el consejo de la suegra de Coque? Y esto es lo que decidieron. Sin embargo, había otro camino diferente. Al final, el gran pez hubiera acabado igual, pero con la muerte digna del que lucha y se desangra para evitar un final como el que tuvo, con las consecuencias que trajo.

Me impuse un duro esfuerzo para apartar de mí este tipo de consideraciones tan negativas que solo aportaban desmoralización y pesadumbre a mi tarea cotidiana.

La tutela que sobre nuestro Gobierno ejercía la UE nos obligaba a una serie de decisiones que nos imponía el BCE si queríamos que siguiese comprando nuestra deuda pública y evitar, así, el colapso de las cuentas. La oposición se nos echó encima y continuamente hablaba de recortes.

Había otro problema que sabíamos perentorio, el financiero de los bancos y especialmente de las cajas de ahorros, asomadas al abismo al que se abocaron con su política inmobiliaria. En un primer momento el Gobierno les avaló un crédito por importe de 100.000 millones de euros y posteriormente nacionalizó varias cajas de ahorros con cargo al FROB.

Mi jornada laboral algunos días era de dieciocho horas. La Unión Europea nos concedió dinero para el rescate bancario, 100.000 millones de euros. «Rescate» porque el último garante era el Estado español, aunque nos negábamos a usar esa palabra.

Rodrigo Rato, presidente de Bankia, fue empujado a dimitir dado que el Gobierno consideraba esa entidad como imprescindible para la reestructuración del sistema financiero. Dos o tres días después, Rato me llamó culpando a De Guindos, importante dirigente en su día de Lehman Brothers, entidad responsable de la crisis financiera global y antiguo colaborador suyo, y a Francisco

González, presidente de BBVA, de haber convencido a Rajoy de la necesidad de su defenestración.

Pasados unos meses, la queja de Rato quedaría en pequeña decepción comparada con la amargura que le produjo estimar que el informe de la ONIF en el que se le atribuía un presunto fraude fiscal de más de seis millones de euros había sido filtrado a la prensa por Cristóbal Montoro, su antiguo colaborador y amigo a quien nombró, en su momento, secretario de Estado de Economía.

Cuando hablé con él me recalcó que la investigación que dio origen a este informe, por un presunto delito de alzamiento de bienes, fue archivada por la Justicia. La denuncia original, me dijo, tenía componentes falsos que Hacienda podría haber corregido, y no lo hizo.

Todavía nos quedaban por oír las declaraciones de Montoro en las que decía que el Gobierno animaba a la Agencia Tributaria a investigar el fraude fiscal sin preocuparse por nombres, relevancia social o política y ver las vomitivas imágenes de la salida de Rato de su domicilio detenido y vejado, delante de un enjambre de fotógrafos y cámaras de televisión que dieron la vuelta al mundo. El o la que perpetró y consintió semejante ignominia tendrá que cargar el resto de sus días con tal infamia.

Estas conversaciones me dejaban absolutamente desmoralizado. Me reafirmaban en la vieja idea que tenía sobre la política: nadie que se dedique a ella escapa del sufrimiento y la decepción.

No me apetecía nada asistir a la presentación esa tarde del libro de una periodista que cubría los actos del PP, pero no tenía más remedio que ir. En él nos citaba positivamente a mí y a otros compañeros, por lo que era obligado pasar un rato y darle las gracias. Me encontré con Coque, Julen y dos o tres diputados más. Tras la presentación que hizo el director de su periódico, seguida de un diálogo con la autora, tomamos unos vinos y un par de canapés. Coque, experto en estas lides, se marchó nada más acabar la charla.

Un colega de la escritora, relativamente amigo mío, me pidió que le contase cómo evolucionaba lo de la Gürtel. Le contesté que el caso estaba ya judicializado y no había muchas novedades por el momento, pero, por darle alguna noticia, le dije que Jorge Trías pensaba escribir un libro pormenorizando todo lo que sabía.

Ese periodista era bastante majo y en ocasiones sacaba cosas que a mí me interesaba que se conociesen. Como el principal trabajo de la prensa es obtener el máximo de información posible, has de entenderlo y colaborar afablemente. Si no fuese por ellos, no sé en qué se convertiría una democracia tan deficitaria como la nuestra. De modo que, cuando me hizo la pregunta de si el Gobierno pensaba subir el salario mínimo, el SMI, como había circulado, en lugar de eludir la respuesta, le contesté diciendo que esa había sido la intención, pero que el obligado ajuste lo impedía por el momento, aunque se estaba estudiando un paquete de medidas para mejorar la competitividad de las empresas, algo imprescindible si queríamos afrontar eso en el futuro.

La pregunta me resultaba incómoda porque cuando entregué al presidente el documento *Mejoras para la competitividad, subida del salario mínimo y lucha contra la desigualdad social* que habíamos preparado, Rajoy no mostró, voy a decirlo así, un gran interés en su contenido. Se limitó a decirme que no era el momento para subidas. Yo pasé a De Guindos el informe y el ministro ni me dio las gracias.

Yo consideraba la subida del SIM algo muy necesario, veníamos de unas épocas en las que se había generado riqueza a buen ritmo y amplias capas de población no lo habían notado. Ese es el camino por el que lentamente, sin apenas darte cuenta, te deslizas hacia la ruptura del mínimo acuerdo social necesario entre gobernantes y gobernados.

Al ver que me iba, Julen me hizo señas de que le esperase porque se marchaba conmigo. La primavera dura poco en Madrid, apenas unos días de abril y ya en junio estamos abocados a los calores mesetarios. Aprovechamos el delicioso atardecer de ese día de mayo para dar un largo paseo hasta un asador vasco cercano al Bernabéu.

Julen solo hablaba de Edurne, su relación se había consolidado. Era la mujer que más había querido de todas con las que había estado. Me contaba cosas de ella, notaba que la mutua atracción inicial de una aventura amorosa, algo sin mayor calado que eso durante muchos meses, evolucionaba rápidamente hacia algo sólido y serio.

—Creo que ninguna se ha preocupado tanto por mí como lo hace ella en este momento. Lo único es que tiene un carácter algo reservado, se queda ensimismada en sus pensamientos durante largos ratos y no consigo penetrar en ese ámbito suyo del que me siento excluido. Anoche, antes de venir a Madrid, en medio de uno de esos raptos suyos, le pregunté en qué pensaba. «Tengo mis preocupaciones», me contestó con un tono en el que noté cierto aire malhumorado.

»No sé apenas nada de su familia, supongo que debe de tener algún problema por ese lado. Nunca habla de sus padres o hermanos y… hay una cosa que me preocupa, Álvaro: creo que… bebe mucho, tío. Ella dice que solo los fines de semana cuando sale conmigo; no sé, yo también bebo, pero…

17

Me resultó escandalosa la subida de impuestos que aplicó Montoro nada más llegar. De golpe echaba por tierra una de nuestras principales paredes maestras: «Bajando los impuestos aumenta la recaudación». Desafiaba la evidencia de que la subida de impuestos deprime el consumo, el ahorro y la inversión, y que, con un gasto básicamente estructural como el nuestro, la subida de impuestos nunca sirve a la larga para reducir el déficit público si no atacas dicho gasto estructural. Pero claro, una vez más lo fácil era subir impuestos.

Sin embargo, sí era necesaria una profunda reforma de nuestro sistema tributario, conformado por un aluvión de improvisaciones y parches que dejaba sin resolver otro de los grandes problemas, la financiación, siempre retocada y vuelta a retocar, de las comunidades autónomas, contemplando la igualdad de los españoles en cuanto a prestaciones públicas y la solidaridad interterritorial.

Había que afrontar tantos cambios que dudé si llegaría a verlos realizados algún día. Aumentaban mis temores al recordar la conversación que unos meses antes tuvimos al acabar mi despacho cotidiano con el presidente. Cuando yo le dije que ese verano quería cambiar de aires e ir a la Bretaña en lugar de Marbella, me contestó:

—¿Sabes, Álvaro, lo que decía lord Eldon? Este señor escribió un ensayo sobre la inconveniencia de los viajes, pues decía que todos los cambios son para peor, incluidos los cambios para mejor. Eso tiene su intríngulis, no creas.

La anterior legislatura tuvimos un Gobierno notablemente condicionado por los partidos nacionalistas. Ahora teníamos una mayoría absoluta y al frente del PSOE se encontraba un hombre, Rubalcaba, con la disposición necesaria para implementar todos los cambios que nuestra ya larga experiencia democrática aconsejaba. La reforma de la ley electoral era, para mí, algo preciso.

Esa reforma debería intentar acometer dos asuntos distintos. Las listas electorales que los partidos elaboran, cerradas y bloqueadas, no ofrecen la conexión necesaria entre representantes y representados. Los diputados no representan a los ciudadanos, sino a los partidos. Eso pudre el sistema representativo. El partido pasa a ejercer una tiranía directa sobre los miembros de la soberanía nacional eliminando su particular iniciativa, quedando estos obligados a decir amén a todo lo que el «*aparatik*» desea, destruyendo no ya la democracia interna, sino su consecuencia inmediata: los controles democráticos, origen en tantas ocasiones de los múltiples casos de corrupción.

Otro aspecto de envergadura consistiría en tratar de buscar una representación en las cámaras similar al porcentaje de votantes de cada partido, evitando una representación desproporcionada de los partidos minoritarios. Nuestro sistema electoral está pensado para dar estabilidad a los grandes partidos. Pero actualmente hay cinco o más partidos que compiten entre sí en una circunscripción, la provincia.

Unos pocos votos pueden dar o quitar escaños en muchas provincias. Formaciones como IU que tienen muchos votos, pero repartidos por todo el territorio nacional, obtienen poca representación para los muchos votos conseguidos; otras con menos votos, pero concentrados en un territorio, obtienen muchos diputados en comparación con su número de votantes.

Si hablamos de evitar, ¿cuál es el sentido o justificación de esto?

El acuerdo con otros partidos para formar una mayoría parlamentaria de la que se carece para sustentar a un gobierno es legítimo y deseable. Si además se disfruta de mayoría absoluta, esto aporta un plus de representatividad y autoridad moral. «El que gana las elecciones tiene derecho a gobernar», dijo una vez Felipe González a Jordi Pujol cuando las ganó en 1993 José María Aznar, pudiendo González montar otra mayoría alternativa. Eso hubiera sido legítimo, pero no deseable al retorcer el mandato de las urnas.

Me atormenta pensar en un escenario que no hemos conocido, pero que podría darse en el futuro. Si un partido, tras ganar unas elecciones con una mayoría exigua se empeñase en gobernar, necesitaría el apoyo de numerosos grupos y grupúsculos del parlamento, quedando abocado a tal grado de mediatización que el ganador de las elecciones tuviese que gobernar con los programas de los que las perdieron.

Esta situación daría vida a la parábola de Jonathan Swift, permitiéndonos ver a Gulliver inmovilizado en el suelo por los liliputienses.

No se me ocultaba la complejidad y calado de semejante reforma. Pondría en entredicho el actual sistema electoral de circunscripciones, por lo que solo un amplio consenso de los partidos mayoritarios estaría en condiciones de emprenderla.

Me reuní con Ángel, el jefe de gabinete de Pérez Rubalcaba, proponiéndole que estudiasen diversas posibilidades al respecto, distinguiendo en qué términos lo verían factible. Yo, por mi parte, me comprometí a elaborar un borrador con nuestra propuesta, o propuestas, que podríamos ver conjuntamente más adelante. Un inicial acercamiento al asunto sería el análisis comparativo de las diferentes leyes electorales de nuestros socios comunitarios. Lo primero, lógicamente, era ver cómo acogía la posibilidad el secretario general del PSOE.

El estudio que comencé sobre las diferentes normativas electorales europeas y los múltiples asuntos de mi incumbencia se veían continuamente perturbados por la permanente cascada de noticias que Gürtel nos deparaba.

Un día *El País* publicaba los «papeles de Bárcenas».

Otro que Bárcenas salía de la tesorería del PP y dejaba el acta de senador.

Otro que Bárcenas entrega al juez Ruz sus archivos y afirmó, a continuación, haber realizado cuantiosos pagos a Rajoy.

La prensa destacó en portada que Jorge Trías declaró ante el juez Ruz, de la Audiencia Nacional, que Luis Bárcenas le contó que se había llevado «unas diez cajas» de la tesorería del partido y que le entregó los papeles a él por su buena relación con el juez Pedreira, primer instructor del caso, quien posteriormente señaló el posible delito de financiación ilegal del PP en la campaña de 2008. Trías ratificó ante el juez que había una caja B del partido de la que distintos dirigentes percibían sueldos para completar sus retribuciones, pero que ignoraba si los papeles de Bárcenas eran auténticos o no.

Un informe policial de la Unidad de Delincuencia Económica y Fiscal, la UDEF, concluyó que Gürtel manejó más de 25 millones en negro entre 1996 y 2009.

Todo esto estaba alcanzando un punto que me resultaba insoportable.

Me dirigí al despacho de Coque a preguntarle si teníamos pensado hacer algo al respecto. Me contestó que el partido necesitaba conocer todos los movimientos de Bárcenas minuciosamente para, si nuestros abogados lo consideraban, acudir a los tribunales.

—Aparte de eso, Coque, parece ser que Ignacio González ha comentado a Zaplana que existe una grabación comprometedora para el presidente del Gobierno.

—Bueno, de hecho, no sabemos bien qué hay, quién lo tiene o dónde está.

—Pues eso sería importante conocerlo...

—En eso estamos; Jorge Fernández Díaz está en el tema.

—¡Menudo plan! Me voy al Congreso, que hay votaciones dentro de un rato.

—Nos vemos luego.

Al acabar el pleno, un grupo de diputados amigos me invitaron a ir a cenar algo al Luarqués, un restaurante no muy caro cerca del

Congreso que solíamos frecuentar. Imaginando que buscaban que les contase algo sobre Gürtel, puse un pretexto y no fui; además, Julen me había dicho que quería hablar conmigo al salir, de modo que nos fuimos andando a casa.

Mi amigo estaba muy preocupado, no sabía cómo empezar.

—Álvaro, creo que no has llegado a conocer a Antxon, te he hablado muchas veces de él. En el bachillerato éramos de la misma cuadrilla de amigos, pero nosotros, como vivíamos uno cerca de otro, estábamos todo el día juntos. También jugábamos en el equipo de fútbol del cole, de pareja al trinquete... Salíamos juntos con las chavalas del barrio, de más mayores íbamos a las fiestas de los pueblos... Ya en la universidad yo hice Derecho y él Ingeniería Forestal. Luego nos veíamos menos porque sus padres se cambiaron a Bedia; aun así, nos encontrábamos de vez en cuando con el cariño de siempre. Pero yo me di cuenta de cómo estaba cambiando, se radicalizaba rápidamente. Había conversaciones que yo eludía porque me causaban incomodidad. Hasta que un día abiertamente me dijo que él apoyaba la lucha armada, que veía bien a los chicos de ETA y que alguno era amigo suyo. Fui perdiendo contacto con él.

»La semana pasada, Antxon me llamó muy cordial y quedamos a tomar unos vinos. Yo no tenía ni idea de qué quería, pero me gustó la idea del reencuentro. Me dijo que me veía en los periódicos y a veces en la tele, que estaba estupendo.

»—Aunque no nos veamos y pensemos tan distinto, yo, Julen, te considero un amigo.

»—Claro que sí, Antxon, yo también.

»—La semana pasada te vi tomando un vino en la parte vieja con una chiquita, la Edurne. Estabas muy cariñoso con ella...

»—Pues claro, es mi novia.

»—A eso voy. ¿Tú sabes que es de los nuestros? Cien por cien batasuna y muy combativa. Su padre anda por Francia. ¡Oye, de esto que te digo ni una palabra a ella! Que me la juego si se enteran...

»—¿Qué dices? No te creo...

»—Ya me parecía a mí, tío, que estabas en las nubes. Oye, que esto lo hago por ti, con todo y eso seguimos siendo colegas. Tengo que irme, no sea que nos vean juntos. Anda, dame un abrazo.

»El suelo se abrió bajo mis pies, Álvaro. Llamé a Edurne y le dije que me tenía que venir a Madrid; después de eso no era capaz de verla. No me hago a la idea, me cuesta creerlo. Tengo el mayor disgusto de mi vida.

»Hoy tenía que estar en Bilbao preparando la visita que dentro de quince días realizará Rajoy para una reunión con la Confebask, mi padre se está volcando en eso. Tendré que ir el viernes, pero no iré al apartamento; no por nada, no voy a tener ahora miedo de mi chica, pero hasta que me aclare un poco me alojaré en un hotel. Luego supongo que tendré que verla y charlaremos despacio. Estoy seguro de que esto tiene una explicación. Igual sí que ha sido de Batasuna; de joven se hacen muchas cosas de las que uno se arrepiente luego. Pobre Edurne, no se ha atrevido a contarme nada, por eso está tan seria a veces. Pobre chica…

En contra de lo que tenía previsto, Julen marchó a Bilbao un día antes. Encontró absurda la idea de alojarse en un hotel y se dirigió directamente a su apartamento. Como Edurne no lo esperaba, supuso que estaría echando una mano a su madre en la tienda de comestibles que esta tenía en la parte vieja.

Dejó su pequeña maleta en el dormitorio y fue a buscar, dentro de la cómoda, la cartera con la documentación que necesitaba para las reuniones preparadas ese día. Tenía en ella, aparte, una carpeta de plástico con el programa de la visita de Rajoy y los asuntos a tratar con los empresarios.

A última hora de la tarde regresó a casa a esperar a Edurne. No le había dicho que regresaría un día antes por lo que no le extrañó su tardanza en volver a casa. Por matar algo el tiempo, puso el partido de fútbol que daban en la televisión. Cuando acabó aún no había regresado; esto empezó a preocuparle un poco. Sobre la una de la noche escuchó el ruido de la puerta al cerrarse y entró Edurne, que se sorprendió al verle.

—¿Y eso? ¿Qué haces tú aquí, pues?

—Ya ves, he venido antes. ¿No me das un beso?

Edurne tiró el bolso en el sofá, se dirigió a él y, sentándose en sus rodillas, le dio un húmedo, cálido y largo beso en la boca. Apestaba a vino.

—Verás tú lo que te voy a dar yo ahora...

Cogiéndolo de la mano, se dirigió al dormitorio tirando de él por el pasillo mientras con la otra mano le desabrochaba el pantalón. Con ese forzado giro, al entrar en la habitación estuvo a punto de caer al suelo.

—Ven acá, mi chico..., mi amor.

Estaba completamente borracha. Se quedó prácticamente dormida antes de que él acabase.

Cuando Julen se levantó, procuró no despertarla. Se dio una ducha rápida y con el corazón encogido salió a la calle.

Fue primero a la patronal para perfilar los asuntos que el presidente del Gobierno trataría y las posibles propuestas y peticiones que pensaban hacerle. Desde allí, envió a la oficina de Álvaro un fax con todo lo concertado para que lo remitiera a los correspondientes ministerios para su estudio.

El almuerzo al que después le invitó el vicepresidente de los empresarios resultó especialmente cordial. Consideraba muy importante la visita programada y le hizo una serie de observaciones al respecto, que Julen escuchó con atención.

Al despedirse le dijo: «Que no se te olvide dar un abrazo de mi parte a tu padre; en esta casa siempre es querido y respetado. Dio la cara por todos nosotros en años muy duros y aquí nos tienes tú para lo que necesites».

Julen se dirigió después a la Delegación del Gobierno. Tenía que repasar con Sebastián, el subdelegado, el programa de la visita. Cuando sacó la carpetita donde lo guardaba, notó que detrás de la página dos no estaba la tres, sino la cuatro y después la tres. El corazón le dio un pequeño salto, pero rechazó la idea que le vino a la cabeza; él mismo podía haber colocado mal las páginas.

Al acabar, le dijo a Sebastián:

—Ahora queda lo último: hemos de introducir un baile en los horarios previstos. Retrasaremos una hora un par de citas, podemos adelantar otras.

—¿Y eso?

—Tú haz lo que yo te digo. Son indicaciones del gabinete. Venga, es fácil.

Con los cambios ya hechos, Julen dijo:

—¡Atención, Sebas! Esto no se comunicará a nadie hasta el día antes, ¿entiendes? A nadie.

—De acuerdo, Julen, no te preocupes. Tomo nota.

Cuando volvió al apartamento, vio que Edurne había puesto la mesa para la cena. Una tabla de embutidos, queso gorgonzola...

—¡Estoy haciendo unas gulas que mi madre me ha dado para ti! —gritó ella desde la cocina—. Ya tengo los ajitos, su guindillica... Cuando nos vayamos a sentar en la mesa las hago en un momento y te pondré un huevo frito o dos, ¿qué prefieres?

Julen no sabía ni qué quería ni qué no. El recuerdo de ese aquelarre nocturno, el desconcierto, las sospechas y el amor que por ella sentía se mezclaban con la sensación de irrealidad que comenzaba a embargarle.

Oyó que mientras salía de la cocina le decía:

—Ve abriendo esa botella, *maitasun*. Vengo ahora.

—¿Qué tal ayer? —dijo desde el sofá cuando la vio salir del dormitorio. Llevaba una blusa blanca muy desabrochada—. Llegaste tarde, ¿no?

Ella se sentó muy cerca de él, le pasó la mano por el pelo y le dio un vaso de vino.

—Estuve con mis amigas —contestó al rato—, presumo de ti ante ellas.

Bebió un largo trago del vaso. Después puso su dedo índice en la raíz del pelo de él y lo paseó lentamente por su frente, la nariz, la boca, la nuez, la garganta, deteniéndose en el arranque del vello pectoral a la altura de la clavícula.

—¿Tú sabes lo que yo te quiero?, ¿lo que yo te quiero? —preguntó con lo que a él le pareció un deje de tristeza.

—No, no lo sé.

—Pues es culpa mía, casi todo es culpa mía. No has tenido demasiada suerte conmigo…

—¿Por qué dices eso?

—Porque sí, pero no te preocupes. Te compensaré algún día; al menos me gustaría hacerlo, me gustaría hacerlo…

—¿Qué pasa, Edurne?, ¿qué te ocurre?

—Que te he dicho muchas mentiras, eso pasa. Que te he ocultado muchas cosas y ahora me arrepiento.

—Quizá yo puedo imaginarme alguna. No importa, todos hacemos cosas de las que posteriormente nos arrepentimos. Cuéntame…

—Cuando esté preparada lo haré, te lo prometo. Ahora no quiero hablar más de eso…, ¡por favor! —pidió quedamente.

Edurne llenó la copa de él y se levantó del sofá llevándose la botella medio llena a la cocina.

—Ve picando algo.

Habían quedado a comer con sus amigos Bernat, Andoni y sus mujeres en la sociedad gastronómica. Julen se levantó temprano para ir al mercado, ya que quería comprar un rodaballo para hacer a la parrilla, tal como lo hacen en Guetaria. Encontró uno enorme y volvió a casa a recoger a Edurne. Al llegar se dio cuenta de que había estado bebiendo. Tuvieron una bronca por eso.

—¡Esto no puede ser, Edurne! ¡Joder, tía, no puede ser, no puedes seguir así!

Ella le contestó airada, con fiereza:

—¡Déjame!, ¡déjame en paz!

Tenía unas ojeras pronunciadísimas, surcos cárdenos… Dio un portazo y se fue al baño. Escuchó que lloraba.

—¡Me voy! ¡Si quieres venir, ya sabes dónde es! —gritó Julen antes de salir.

Estaban asando unas chistorras cuando llegó ella, guapísima, con esa camisa blanca escotada de la noche antes, el pelo recogido con una coleta. Se incorporó al grupo y pidió una cerveza sin.

Apenas habló, pero escuchaba con atención a las mujeres, a todos los tenía fascinados.

Antes de irse, Andoni le dijo a Julen al oído:

—¡Qué suerte has tenido con ella, tío!

Fue paseando a casa de su padre, que estaba allí con su novia. Pasaron la tarde juntos, tomaron café, estaban muy contentos de verle. Comprendió qué egoísta era su habitual comportamiento con ellos.

Cuando llegó al apartamento, Edurne dormía ruidosamente, la ropa y zapatos tirados de cualquier forma. «Ha estado bebiendo», pensé. En la bandejita del recibidor estaban sus llaves de la casa, las cogió y cerró la puerta con ellas. No quería levantarse y que se hubiese ido, tenían que hablar sin falta.

Dio vueltas por la cocina. Edurne había abierto otra botella de vino. Lo tiró por el fregadero. Encontró otra en la alacena y también la vació. «Esto se ha acabado en esta casa, ¡hostia!». También tiró lo que había en una botella de coñac que llevaba abierta muchísimo tiempo. Al día siguiente era domingo, Julen necesitaba dormir, lo que más necesitaba en el mundo en ese momento. Cayó en un profundo sueño y tardó mucho en despertarse, y lo hizo al oír esos extraños ruidos. Cuando ella se tiró encima de él en la cama, se despertó bruscamente. Dio la luz, no sabía qué pasaba. Edurne se aferró con una fuerza titánica a su brazo, pero cayó al suelo entre convulsiones y espasmos, echaba por la boca una espuma blanca, se ahogaba. En cuanto reaccionó llamó a urgencias médicas y a la policía municipal, los teléfonos estaban en una pegatina en la puerta de la nevera.

Metió el dedo en su boca sacando los espumarajos para insuflarle aire en los pulmones mientras le tapaba la nariz, Vomitó en su boca, Julen apartaba el vómito como podía y seguía inspirándole aire. Al poco sonó el timbre de la puerta, tardó bastante en abrir porque no recordaba dónde había puesto las llaves. «¡Policía, abran! ¡Policía!». Finalmente pudo abrir y dos agentes entraron en tromba. Se dirigieron a ella y volvieron a llamar a urgencias. Uno preguntó a Julen: «¿Qué le ha hecho usted a esta chica?». Él no estaba en condiciones de responder nada. Cuando los camilleros se llevaron a Edurne, uno de ellos le dijo: «Tendrá usted que acompañarnos a prestar declaración».

Estuvo sentado en un banco desde las cinco a las nueve de la mañana, hasta que un inspector tomó sus datos. Uno de los de más rango le reconoció:

—¿Es usted el diputado Julen Asensio?

—Sí lo soy.

—¿Tiene usted inconveniente en contestar a unas preguntas? —le dijo amablemente.

Julen estaba absolutamente abatido.

—Ninguno —respondió—. ¿Sabe usted cómo está ella?

—En este momento lo ignoramos, pero se encuentra en el hospital bien atendida, no se preocupe. Ahora, si no le importa..., necesitamos saber qué ha pasado. Después podrá usted marcharse a casa, un coche le llevará a su domicilio.

Dormía profundamente cuando la prolongada llamada de teléfono le despertó.

—¿Es usted el diputado Asensio? —reconoció la voz del inspector de la noche antes—. Siento comunicarle que su amiga ha fallecido hace un rato. El lunes a primera hora, si a usted le parece bien, la jueza le tomará declaración como testigo del caso. Así podrá incorporarse posteriormente a sus obligaciones. Dentro de un rato le mandaremos la citación del juzgado. Le repito que lo siento mucho... Quiero decirle que intentaremos que, por el momento, esto no transcienda a la prensa.

No tuvo fuerzas ni para darle las gracias. Volvió a la cama y se acostó de nuevo. Cuando un par de horas después sonó el timbre de la puerta, se levantó como un sonámbulo y recogió la citación del juez. Hizo café y me llamó.

El lunes por la tarde llegó a Madrid. Se dirigió directamente al Congreso, en ese momento se estaba desarrollando el pleno. Advertí su llegada y no le quité la vista de encima.

Tras la votación se reunió con el secretario general de nuestro grupo parlamentario para informarle de la situación. Después pasó al despacho del secretario general del partido con el mismo objeto.

—¿Qué te preguntó la jueza?

—Que qué había pasado, cómo ocurrió.

—¿Y qué le dijiste?

—Que no tenía ni idea, que eso quería saber yo.

Volvió a relatar todo pormenorizadamente y el otro le contestó que habría que esperar a lo que dijese la autopsia.

—¿Has dicho la verdad?

—Desde luego que sí. No tengo nada que ocultar.

—Bueno, pues esperaremos la autopsia. ¿Te han tratado bien?

—Perfectamente. Me han pedido autorización para inspeccionar mi piso de Bilbao. Yo les dije que no había problema y les di un juego de llaves.

—Aquí lo peor es lo de siempre. Veremos cómo sacan esto los medios. Tranquilo, Julen, ya le comentaré esto al presidente. Tienes todo nuestro afecto, supongo que ha sido muy duro para ti.

Cuando por la noche volvió a nuestra casa, yo le estaba esperando. Le di un largo abrazo.

—Si no tienes ganas de hablar, no hables —le dije.

—Gracias, amigo. ¿Sabes? Lo que más me extraña es que no he echado una lágrima.

—Ahora estás bloqueado emocionalmente. Ya llorarás…

—No lo sé, de verdad que no lo sé. No entiendo nada.

—Anda, vete a la cama. ¿Quieres una pastilla de las de Pablo para dormir?

—No, no hace falta.

Pero sí hacía falta. Julen dio veinte vueltas en la cama antes de dormitar un poco. Una pesadilla enlazaba con otra, le despertaron sus propios gritos y gemidos. Yo abrí quedamente la puerta de su dormitorio, fui a su cama, me descalcé y me tumbé a su lado sobre las mantas con la ropa que llevaba puesta. Dormimos espalda contra espalda. Al despertarse, supuso que yo, al verle tranquilo, me había ido a mi habitación.

Al día siguiente, nada más levantarse, telefoneó a su padre. Tuvieron una larga conversación.

Julen se desesperaba al no saber explicar la muerte de Edurne ni su causa. Pablo le llamó ese mismo día. Yo le había contado todo, estaba disgustadísimo. Siguió llamándole casi todos los días, dándole ánimos, pidiéndole que no se dejara abatir.

Los diarios vascos trataban abundantemente el tema. Los periódicos nacionales lo llevaban, más sucintamente, en páginas interiores. Todos venían a considerar el suceso como «misteriosa muerte» de una activista abertzale en casa de un diputado del Partido Popular. El tema tenía tal morbo que posteriormente Julen se enteró de que hasta en los puestos de los mercados se hablaba de ello.

Julen pasó esos días como pudo. Se refugió en su despacho del Congreso y solo salía al oír el timbre que anunciaba las votaciones. Tras ellas, volvía a su despacho. Cuando acababan los plenos, se iba por el garaje en el coche oficial que yo tenía y nunca había usado. Lo puse a su servicio.

Si llegaba pronto a casa, se cambiaba rápido y se iba al gimnasio. Con Jesús, su entrenador, había desarrollado con el tiempo una buena amistad; vio que algo le pasaba y pensó que necesitaba agotarse físicamente, así que le sometía a unos entrenamientos exhaustivos. Era la única manera a su alcance de conciliar el sueño por la noche. No quería vivir a base de pastillas.

Si algún día acababan tarde, y Jesús había terminado su jornada laboral, le acompañaba andando a casa. Había una boca de metro allí cerca. Por el camino, hablaban de fútbol, de su novia, de su trabajo. Le preguntaba cosas sobre el suyo y qué es lo que un diputado hacía. El día que le contó lo que había ocurrido con Edurne, le dio un abrazo al despedirse y a partir de ese día lo hacía siempre.

En esos días de intenso sufrimiento, se dio cuenta de la importancia que los amigos tenían para él y de que, quizá, a parte de sus padres, era lo mejor que la vida le había dado.

Una semana después le llamaron del juzgado, la juez quería

hablar con él. Se citaron en Bilbao el lunes por la mañana. Cuando estuvo en su despacho frente a ella le explicó:

—Ya sabemos todo lo que pasó, usted no tiene culpa de nada. En la inspección de la casa encontramos escondidas en un altillo varias botellas vacías de vodka. Es la bebida preferida de los alcohólicos porque no deja ningún olor en el aliento. Su novia era una alcohólica; usted lo sabía, ¿no?

—Yo sabía que bebía mucho, pero no hasta ese punto. Creo que empezó a beber de manera más acusada de un tiempo a esta parte.

—El caso es —continuó— que la noche del suceso el piso estaba cerrado. Se levantó y no pudo salir a la calle, y en un arrebato de desesperación se tomó lo que encontró. Se bebió casi toda la botella de colonia que ustedes tenían en el baño. Esto produjo una fuerte intoxicación, las convulsiones y finalmente el coma del que no pudo salir. La autopsia no ha dejado lugar a dudas.

»Hay otra cosa importante —la juez le miró directamente a los ojos y, tras una pequeña pausa, continuó—: Cuando registramos la casa, en el altillo donde estaban las botellas vacías de vodka había también un pequeño maletín. En sus bajos estaban perfectamente camuflados unos papeles, y entre ellos figuraba el programa de la próxima visita del presidente Rajoy y abundante documentación que confirmaba su pertenencia al comando de ETA que preparaba el atentado para ese día. Probablemente también hubiera muerto usted. Había, además, una pistola y un par de pasaportes —la juez debió de notar la expresión de mi cara y añadió—: Tranquilícese, la documentación que encontramos nos permitió detener anoche al resto del comando. El ministro de Interior ha seguido paso a paso toda la operación. Probablemente le llamará en cualquier momento, pero ha querido que hablásemos nosotros antes.

Se levantó de su asiento para acompañarle a la puerta mientras le decía:

—Le agradezco el comportamiento que ha tenido usted y la colaboración que, a pesar de la difícil situación sufrida, nos ha prestado. Le ruego que disculpe los trastornos que hayamos podido causarle.

Ese mismo día, la Delegación del Gobierno emitió una nota de prensa en la que se informaba de la detención del comando de ETA que tenía previsto atentar contra el presidente del Gobierno durante la visita de este al País Vasco. La detención fue posible gracias a la documentación incautada a la terrorista que se suicidó al ser descubierta mientras registraba el domicilio del diputado Julen Asensio.

El ministro Fernández Díaz le hizo una cariñosa llamada poco después y le recomendó que se tomase unos días de descanso. Lo hizo así y pasó la semana siguiente en casa de su padre.

Cuando, a última hora de la tarde, los diputados acabábamos nuestras labores parlamentarias, algunos de nosotros salíamos a picar algo por los alrededores de la Carrera de San Jerónimo, tomábamos una copa y comentábamos los sucesos del día. Eso constituía una de nuestras principales distracciones.

Julen dejó de incorporarse a estas salidas, se marchaba al gimnasio y cenaba algo camino de casa. Retomó todas sus tareas en el Congreso con cierta desgana.

Si yo me sumaba a algún grupo, procuraba retirarme pronto, ya que quería madrugar al día siguiente.

Al llegar al piso, Julen estaba viendo el telediario. Últimamente hablábamos poco, notaba que no tenía muchas ganas de conversación. Me senté en una butaca frente a la suya.

—¿Qué tal andas?

—Bien, no te preocupes.

—Entiendo tu estado de ánimo. Has de pasar el duelo, eso te llevará su tiempo. Un año, algo más o algo menos, es un proceso natural.

—Ya lo sé.

—¿Rezas alguna vez?

—De vez en cuando voy a la iglesia y paso un rato allí.

—Julen, creo que has tenido suerte.

—Pues yo no lo veo así.

—Mira, has vivido circunstancias imprevisibles y has salido bien de ellas. La palabra suerte viene de sorteo y en ese sorteo a ti te ha tocado la vida, a otros les toca la muerte. Ahora has de jugar bien las cartas que se te han dado, que son muchas. Puedes jugarlas de diferentes maneras, eso depende de cada cual. Por buenas que sean las que les toquen, algunos arruinan su vida; otros con unas bazas peores encuentran su camino y consiguen la felicidad, eso explica el triunfo de los mediocres. Yo, en ocasiones, créeme, he envidiado a alguno de ellos.

—No lo sé, pero ahora vuelvo a estar solo, tío.

—Ella te ha querido, y mucho, de ahí la desesperación de sus meses finales atrapada entre lo que tenía que hacer y tu amor. Ese amor ya no te lo puede quitar nadie. También tienes toda la gente que te quiere, que son todos los que te conocen, y me tienes a mí. Además, uno nunca está solo, estás contigo mismo y con Dios, porque tú nunca le has echado de tu vida.

—Gracias, Álvaro, sé que cuento contigo.

18

Por mi parte, procuraba estar a primerísima hora de la mañana en mi despacho de la calle Génova. Me reuní un par de veces con el equipo de asesores que estudiaba la reforma de la Ley Electoral. Veía que en menos de un mes estaría en condiciones de presentar nuestra propuesta a la gente del PSOE, que en paralelo trabajaba lo mismo para Rubalcaba.

En esas mismas fechas había comenzado a analizar una serie de propuestas que me había hecho llegar Germá Bel, destacado economista del PSC. Bel partía de un informe sobre competitividad global del Foro Económico Mundial en el que se destacaba que la posición relativa de España entre 144 países analizados «es mala en asuntos tan cruciales para la actividad económica como los siguientes: trámites burocráticos para crear una empresa, plazo para poner en marcha un negocio, efectos de los impuestos sobre los incentivos a la innovación, carga de las regulaciones gubernamentales. Y la cosa no mejora si analizamos los aspectos institucionales que han de dar credibilidad y previsibilidad a la actividad económica: independencia judicial, transparencia, corrupción y confianza pública en los políticos».

Quedé tremendamente agradecido a Germá Bel por enviarme el documento que venía a enumerar una serie de males endémicos de nuestra economía y que daba la impresión de no interesar a nadie, aun siendo elementos esenciales en el camino de cualquier emprendedor. Yo consideraba ineludible y positivo para el Gobierno este tipo de colaboración con el PSOE y me propuse impulsar esta clase de iniciativas.

Eran las tareas que más entusiasmo me despertaban, aunque procuraba no dejar de lado mis cotidianas obligaciones del gabinete.

Por desgracia, el asunto Gürtel distraía nuestra atención casi a diario. Yo me daba cuenta de que, al lado de eso, casi todo perdía importancia, con el consiguiente temor de vernos arrastrados, no a la parálisis del Gobierno, que seguía satisfactoriamente su curso, sino a la parálisis política que comenzaba a atenazarnos.

El proyecto de reforma de la Ley Electoral estaba concluido. Ángel y yo habíamos analizado el sistema electoral vigente en España. Aquí la circunscripción es la provincia, pero en muchas la población es muy reducida, tienen un pequeño número de diputados, dos o tres, lo que impide la presencia de representantes de todos los grupos. Esto beneficia a los dos primeros partidos que más votos sacan, por lo que hay muchos votos que se pierden.

En un principio pensamos que una solución sería agrupar todos los votos que no han logrado escaño en una lista única de ámbito nacional y añadir 50 diputados a los 350 actuales.

También estuvimos valorando una serie de propuestas del Consejo de Estado sobre la reforma de la Ley Electoral, pero sus recomendaciones, al afectar a algo tan sensible como la composición de la Cámara y, por ende, la elección del presidente del Gobierno, llegamos a considerarlas muy difíciles de consensuar por los diferentes grupos parlamentarios. Esto ampliaría la representatividad, de forma que 298 diputados fueran asignados en circunscripciones en función de la población existente en ellas.

Nos detuvimos a estudiar los diferentes métodos electorales europeos, que pueden dividirse en sistemas de representación mayoritaria o proporcional. Entre los primeros, a su vez, se distinguen los que priman la mayoría simple o la absoluta. Los de representación proporcional nos parecían, en principio, más justos porque no se excluye a nadie. Tras muchas vueltas y más de una ocurrencia, nos decantamos por un sistema de representación proporcional de carácter mixto. Es el que rige en Alemania.

Según este, el votante tiene dos papeletas, con una de ellas vota a un candidato concreto por cada circunscripción, y ese elegido responderá ante sus electores en el futuro y los representará de manera directa. La segunda papeleta le servirá para votar una lista cerrada que cada partido elabora y presenta en una región electoral; estos escaños se distribuyen entre partidos que saquen al menos un 5 % de votos.

Ángel, el jefe de gabinete de Pérez Rubalcaba, trabajó el redactado final con él y, tras introducir algunos cambios que me parecieron correctos, me dieron el OK. Solo quedaba la aprobación del presidente Rajoy y que diera instrucciones de su puesta en marcha.

Yo estaba contentísimo, por fin percibía que mi trabajo podía aportar algo al balance del Gobierno. Quedaría demostrado que cuando este y oposición trabajan juntos y logran ponerse de acuerdo, quien gana es la nación.

Pasó el tiempo, pero no conseguía que Rajoy se determinase. Pedía dictámenes, recababa opiniones, hacía numerosas consultas con resultados positivos, pero no acababa de decidirse.

—Este no es un asunto urgente —dijo cuando se lo comenté—, ¿o sí? No sé por qué tienen ahora tanta prisa esos. ¿Por qué crees tú?

—Ellos no tienen prisa, presidente, la iniciativa ha sido nuestra, la han analizado y la apoyan. Eso es todo.

Al ver mi expresión de contrariedad, me contestó:

—A veces, Álvaro, las cosas son como son y, a veces, no son como nos gustaría que fueran.

—Así es, presidente. Gracias.

LIBRO CUARTO
SALVO ALGUNAS COSAS

19

La gente podía leer en la prensa cosas como la que yo estaba leyendo ese día. «Llamados a declarar ante los magistrados los más relevantes cargos del Partido Popular, estos niegan la existencia de una caja B del partido. Sin embargo, el ministerio fiscal rebate la veracidad de dichos testimonios con un argumento que comparte este tribunal. Reconocer haber recibido dichas cantidades sería reconocer pagos opacos a la Hacienda pública».

Esperanza Aguirre tachaba de sorprendente que nadie supiera nada de lo que el juez preguntaba y Alfredo Pérez Rubalcaba exigía al presidente del Gobierno y del PP que aclarase las cuentas del extesorero nombrado directamente por él.

El *Financial Times*, el *Wall Street Journal*, la BBC y el *Washington Post* comentaban que el Gobierno de España se veía envuelto en un impresionante caso de corrupción.

Algunos otros cargos del PP comenzaron a reconocer haber recibido pagos. Fueron posteriormente confirmados por Jaime Matas, Pío García Escudero, Jaime Ignacio del Burgo y algún otro. En el seno del PP se empezaba a aceptar que esa contabilidad era verdadera. Parte de esos pagos se habían utilizado para indemnizar a víctimas de ETA.

El *Financial Times* se asombraba de que, con el escándalo desbordado, el Gobierno no hiciera nada por aclararlo. En Alemania,

Francia, Italia o Reino Unido tampoco entendían que, ante semejante situación, no dimitiera nadie. Asistían, boquiabiertos, al abandono de toda iniciativa de reacción.

Días después vimos por televisión la respuesta que en Alemania dio el presidente Rajoy, durante su comparecencia conjunta con Angela Merkel. Al ser preguntado por un periodista sobre qué tenía que decir respecto a los pagos y la contabilidad paralela, que dirigentes de su partido ya habían reconocido, escuchamos de su boca: «Todo es falso, salvo algunas cosas». Con esa respuesta la gente comprendió en ese instante que todo era cierto.

La Fiscalía Anticorrupción consideraba «plena y abrumadoramente acreditada» la caja B del PP y que las donaciones finalistas en los papeles de Bárcenas se daban a cambio de adjudicaciones.

La Audiencia Nacional determinó, como resultado de las investigaciones del caso Gürtel, la existencia, desde la fundación del partido en 1989, de una estructura de contabilidad y financiación ilegal de las finanzas del PP, en paralelo a la contabilidad oficial. Un sistema genuino y efectivo de corrupción institucional a través de la contratación pública central, autonómica y local. Consideró que el presidente Rajoy no había sido veraz en su declaración como testigo en el juicio.

A media tarde, el jefe de gabinete de Pérez Rubalcaba me llamó repetidas veces dado que no conseguía hablar conmigo. Me di cuenta de que se trataba de algo importante. Cuando pudimos hablar me dijo: «Álvaro, Rubalcaba está considerando presentar una moción de censura a Mariano Rajoy. Te comunico esto porque solo un gesto del presidente puede pararla».

Sin perder un momento, me dirigí al despacho del presidente. Este tenía una pequeña reunión con gente de la casa, así que pasé una nota rogándole que me recibiera de inmediato. Le trasladé íntegramente la corta conversación, que en realidad era un mensaje. Tras un rato de silencio, dijo:

—Esto supone, Álvaro, una colosal injusticia. Ni yo ni mi Gobierno hemos sido condenados por algo.

—Tienes razón, presidente, pero así es la política.

Rajoy paseó un rato en silencio por el despacho, luego se sentó en un sillón y continuó como si hablase consigo mismo:

—Estos lo que quieren es mi cabeza.

—Desde luego, presidente, pero creo que podemos pararlo.

—Veremos cómo. Tendremos que hablar con unos y otros. Déjame pensarlo... De esto ni una palabra, Álvaro.

—Naturalmente, quedo pendiente de lo que me digas.

Sé que lo primero que hizo fue hablar con la vicepresidenta. Luego, a lo largo de la tarde, se reunió con la secretaria general, Dolores de Cospedal, y algunos ministros, e hizo una serie de llamadas hasta altas horas de la noche.

A las ocho de la mañana yo estaba en mi oficina esperando novedades. No mucho más tarde el presidente me llamó a su despacho para comunicarme que tanto CIU como PNV apoyarían la moción si esta se presentase. En ese momento no sabíamos que habían mediado negociaciones secretas entre los nacionalistas y el PSOE.

—Está claro, Álvaro, que con este movimiento podrán obtener de Rubalcaba lo que saben que con nosotros no conseguirían. Seguiremos al habla con ellos. Vamos a ver si con los vascos podemos hacer algo. Yo creo que sí, porque Urkullu es un hombre práctico y estamos ofreciendo ahora muchas cosas pendientes que pueden ser negociadas. Me ha llegado que Andoni Ortuzar ve la moción poco cocinada; eso es que quiere recibir más ofertas. Además, Álvaro, acaban de apoyar nuestros presupuestos, creo que tenemos resuelto el problema. Si estos nos apoyan, vamos sobrados. ¿Tú qué dices?

—Que de acuerdo, pero no hay que confiarse; hemos de cerrar lo más rápido posible un acuerdo, renovar su apoyo. Si Rubalcaba no puede contar con ellos, no hay moción. Pero independientemente de esto, yo llamaría a Artur Mas, presidente. Creo que es imprescindible una larga conversación entre vosotros, no tiene sentido no hacerlo.

—Mira, Álvaro —me respondió—, Artur Mas me tiene una inquina colosal después del portazo que le dimos. Esa inquina ahora se ha incrementado porque está viendo el marcaje que el ministro del Interior le está haciendo. Le interesa quitarnos de en medio para que nuestra gente no hurgue en sus asuntos y los de los suyos. Se ha metido donde se ha metido y, para salir de donde se ha metido, se ha radicalizado y ahora su camino es la calle, no los despachos. Ya no quiere ser un líder, sino un caudillo. Allá él.

»Por otra parte —continuó—, mira lo que le han ofrecido a Mas, entre otras cosas que yo no sepa.

El presidente me mostró un papel en el que se recogían una serie de propuestas. Cesión a la Generalitat de la integridad del servicio ferroviario de Cercanías, incluyendo trenes, vías, catenarias y estaciones, asegurando el traspaso de los recursos económicos necesarios para la correcta gestión de los citados servicios. Transferencia a la Generalitat de las competencias sobre el impuesto estatal de Residuos; la Agencia de Residuos de Cataluña pasará a gestionar y recaudar ese tributo. El ministerio de Defensa cederá los terrenos y bienes en desuso del Ejército a los ayuntamientos del Área Metropolitana de Barcelona; se reservará una partida de los Presupuestos Generales del Estado para financiar la reforma de las infraestructuras militares para adaptarlas a las necesidades sociales que decidan los consistorios barceloneses. Se promoverá, mediante las correspondientes medidas legislativas a definir, un amplio acuerdo para impulsar y proteger la lengua catalana; en esta línea, se comprometen a un aumento de las cátedras de catalán en el resto del Estado. Iniciar las gestiones necesarias para crear la selección catalana de fútbol, al igual que otros combinados nacionales como el de Gales o las Islas Feroe.

—Puedes entender, Álvaro, que con todo lo dicho y esto, yo no voy a entrar en una subasta con esa gente.

Yo me resistía a dar por zanjado un asunto de tal importancia, por lo que volví a la carga:

—Presidente, quizá se podía buscar otro escenario. Seguir hablando y...

—Mira, Álvaro, mi entrevista con él fue difícil y poco grata. En un momento determinado, creí entender cierta ambigua amenaza cuando, mirándome fijamente a los ojos, me dijo: «En todo caso, presidente, Cataluña puede verse empujada a tomar un camino propio». Yo le contesté que, evidentemente, pero que cuando se coge cualquier camino uno llega a donde quiere ir, o no, y encontrarse donde no desea y con lo que no desea y, si lo desea, peor.

Volví a mi despacho. No había entendido del todo qué quería decir el presidente con eso del marcaje que el ministro del Interior estaba haciendo a Mas, pero eso no era asunto mío.

Decidí no moverme de mi oficina, me trajeron un bocadillo para almorzar. A mí los problemas me dan un hambre tremenda. La tarde transcurrió entre las continuas reuniones de diferentes personas con el presidente.

Soraya, acompañada de algún miembro de su equipo de total confianza, prácticamente se instaló allí. La Cospedal entraba y salía trayendo información sobre la opinión de los diferentes barones del partido, que en un principio veían con escepticismo la posibilidad de que se abriera paso la moción. Con evidente incomodidad, según luego me enteré, se veía obligada a reportar al presidente delante de la vice, que no se movió de allí ni un momento.

A esas alturas la prensa comenzaba a informar de la posible moción de censura que la oposición preparaba. Todos los medios afines al PSOE presentaban la operación como algo necesario para la regeneración democrática de España. «La moción de censura es indispensable», decía el presidente de un destacado grupo mediático, «para devolver la confianza de los ciudadanos en las instituciones y restaurar el prestigio internacional del Gobierno español».

Desde medios cercanos al partido se preguntaban si tras la sentencia del caso Gürtel no hubiera sido necesario disolver las cámaras y convocar elecciones.

Comenzaba a gestarse una abierta crítica a la tendencia del presidente a dejar transcurrir el tiempo en la inacción. «Da la impresión de que la demoledora sentencia del caso Gürtel no tiene nada que ver con el PP, sino que está referida al partido exótico de un país lejano. ¿En algún momento ha pensado alguien de esa casa en algún tipo de asunción de responsabilidades propias o ajenas?».

Cuando leí este párrafo que un prestigioso editorialista había publicado esa mañana, sentí que mi deber era plantear al presidente una solución que imaginaba que no sería de su agrado, pero que en ese momento entendí que no cabía otra más limpia y esclarecedora. Con toda presteza me dirigí a su despacho; en ese momento acababa de salir un ministro que Rajoy había convocado. Tras decirme la secretaria que podía pasar, entré por la puerta que comunicaba los dos despachos, la cerré lentamente y, apoyando mi espalda y las palmas de las manos en ella, a varios metros de distancia, dije:

—Presidente, sin más preámbulos, creo que debo decirte que en la situación en que estamos la salida más clara y democrática es disolver las cámaras y convocar elecciones. Estamos a tiempo porque aún la moción no ha sido presentada y, ante tan difícil momento, remitirse a la consulta ciudadana es una decisión impecable. Quitemos la palabra a los políticos y démosela a la gente.

Rajoy levantó la vista de los papeles que leía, fijó en mí una mirada cansada y triste durante unos segundos interminables y, finalmente, me respondió:

—Es algo que no pienso hacer, amigo Álvaro. No disolveré las cámaras por un motivo indigno.

—Bueno, presidente, estoy en mi despacho. Si hay novedades, te las comunicaré. Gracias, presidente.

Volví a mi despacho para seguir las informaciones de agencias y diarios y devolver múltiples llamadas telefónicas. Debía permanecer allí al menos hasta que el presidente abandonase el suyo. Cerca de medianoche, Rajoy me llamó para decirme que la cosa se había puesto fea porque Rubalcaba había hecho una oferta al PNV que no podían rechazar.

A las nueve de la mañana del día siguiente, el Grupo Parlamentario Socialista en el Congreso presentó en la secretaría, para su correspondiente registro, la moción de censura contra el presidente del Gobierno de España, Mariano Rajoy. Era la cuarta de la democracia y hasta ese momento no había prosperado ninguna.

No me movía de mi oficina de la calle Génova, que no abandonaba ni para asistir a las votaciones del Congreso.

Sobre las once de la mañana el presidente me llamó a su despacho. Tenía sobre la mesa la propuesta que el PSOE había hecho al PNV y que este ya había aceptado.

—Ahí lo tienes —me dijo—, ya me dirás cómo iban a rechazar esto.

El acuerdo incluía una serie de medidas de gran calado. Finalizar las obras de la red de AVE que une las tres capitales vascas. El traspaso de competencias de Tráfico a Navarra y retomar el aún pendiente al País Vasco. Transferir las competencias que ya habíamos pactado en la investidura, pero que aún estaban a medias de completarse: trenes de cercanías, meteorología, fondo de protección a la cinematografía, Paradores de Turismo e inmigración. Estudiar la ubicación de la Comisión Nacional de la Energía (CNE) en el País Vasco. Aumentar las competencias autonómicas en materia de crédito, banca y seguros. Terminar las conexiones de cercanías con los servicios de pasajeros del metro de Bilbao y el puerto. Retirar la presencia habitual de los efectivos componentes del Centro Nacional de Inteligencia (CNI) en el País Vasco y Navarra, así como la totalidad de los servicios de investigación e información que hasta ahora realizaba el citado cuerpo, que serán asumidos por la Policía y la Guardia Civil.

—Y a todo esto, esperemos, ¡vaya, estoy seguro de que sí! —añadió el presidente—, que no hayan acordado algo sobre el traslado de presos a cárceles vascas y alguna otra cosa que no quieran decir.

—Voy a mirarlo despacio y vengo luego, presidente —me retiré con el documento a mi despacho, se me estaba ocurriendo algo.

Cuando más tarde intenté verle, la secretaria me indicó que en ese momento no recibía visitas ni llamadas. Eran las instrucciones recibidas cuando por la mañana salí del despacho. Pedí que me llamase cuando pudiese, era cuestión de un minuto.

Instantes después, me llamó.

—Perdona que te moleste, presidente, solo quiero pedirte autorización para hacer yo una gestión privada, por mi cuenta, con el PNV.

—Creo que es perder el tiempo —me contestó—, pero haz lo que te parezca bien, Álvaro.

Llamé a Julen, le conté el acuerdo existente entre PSOE y PNV.

—Necesito hablar con tu padre —dije—, dame su teléfono y pregunta a qué hora puedo llamarle para hablar con tranquilidad.

Julián estaba de viaje, por lo que prefería telefonearme él. Así lo hizo y a las siete de la tarde estábamos al habla. Le expuse detalladamente toda la situación, desde los titubeos iniciales del PNV al acuerdo recientemente alcanzado. Enumeré la lista de asuntos acordados para terminar pidiéndole que hiciese una gestión con el Círculo de Empresarios Vascos y la Confebask.

—Julián, no es de recibo que el PNV lleve adelante un asunto de tal trascendencia como es quitar o poner un gobierno salido de las urnas, dejando a los empresarios al margen y sin contar con su opinión. Les acabamos de dar un dineral en inversiones por apoyar los presupuestos, ¿qué más quieren?, ¿un gobierno socialista?

—Te doy toda la razón, Álvaro. Hay muchas reservas con respecto a esto en el mismo PNV. Pero ¿sabes qué pasa?, tienen miedo a que, si CIU se suma a la moción, el PNV se quede solo apoyando a lo que se podría presentar como un gobierno corrupto. Ahora mismo yo y mi pareja nos ponemos en marcha, en esa casa se debe mucho a su difunto marido, Álvaro, y a mí más, ¡leñe! Solo nos falta ahora un gobierno socialista, ¡hostia!

Sé por Julen que no hubo nadie importante en el PNV con el que no hablase, horas y horas. Por otra parte, no todos los miembros de las patronales eran de ese partido. Julián tenía entre ellos un gran predicamento. Se le respetaba mucho.

Dos días antes del acordado para la votación en las Cortes, Julián me llamó muy contento y excitado.

—Toma nota, Álvaro: dile al presidente que, si dimite, el PNV no se sumará a la moción de censura. Si convoca elecciones y se vuelve a presentar, nos tendrá a su lado, él o el candidato del PP que sea. Si no lo hace, apoyarán al PSOE.

Nada más colgar el teléfono me dirigí al despacho de Rajoy. Le referí palabra a palabra el recado del PNV que Julián nos trasmitió.

—¿Quieres que llame a Ortuzar?

—No hace falta, me doy por enterado. Gracias, Álvaro.

Con la mirada perdida, se encerró en un mutismo que interpreté como una invitación a dejarle solo.

Mi perplejidad no tenía límites. Llamé a Julián, le dije que había trasmitido fielmente su mensaje a Rajoy y le di las gracias en nombre del presidente.

—¿Qué piensa hacer?

—Lo ignoro —respondí.

En el telediario de las nueve de la noche, la víspera de la moción, el secretario general del PSOE, Pérez Rubalcaba, lanzó solemnemente este mensaje: «Si el presidente del Gobierno dimite, mañana mismo retiramos la moción de censura. Habremos cumplido con nuestro compromiso de regenerar la vida pública».

Lo que al día siguiente pasó en el hemiciclo del Congreso lo vimos todos.

Soraya le decía a Rubalcaba: «El procesamiento de tres mandos policiales, por colaboración terrorista en el caso Faisán, le inhabilita a usted como candidato a las próximas elecciones generales. ¿Cómo es posible que el exdirector de la policía Víctor Hidalgo haya dado un chivatazo a ETA? Usted es lo último que necesita España».

Rubalcaba replicaba: «A usted, al PP, lo que menos les gusta de mí es que les digo lo que no quieren oír».

TVE enfocó el lugar donde se encontraba la vicepresidenta, había dejado algunas cosas sobre el escaño vacío de Rajoy. Ese gesto fue un impulso subconsciente que venía a significar que ya consideraba ese lugar como suyo. Su legítimo usufructuario optó por un *exitus dulce*, sin el sufrimiento que su presencia en el pleno le hubiera proporcionado.

Un día después, Alfredo Pérez Rubalcaba fue proclamado presidente del Gobierno de España.

Analizando lo sucedido, Julen y yo estábamos noqueados, era una situación ininteligible. Nunca podíamos imaginar que alcanzaríamos a ver algo semejante. Un presidente a la deriva, incapaz de marcar el rumbo, dejando el barco al pairo, negándose a ejercer la responsabilidad del liderazgo que quienes le votaron habían puesto en sus manos. Coincidíamos en que el poder conlleva una gran responsabilidad, y si lo tienes y se producen graves situaciones que podías solucionar, y no lo haces, estás defraudando a los que te lo entregaron.

No ignorábamos que tendríamos que pagar un alto precio a los que habían encumbrado al nuevo presidente, legítimo, pero no electo. En ese momento echaron a andar muchas cosas que, aún hoy en día, no han llegado al final de su camino. Tiempo después he pensado que tampoco deberíamos juzgarle demasiado duramente; al final, Rajoy acabó comportándose como cualquier otro podría haberlo hecho, alguien sometido a los mismos deseos, temores y dudas que terminan abocándote a un *cul de sac* del que no sabes salir.

20

Los días posteriores a la moción de censura sirvieron para que Julen y yo nos diésemos cuenta de que una etapa política de nuestras vidas se cerraba.

Íbamos al Congreso y cumplíamos con nuestras obligaciones, pero las mías como jefe de gabinete del presidente dejaron de existir. De pronto dispuse de una gran cantidad de tiempo. Por primera vez en muchos años me aburría y notaba una vaga sensación de inutilidad y fracaso, que me generaba apatía e indiferencia hacia un trabajo que hasta hacía muy poco era el motor de mi vida.

Julen iba y venía de Madrid a Bilbao. De la tribuna del Congreso defendiendo una Proposición no de Ley sobre el fomento de la exportación de componentes eléctricos no asimilables a los sectores de la automoción a una reunión de pymes vascas para posteriormente salir corriendo hacia un funeral de una víctima de ETA. Aquí o allá, la angustia y frustración que permanentemente sentía tras la muerte de Edurne le acompañaban donde fuese.

Una de esas noches, cenando todos en casa de Pablo y Marga, charlábamos amistosamente. Julen contaba cómo se sentía y, en un momento dado, verbalizó una reflexión que arrastraba desde hacía un par de días.

—Si realmente crees que se ha cerrado definitivamente una etapa de tu vida —dijo Julen—, debes abrir otra. Estamos vivos,

¿no? ¿Qué has de hacer sino eso?, ¿vegetar?, ¿vivir en el conformismo y la insatisfacción? ¿O buscar de nuevo dónde está la alegría de vivir?... Eso es lo que yo estoy haciendo —afirmó provocando el asombro general.

En un principio interpretamos que se había echado una nueva novia.

—¿Qué dices? —preguntó Marga—. Cuéntanos, chico.

—Pues nada, que, si tengo suerte, me voy a vivir a México y dejo toda esta mierda.

—¿Cómo que te vas a México? —dije yo sin entender nada.

—Pues que dejo la política, tíos.

—¿Que dejas la política? ¡No has dicho nada y ahora nos enteramos!

—Es que no había nada seguro hasta un rato antes de venir aquí y os lo iba a contar ahora.

—¿Y a mí no podías haberme adelantado algo? —repliqué yo, asombrado.

—No me he atrevido. Sé el disgusto que te daría la noticia, y para qué decirte nada si no salía adelante la propuesta.

—No me lo puedo creer... —casi susurré.

—¡Joder, tío, no te lo tomes así! Ya sabía yo esto... —dijo mirando a Pablo.

—No me lo tomo de ninguna manera, Julen, pero es que nos vemos todos los días y ni una palabra... Me duele la falta de confianza, ¡coño!

—Bueno, ¡ya está bien! —intervino Marga—. Cuéntanos ya, Julen, pero Álvaro tiene razón... Anda, cuenta.

—Lo primero, quiero deciros lo que ya sabéis, no puedo seguir viviendo así; si no puedo con esta vida, he de buscarme otra. Tomé la decisión de dejar la política, no me costó mucho, y hablé con mi padre. Me dio la razón y me aconsejó no decir nada a nadie hasta que tuviese algún proyecto firme. Aún no he dicho nada en el grupo parlamentario, he de esperar unos días hasta firmar el contrato...

—Mira, yo me voy... —dije levantándome del sillón.

—Por favor, Álvaro, no seas tonto. Te pido que te sientes, por favor... —Marga me agarró del brazo.

—O sea, que yo estoy al nivel del grupo parlamentario para este. ¡Dice mi padre que no se lo diga a nadie! O sea, ¡que yo soy nadie!

—Álvaro, te ruego que me perdones. No me hagas esto, bastante me está costando. Para mí esto es muy duro también, voy a dejar toda mi vida atrás; vosotros sois lo único que tengo y tú, Álvaro, necesito tu apoyo y te necesito a ti. No te enfades conmigo, es lo último que podría pasarme —dijo Julen con los ojos llenos de lágrimas—. Todo lo hago mal, tío, siempre al final la cago.

Pablo, Marga y yo nos miramos en silencio.

Fui hacia Julen y le agarré por el hombro.

—Todo lo haces bien, Julen, todo lo has hecho bien siempre. Discúlpame, dame un abrazo.

—Aquí vamos a acabar llorando todos —dijo Pablo—. Voy a por unas copas; ve abriendo esa botella, Álvaro, y tú, Julen, ya nos contarás luego después de la cena. Vamos a tranquilizarnos un poco.

—Es que habéis guardado demasiadas lágrimas durante demasiado tiempo —sentenció Marga—. Os pasáis de machotes. Venga, vamos a la mesa, tengo un poco de pisto y una tortilla de patata con cebolla caramelizada.

Recuperado el buen ambiente habitual entre nosotros, Julen preguntó, mirando la botella de vino vacía sobre la mesa del comedor:

—¿Sabéis cuál es una de las frases menos felices del Evangelio? Pues una frase de la Virgen: «Hijo, se ha acabado el vino», y no es una indirecta, Pablo.

—Pues ni directa ni indirecta, aquí no se saca más vino, que ya veo la botella de whisky que tiene este preparada para ahorita mismo —respondió Marga entre risitas.

Al acabar la cena retiraron los platos y los llevaron a la cocina. Sentados ya en los sofás del salón, Julen comenzó:

—No me costó nada tomar la decisión de dejar la política, lo rumiaba desde hacía tiempo. Lo hablé con mi padre y me animó a ello. Lo importante era qué hacer después. Yo no quiero seguir viviendo en Bilbao y menos tras lo de Edurne. Pensé que fácilmente encontraría algo en Madrid. Tenemos muchos contactos aquí, pero mi padre me pidió que antes le dejase hacer unas gestiones, parece ser que había oído algo a un amigo suyo.

»Se trata de Energetum, una compañía mexicana del sector del petróleo y del gas. Tienen pozos de petróleo, productos petroquímicos, gas natural y licuado. Están por toda América y es participada de Repsol.

»Están buscando un secretario general del consejo de administración. Mi padre había oído a un amigo de la peña que la persona que barajaban para el puesto se había echado atrás por motivos familiares y buscaban a alguien con formación jurídico-empresarial que además de sus funciones en el consejo llevase las relaciones institucionales y corporativas de la firma. Había que viajar continuamente por todos los países del área y venir frecuentemente a España. Cuando mi padre comentó que quizá se pudiese contar conmigo, la propuesta fue acogida con entusiasmo.

—Y en eso estamos, tíos. Anda trae el whisky ese…

—Esto es buenísimo, es un malta muy viejo que tengo guardado para una ocasión especial —dijo Pablo trayendo la botella.

—No, si a vosotros ocasiones nunca os faltan —remató Marta mientras se levantaba a buscar unas finísimas copas de coñac que tenía en un armarito. Intuía que lo tomaríamos sin hielo.

—¿Sabes lo que te digo, Marta? —respondí sonriendo—. Que yo comparto eso que dice un amigo mío de que compadece a los que no beben, porque cuando se levantan por la mañana saben que su estado de ánimo va a variar muy poco a lo largo del día.

—Je, je… Este es mi Álvaro —dijo Julen.

—Cambiando de tema, Julen, te pagarán un pastón, ¿verdad? —preguntó Pablo.

—Un pastón, y además te dan una casa espectacular porque tratas a altísimo nivel.

Cuando me levanté por la mañana, Julen ya había salido para Bilbao. Mientras me hacía el café pensé cuánta razón tenía él. «Yo mismo no sé qué estoy haciendo aquí ya».

Había vuelto como coordinador al Departamento de Estudios y Programas y próximamente me nombrarían vocal de FAES. Esa mañana me dominaba un grado de irritación habitualmente desconocido para mí.

«¿Para qué coño quiero yo ser vocal de FAES? Lo que tengo que hacer es lo que ha hecho Julen: mandar a la mierda a toda esa tropa de mezquinos y pelotas que piden un trabajo urgente o un análisis sobre algo y lo pasan luego al jefe silenciando la autoría. Observan a un colega inteligente y brillante y ven un enemigo a opacar e ignorar, apropiándose, eso sí, de su trabajo. Gente que no sabe bien qué harán cuando salgan de donde están. Y luego... esos otros, estupendos, que han sacado las grandes oposiciones del Estado, ¿las han hecho para tener que bailarle el agua a según quién? Y esos que son más listos que nadie y no se equivocan nunca, ¡coño!

»¿Qué pasó con el Proyecto de Ley de cambio climático que anunciamos en París? Estuve trabajando como un cabrón para organizar esas jornadas para el futuro texto y preparar la posterior consulta pública sobre la ley que jamás se celebró.

»Metieron el proyecto en un cajón y nos sumamos a la ola contra las renovables incluyendo el acojonante impuesto "al sol", que liquidó el autoconsumo energético, mientras impedíamos el cierre de los mayores focos de producción de CO_2 como las térmicas de carbón, y eso que las eléctricas ya no las querían. ¡Es que...!

»¿De qué me ha servido dejarme las cejas preparando la reforma de la Ley Electoral y tenerla ya prácticamente negociada con la gente del PSOE? Para que el irresponsable ese la metiera en un cajón y cuando la secretaria general le dice que la ve muy trabajada y que ha notado a Rubalcaba con ganas de avanzar y estudiarla a fondo, responda: "¡Uf!, en menudo lío nos meteríamos. Además, a veces lo mejor es no tomar decisiones, y eso en sí es una decisión"».

Conforme me afeitaba, mi cabreo crecía.

«Ahora que... la culpa es mía por aguantar todo lo que allí he tragado. Me pasa por gilipollas, que soy un capullo, eso es lo que soy. Mira que lo que me soltó cuando le presenté el estudio sobre la subida del Salario Mínimo Interprofesional: "Eso, amigo Álvaro, no es cosa menor; dicho de otra forma, es cosa mayor". Y ahí quedó el tema».

—¡Coño!, ya me he cortado.

Más calmado, regresé por la noche a casa y llamé a Pippa. La encontré poco comunicativa, más bien evasiva. Decidí ir a verla el fin de semana siguiente. Volví a telefonearle para decírselo.

Pippa me pidió que no fuese, que pensaba ir a Madrid ella algo más adelante para charlar conmigo despacio. Quería haber venido antes, pero como estaba tan ocupado con la moción de censura no quiso molestarme en ese momento. «Claro que pasa algo», me respondió. «Pues que sobro en tu vida. ¿Cuántas veces me has llamado últimamente?... De vez en cuando, cuando te acuerdas de que estoy viva... Creo que no hay nada que realmente te interese salvo la política, no tienes tiempo para otra cosa. ¡Ah, sí!, los cubistas, surrealistas y la escuela de París... Mira, Álvaro, ¡claro que es verdad! Y de vez en cuando un polvete en el Manzanitas. No me ha contado nadie nada, sé vuestro estilo de vida hace tiempo... También sé que sales con una portuguesa. Me da igual si han sido tres o cuatro veces, pero la has estado viendo. No me digas que me calme porque estoy calmada... ¿Sí?, pues también sé otras muchas cosas. Pues como que te has estado tirando a la lesbiana monilla que conociste en casa de mi amiga Fiona... Claro que no significa nada, ya lo sé, ninguna significamos gran cosa en tu vida... Puede que sea injusta, como dices, pero yo siento que me has abandonado... Naturalmente que hay otro, ¿qué fidelidad es la que te debo a ti?... Mira, déjame con eso de que me quieres. Puede que sí, pero a tu manera, y a mí esa manera no me interesa, sinceramente... He sufrido mucho a tu lado, Álvaro. Ya sé que tú también, pero no por mi causa. Mira, ahora no tengo ánimos para seguir esta conversación. Seguiremos hablando otro día... De todas formas, te deseo lo mejor. Gracias, Álvaro. Claro que hablaremos, *bye*».

***

Una de las primeras llamadas que recibió el presidente del Gobierno, Alfredo Pérez Rubalcaba fue la de Artur Mas. Solo quería felicitarle, entendía que estaba ocupadísimo y quedaron en hablar en las siguientes semanas.

Rubalcaba bajó los pocos escalones que separan la puerta de la Moncloa del jardín antes que el coche de Artur Mas se detuviese. Volvió a subirlos despacio charlando con el *president*. Antes de entrar en el palacete, se volvieron hacia las cámaras y los fotógrafos estrechándose las manos sonrientes para que pudiesen registrar el encuentro.

Tras una pequeña charla de cortesía, abordaron la conversación de fondo.

—Tú y yo, Artur, hemos hablado en muchas ocasiones —comenzó Rubalcaba—, pero esta es la primera entrevista que tenemos desde que yo soy presidente del Gobierno. Era una de mis prioridades porque creo que esta reunión, la primera de las muchas que tendremos, era inaplazable por más tiempo.

»Quiero decirte que comienzo aceptando el escenario que Montilla definió como de desafección catalana hacia el resto de España. Te aseguro que esa desafección en ningún caso es mutua. Creo que eso tú también lo sabes.

—Yo lo que sé, presidente, es que la relación bilateral entre Cataluña y España es tremendamente insatisfactoria para la mayoría de los catalanes.

—Yo diría, quizá, para muchos catalanes…

—Bien, de acuerdo, pero para muchos, y ese número de catalanes crece día a día. Créeme que el sentimiento de un permanente agravio, de desdén hacia nuestros planteamientos, deseos y necesidades va en aumento. Sinceramente, Alfredo, es una situación que no estamos dispuestos a asumir, y, te digo más, que consideramos obligado revertir de una manera o de otra. El inmovilismo del Gobierno empuja, legítimamente, a los catalanes a la radicalización. La sentencia del Tribunal Constitucional sobre el estatuto, salido del Parlament, aprobado por todos y votado en un referéndum, certificó para nosotros que el autonomismo había entrado en una vía muerta.

—Si hemos de ser precisos, Artur, el Estatut no fue aprobado por todos. Cometimos la torpeza, sí, lo reconozco, de excluir en su redacción al Partido Popular. Luego pasó lo que pasó y en ocasiones entiendo esa posición del PP como una reacción, extremada si quieres, pero una reacción a nuestra gestión, también poco afinada.

Rubalcaba hizo una pausa, bebió un poco de agua mientras Mas tomaba su café.

—Nosotros estamos aquí para hacer política, y eso es lo que te ofrezco —prosiguió el presidente—. Hacer política significa diálogo y negociación. Negociar no es imponer, sino hacer concesiones mutuas. Esto en la creencia, que te otorgo, de que nos guía la buena fe y el deseo de encuentro, no para posturear ante nuestros votantes.

»Yo estoy dispuesto a formular propuestas de cambio significativas. A ofreceros la luna, un cambio constitucional si hace falta, por ejemplo, pero no me pidas la luna, el sol y las estrellas.

»Vuestras prioridades son lengua y financiación, de acuerdo. Asumo también algunos de vuestros planteamientos clásicos: Cataluña tiene una especificidad propia en el campo cultural, educativo, económico.

»No me asusta definir a Cataluña como nación, pero partiendo de que esa definición no signifique que tenga derechos soberanos. Te lo diré muy directa y claramente: la soberanía reside en el pueblo español, en la nación española, y esa soberanía es indivisible e indelegable. A partir de ahí, podemos hablar de todo.

—Yo también te hablaré claro, presidente: la solución del conflicto no llegará hasta que la ciudadanía catalana pueda decidir su futuro político.

—Bien…, eso para mí no es insalvable. Entiendo que lo que acordemos sea refrendado por los catalanes, decidiendo así su futuro político, pero inexcusablemente aprobado también por el resto de los españoles.

»Te estoy diciendo, Artur, que te compro que los catalanes decidan sobre el acuerdo que alcancemos, si eso sucede, pero no veo legítimo que se les ofrezca algo que no existe, es decir, el derecho a decidir. No existe ese derecho, no ya en España, sino que no está reconocido en ninguna nación del mundo, en ninguna constitución. La vía del engaño lleva a un callejón sin salida. Pero quizá eso no sea asunto mío.

—Alfredo, en todas partes hay *hooligans*. También los tenéis vosotros. En cualquier caso, yo pretendo una solución muy ambiciosa, muy ambiciosa. A estas alturas no cabe otra cosa, pero una solución. Creo poco en esa posibilidad, pero, aunque así sea, mi obligación es buscarla. Si eso falla, todos perderemos porque eso no nos saldrá gratis a ninguno.

—Artur, ¿te apetece que demos un paseo por los jardines mientras hablamos? Hace un día estupendo. Cataluña disfruta de un magnífico clima mediterráneo, mientras que aquí, en Madrid, nueve meses de invierno y tres de infierno, ya sabes. Pero mira este cielo, el cielo, la luz de Madrid es única. Una luz mesetaria de una gran finura. Nuestro Josep Pla, también Josep Pla es nuestro, Artur, definió este cielo como un lujo para la vista y un goce para todos los sentidos.

—Estos jardines son preciosos...

—El edificio es moderno, pero los jardines vienen de la época de Carlos III.

—¡Oye!, supongo que ya habrás cambiado el colchón de tu cama, ¿no?

—Je, je... Supongo que sí. ¿Sabes que en el dormitorio que ocupo durmió Sadam Hussein?

—¡No me digas!

—Sí, y también Nixon.

—¡Caramba, qué bueno!

—Pero, a lo que hablábamos... Creo que podremos ofrecer una buena alternativa desde el Gobierno que resulte atractiva y satisfactoria para los catalanes.

»Muchas veces se dice que es inútil convencer a quien no quiere ser convencido, estoy de acuerdo en eso. Siempre existirá una parte de la población, difícil de cuantificar su número, ¿alrededor de un 25 % quizá?, para los que no tiene mucho objeto hacer propuestas, salvo para que no puedan decir que no las hacemos, los que solo quieren la independencia. Pero sí tiene sentido hacerlas para toda esa gente que, sin estar satisfecha con la situación actual de Cataluña en el Estado, piensa que así no se puede seguir durante mucho tiempo y que hay que hacer algo. Pienso que tú eres uno de esos.

»Hemos de proponer cosas a aquellos sectores que hoy por hoy apoyan el independentismo, pero a los que se puede convencer de que se está mejor en España. Incluso una gran parte de los dirigentes nacionalistas, independentistas, llámalos como quieras, saben y estoy seguro de que tú también, que ni España ni la UE ni el mundo mundial aceptarían la independencia.

»Creo, Artur, que el diálogo es una fórmula, no para encontrar la verdad, pero sí para iniciar una mutua reflexión, necesaria para acercarnos a la verdad de los otros. Tú sabes, Artur, que en España el pecado nacional no es la envidia, como se dice, ese es el francés. Nuestro pecado nacional es el cainismo, se odian los acuerdos; a eso los castizos lo llaman pasteleo; pues bien, vamos a pastelear tú y yo…, y disculpa esta larga perorata. Y ahora dime qué piensas tú.

—Presidente, tú también sabes que el catalanismo no tiene fuerza para romper el Estado, pero sí para ponerlo en aprietos, y desde luego hacer trastabillar a cualquier Gobierno de la nación, sea del color que sea.

—Te lo acepto, pero acéptame tú, y no olvides, que ese Estado y cualquier Gobierno de ese Estado, si es llevado al límite en ese pulso, tiene instrumentos para resituar, de un plumazo, a esos tan aparentemente forzudos que inmediatamente se quedarán solos, cabizbajos y sumisos, recitando cada 11 de septiembre, a la caída de la tarde en la intimidad de sus hogares, «El año que viene en Ítaca». Bien, ahora a lo que vamos: ¿traes alguna propuesta determinada?

Tras un engorroso silencio, el president respondió:

—Creo sinceramente, Alfredo, que no merezco esta respuesta, y desde luego la amenaza no es el mejor camino para el acuerdo.

—Querido Artur, amenazaste a Rajoy con que Cataluña podría tomar un camino propio, una deriva al margen de lo que pudiese acordarse con el Gobierno de la nación. Intentaré evitar que lleguéis a validar esa tentación... También te digo, no hace falta, que con el Partido Popular no encontraríais la apertura que estoy mostrando a tus planteamientos. Hace un instante me acabas de amenazar, vivís en la permanente amenaza. Pero no te lo tomes así, que no era mi intención, sino como un recordatorio de que a esta negociación hemos de acercarnos todos con humildad y sin prepotencias. Algunos sucesos pueden producirse velozmente, pero sus consecuencias pueden ser de larga duración: es el llamado principio de incertidumbre. Pero ¿qué ibas a proponerme?

—Bueno, vamos a dejar eso. Creo en la conveniencia de abrir una mesa de negociación bilateral, Estado-Generalitat, como comienzo de las conversaciones.

—¿De nuevo comenzamos excluyendo a otros?

—¿A qué otros? El Estado y la Generalitat son los interlocutores.

—Al resto de partidos catalanes. Yo creo que las negociaciones deben hacerse en las instituciones. La mesa de diálogo debe situarse en el Parlamento de Cataluña, la casa de todos los catalanes. ¿Dónde está el problema? Lo que de allí salga compete a todos ellos. ¿Qué es eso de que contigo hablo y con vosotros no?

—Tengo que pensarlo.

—Lo que también te ofrezco es que, en paralelo, nosotros mantengamos abierto un muy discreto y específico canal bilateral de diálogo, porque, eso sí, creo que somos los cimientos imprescindibles del acuerdo.

—Déjame que lo estudie.

—Ahora, Artur, quiero invitarte a que consideres algo. Vamos a sentarnos aquí un rato. Este sitio con el ruido del agua de la fuente, los árboles, los pájaros..., con esto aquí uno no necesita tomar litio.

»Mira, tú sabes que, de siempre, el Estado federal ha formado parte del ADN político del PSOE. Cuando estamos en la oposición sacamos el proyecto y cuando gobernamos lo metemos en un cajón. Sin embargo, yo creo que una reforma constitucional que haga de España un Estado federal reconociendo su carácter plurinacional puede superar el enfrentamiento entre el inmovilismo central y las perpetuas reivindicaciones del Gobierno de la Generalitat. Aunaría un reconocimiento de la nación catalana y un profundo autogobierno sin afectar a la soberanía del pueblo español ni a la igualdad de derechos entre toda la ciudadanía. ¿Qué piensas?

—No puedo contestar nada. Puede ser interesante. Es algo de envergadura que requiere mucho estudio.

—A tal fin he preparado un dosier para ello. Solo es un boceto base en el que poder avanzar en sucesivas etapas. Si lo ves bien, lo pasaríamos posteriormente al Parlament, a la comisión que se forme para el estudio del aumento del autogobierno o del desarrollo autonómico, ya veremos cómo la llamaríamos.

»El lunes te lo envío. Por cierto, yo no haré ningún tipo de declaración ahora a la salida que no sea remarcar el tono cordial de la entrevista, muy positiva, y la necesidad de seguir manteniendo estos encuentros que consideramos muy constructivos.

—De acuerdo, Alfredo, haremos una comparecencia conjunta en la línea que dices.

—Es prioritario mantener en privado nuestras conversaciones futuras. Esto es fundamental si queremos avanzar sin zancadillas ni barreras.

—Pienso igual, cada uno tenemos nuestros problemas en la retaguardia y nuestro propio fuego amigo.

—Artur…, quisiera decirte algo más: no queméis vuestras alas tratando de alcanzar el cielo. Piensa cómo les ha ido a los de Quebec después de aquello.

El presidente del Gobierno volvió a su despacho bastante satisfecho de la entrevista. Había trazado a su interlocutor las líneas rojas que no podían cruzarse en este proceso de diálogo, pero también su disposición al acuerdo dentro de las diferentes vías a explorar.

Artur Mas llegó al palacio de la Generalitat en la plaza de San Jaime. Fue recibido por una considerable masa de personas al grito de: «Mas sé valiente, Cataluña independiente». Mientras se dirigía a su despacho pensó con cierta tristeza que él también había contribuido a que la gente pensase que la independencia de Cataluña era un asunto de valentía, una cuestión de mero deseo.

21

Llevo ya unos meses viviendo en la antigua casa de mi abuela en la urbanización La Florida. La compré hace tiempo. Como tardaba en venderse, la familia acabó bajando el precio y finalmente me la quedé tras negociar con los primos ciertas facilidades de pago. Fui haciendo las obras, sin prisas, durante el tiempo en que compartí el piso en Madrid con mis amigos. Al marchar Julen a México, lo dejé. Estaba todo terminado hacía meses y me instalé allí.

Cuando renuncié al escaño y a los cargos en el partido, decidí tomarme un año sabático. Durante mis años públicos la administración de mi patrimonio no constituyó un asunto prioritario para mí y ahora eran evidentes las consecuencias. Sin embargo, no tenía preocupaciones financieras, en este momento era mucho más rico que cuando entré en política. A la muerte de mi pobre madre había recibido una caótica pero formidable herencia que, ahora que cuento con tiempo, debo restructurar con criterios distintos.

Toda renuncia genera tristeza y creo que encontré la manera de compensarla dedicando a mi colección de pintura la atención que no había podido dispensarle antes. Como mi nueva vivienda era grande, tenía paredes suficientes para colocar todos mis cuadros. El problema era cómo distribuirlos coherentemente destacando la individual emoción y belleza de cada uno y evitando la colisión de sensaciones entre unos y otros.

Al llegar a casa tras el partido de pádel que acababa de jugar con unos vecinos de la urbanización, me di una rápida ducha y abrí una pequeña lata de almendras saladas mientras me preparaba mi cotidiano *dry martini*. En realidad, era un *gibson*, al que me había aficionado; cambio las aceitunas rellenas por cebollitas en vinagre y lo encuentro delicioso.

Puse una serie de cuadros en el suelo apoyados en la pared. La mayoría de ellos, aún sin colgar, los guardaba apilados en una habitación. Quería pensar detenidamente dónde situarlos, no tenía prisa en hacerlo.

Los Bores, los Óscar Domínguez, los María Blanchard, el Juan Gris... los situé en el suelo dejando cierto espacio entre unos y otros. En otra puse los De la Serna, Peinado, Ángeles Ortiz, Parra, Viñes, Lagar... «Por hoy nos ocuparemos de estos», me dije. «La mayoría de los dibujos, a la biblioteca, pero este Luis Fernández encima de la chimenea, ya quisiera tenerlo el Reina Sofía. He de hacer un buen catálogo, por lo pronto mañana los fotografío todos. Calculo que tengo unos sesenta y pico más los dibujos, y algunos de ellos son de lo mejor del pintor. Me tiene fascinado ese Joan Massanet; los del MENAC de Barcelona se han quedado sin él, llegaron tarde; creo que es de lo mejor que tengo, parece increíble, es una mezcla de Dalí y Malevich con un toque de Modigliani. El día que lo descubran... Me parece que lo pondré en la chimenea... Aunque ese Fernández...».

Puse un disco de Mina, mi cantante predilecta. Admiro su potencia, esa clase, ese estilo suave y desgarrado.

Volví a mi colección. «Necesito una escultura de Alberto; tengo una, pero de una serie muy larga hecha por los herederos después de muerto él; es muy difícil encontrar algo suyo. En escultura mi desiderátum sería un Gargallo y un Julio González, va a resultar casi imposible, no hay nada y lo que hay es carísimo. Necesito un óleo de Moreno Villa, cubista o surrealista, da igual, todo es buenísimo. También necesito un Torres García, de la época constructivista, tengo un dibujo interesante, pero no es gran cosa, va a ser difícil porque también es carísimo. Con esto daría mi colección por completa… Bueno, realmente una colección nunca está completa del todo. A lo que sí renuncio, vamos, ni me lo planteo, es a un Picasso, Miró o Dalí. Para tener tres mediocridades solo por la firma, mejor no tengo nada. Todo el mundo los conoce y puede verlos por los museos de todas partes. Una pieza de las buenas de ellos vale un huevo. Vamos, que ni loco. Bueno… cuando digo ni loco, quiero decir por el momento. Tengo que concretar las fechas para ir a México a ver a Julen, no deja de insistir. Parece que está contento».

Me serví otra copa y di la vuelta al disco de Mina; comenzó a sonar *Amore mio*. Esta canción siempre me llega hondo, un canto a la pasión amorosa, al requerimiento amoroso, no hay humillación en amar y no ser correspondido.

Cogí el teléfono para llamar a Pippa, pero en seguida me di cuenta de que no era una buena idea y volví a colgarlo. Subí un poco más el sonido y me puse a bailar solo, llevé mi mano derecha al corazón, la izquierda la movía al compás de la música, luego abracé por la cintura y por la espalda a mi imaginaria pareja. No era Pippa, quizá sí… En realidad, era una u otra de las que en algún momento conocí y que podían haberme hecho feliz si les hubiese dado la oportunidad de hacerlo. Al acabar la canción, apagué la música, me serví otra copa y me senté de nuevo a mirar los cuadros.

Se me ocurrió pensar que no sabía bien lo que había hecho con mi vida. «Bueno, sí, has hecho todo lo que te ha dado la gana, no te quejes», respondió mi diablillo interior.

Tomé el teléfono de nuevo y llamé a la portuguesa:

—Hola, cariño, ¿cómo estás?, *tudo bem*?

—*Oi, Álvaro, tá bom*. ¡Qué sorpresa! No hablamos desde hace tiempo.

—Pero eso no quiere decir que no piense en ti, preciosa.

—Nadie lo diría, Álvaro.

—Ya sabes, he estado ocupadísimo con el cambio de casa y todo eso. Me pregunto si te apetecería venir a tomar una copa aquí y ves todo esto, necesito que me aconsejes.

—¿Cuándo dices?

—Pues ahora, te preparo unas exquisiteces y una copa, y de paso ves los cuadros.

—Álvaro, son las diez y media de la noche, no sé si lo sabes...

—¿Qué dices, por qué no voy a saberlo?

—No sé, creo que hoy te has pasado con las copas. Además, ya sabes que estoy saliendo con ese chico alemán.

—Pero yo no soy celoso. Qué moralistas sois las portuguesas.

—*Adeus*, Álvaro, adiós.

Pensé: «Esta ha pillado al alemán y lo que quiere es casarse». Llamé al Manzanitas:

—¿Cómo está mi chica preferida?... ¿Yo? Como siempre, un poco salido. Oye, mándame a esa monada del otro día... No, la otra. ¿Cómo que no?... Pues sorpréndeme, ¡coño!, ya sabes mis gustos.

Mientras me dirigía algo tambaleante a la ducha, sentí vergüenza de mí mismo, volví a preguntarme qué estaba haciendo con mi vida. «Tú buscabas la verdad, ¿esta es tu verdad? ¡Cállate, cállate, hijoputa!».

Mis últimas noticias de Julen me las dio el secretario de Estado de Industria, que coincidió en México con él en un acto de la Cámara Española de Comercio. Al día siguiente, sábado, pasó el día en su casa antes de regresar a Madrid y me llamó para contarme sobre la casa espectacular que mi amigo tenía en la mejor urbanización de Ciudad de México. Julen organizó una barbacoa al borde de la piscina en mi honor, invitó a ocho o diez amigos españoles y al ministro de Energía. ¡La bomba!

—La comida extraordinaria, la langosta con una salsa de chile deliciosa. Bueno..., para qué te voy a contar. Julen está muy prestigiado y es muy querido allí, por lo que he visto. Está haciendo una labor importante. Me dijo que te espera pronto. Tienes que ir, Álvaro, me habló mucho de ti. Me contó sucesos de tu trabajo en el gabinete del presidente que yo no sabía, ahora entiendo muchas cosas. Te dejo, me tengo que ir. Un abrazo, nos llamamos.

Se ve que tenía mucha prisa. Yo apenas pude decir nada, pero me despertó las ganas de ver a Julen. Hablábamos poco, él estaba siempre viajando y los diferentes horarios entorpecían el contacto, pero al menos una vez al mes nos llamábamos por teléfono.

***

Mi estancia en Ciudad de México estaba resultando estupenda. Julen me puso un guía que también hacía de chófer, algo imprescindible en una ciudad inmensa con tan largas distancias. Pude conocer muchas cosas que antes había visto en documentales y libros.

Me resultó fascinante el Museo Mural Diego de Rivera. Los muralistas, con Rivera a la cabeza, aportaron algo genuino colmado de emoción al arte moderno americano, pero yo tenía un especial interés en visitar el Museo Nacional de Arte para ver de cerca el famoso cuadro cubista de Rivera *Paisaje zapatista*. Esta visita fue un momento cumbre para mí. Ese cuadro fue el motivo de la disputa que acabó con la estrecha amistad de Rivera con Picasso. Cuando el malagueño visitó el taller de Rivera en París estuvo mucho rato estudiando ese cuadro. Posteriormente, Ribera acusó a Picasso de plagiarle el cuadro en el *Hombre acodado en una mesa* del pintor español. Recomendó a sus amigos que no abriesen sus estudios a Picasso porque les robaría las ideas. Esto enfureció al español, que ulteriormente retocó el *Hombre acodado en una mesa*, y acabó con la intensa amistad que compartían.

Por la noche, en casa, cuando contaba esto a Julen, me preguntó qué opinaba yo de esta disputa que dividió a galeristas y pintores de todo Montmartre.

—Bueno, yo creo que Rivera tenía razón en principio, pero no tenía presente que en ese momento muchos pintores bebían de Picasso y este era un vampiro que absorbía fluidos de todas partes, ya fuera arte africano u obras del Museo del Prado, para luego regurgitarlo en su pintura. Picasso no quitaba un ojo a todo lo que Matisse hacía, por ejemplo. Por eso me parecen injustas las críticas que, a veces, se hacen a los pintores españoles que llegaban a París, tachándoles de dejarse influenciar por Picasso.

—¿Cuándo te marchas, Álvaro?

—El sábado que viene.

—¡Qué pena, tío! Con tanto turismo tuyo y tanto viaje mío no hemos podido hablar casi. ¿Cómo te encuentras?

—Bien, supongo. ¿Sabes, Julen?… Me he perdido hace tiempo y aún no sé regresar a mí mismo.

—¿Eres feliz?

—¡Qué curioso! Esa pregunta solo me la han hecho una vez en mi vida, que yo recuerde. Fue hace muchos años el hombre que he querido más en mi vida, mi abuelo, y… ahora me la haces tú. Pero ¿quién es feliz en este mundo, Julen?

—No digas eso, mucha gente es feliz.

—Pues quizá sea verdad eso de que la felicidad es buena salud y mala memoria.

—Lo primero es querer serlo. Parece una tontería, pero hay gente que se regodea en su mala suerte. Hay que hacer un esfuerzo, en ocasiones grande, y apartar de nosotros todas las cosas que nos frustran, que nos entristecen y amargan. Hay que pasar a recrearse en esas otras importantes y maravillosas que tenemos y a las que no damos importancia.

—Supongo que es verdad y hay que intentarlo.

—Oye, y ¿qué pasa con Pippa?

—Pues que se cansó de mí, se volvió a Londres y ahora tiene una nueva relación. ¿Y tú cómo vas?

—Pues mira, yo estoy contento porque el trabajo me llena, viajo y llevo una vida divertida. Trato con embajadores, ministros, agregados comerciales, colegas de otras compañías y países. Hace un mes estuve en el banquete de toma de posesión del nuevo presidente de México en una mesa con gente así. Esto es apasionante, tío.

—Y de amores, ¿qué?

—Me hincho a follar, tío… Es lo que más me gusta, je, je… Las mujeres se me meten en la cama, tío, como a los toreros. Pero… ¿sabes lo que te digo?, que no quiero amores, no me interesa, no quiero enamorarme y cagarla otra vez. Nunca acierto en eso, no sé lo que me pasa, siempre lo hago mal, tío, siempre.

»Por cierto, el jueves haremos tu despedida. Qué pena me da que te vayas, tío. Buena cena, buenas copas…, has de tomarle el gusto al tequila, tío, ya verás. Y nada de puterío, que despedirte es algo muy serio, solo tres de mis mejores amigos de aquí con sus parejas, te gustará conocerlos. Bueno, a Cándido ya le conoces.

El jueves, tal como dijo Julen, organizó una cena cien por cien mexicana para despedirme. Nada más llegar sus amigos, encargó a Cándido la administración del tequila.

—Álvaro —me dijo este—, el agave de donde se saca el tequila ha sido declarado por la Unesco Patrimonio de la Humanidad. En toda la cena no beberemos otra cosa que sus distintas clases. Vamos a empezar por algo suavito, el blanco este tiene menos grados.

Julen tenía una magnífica cocinera mexicana, Adelita, el alma de esa inmensa casa que hacía las funciones de ama de llaves y gobernanta. Se ocupaba de la chica de la limpieza, del jardinero y hasta reñía y vigilaba al chófer cuando entraba en la cocina a platicar con la chica. Esta se hacía la difícil y, aunque el muchacho le gustaba, le ponía dificultades y hacía mohínos pícaros. Un día oí que esta le decía a Adelita respecto al chico: «El que quiera celeste, que le cueste». Cuando después le pregunté a Adelita qué quería decir con eso, me contestó que era un refrán mexicano: «El que tenga un capricho, que lo luche».

Adelita preparó de primero un delicioso *mole*. Luego nos ofreció un *pozole*. A Julen le faltó tiempo para decirme que el origen de ese plato prehispánico era cuando se cocinaba, después de los sacrificios rituales a los dioses, con carne humana.

—Esto lo tomaremos con tequila joven, ¿verdad, Cándido?

—Sí, claro, para que luego digan de la crueldad de los españoles —dijo Cándido—. Entre otras cosas prohibieron que nos comiéramos unos a otros.

—Y también dicen —añadí— que la prosperidad española viene del oro que les robamos. No piensan o callan que cuando España descubrió y conquistó América era una de las naciones más ricas y poderosas del mundo.

—El indigenismo es un populismo más, eso es lo fácil.

—Pero funciona aquí en México, mucho.

—Claro, lo elemental siempre funciona.

—Bueno, atención, ahora llega la *cochinita pibil* —anunció Adelita.

—Nuestro plato estrella, Álvaro. Esto lo acompañaremos con un tequila reposado.

—Te ha salido riquísimo. Por cierto, Adelita —preguntó Julen—, ¿qué parte del cerdo utilizas?

—Según encuentre, don Julen, la falda o la costilla. ¿Qué le parece?

—¡Padrísimo!

—Pues, órale. Y ahorita de postre, plátanos flameados con tequila, que lo ha pedido don Cándido.

—¡Felicidades, Adelita! ¡Vamos, a cantar todos! «Si Adelita se fuera con otro, la seguiría por tierra y por maaar...» —así lo hicimos a coro.

Ya sentados en el porche, Julen fue al bar que había en un armario de estilo rústico colonial situado detrás de una larga barra con taburetes y se dirigió a sus invitados con una botella de cristal tallado en la mano.

—A ver qué os parece este tequila añejo que tengo aquí...

—Aparte del trabajo concreto, ¿qué tal te va de ejecutivo? —le pregunté.

—Cierto —dijo Diego, otro de los amigos de Julen—, es un tema interesante pasar de la política a la empresa.

—Estoy satisfecho en general. Mirad, aquí y en otros sitios también, como sabéis, los políticos no tienen muy buena prensa, incluso son minusvalorados a nivel social. Pero yo veo aquí técnicos que acaban siendo más políticos que los políticos. Nos quejamos de la burocracia del Gobierno y eso entorpece y retarda proyectos, pero la burocracia empresarial es más dañina. Se trata de no equivocarse, los ejecutivos de las multinacionales tienen aversión al riesgo. Nada de decidir y aprovechar esta oportunidad que se presenta, nada de eso; lo fácil es ir a ver qué dice McKinsey y pedirle un informe. Pasa el tiempo y la oportunidad se pierde, aparte de que el informe cuesta un huevo.

—¡Vengan esos puros que has traído, Matías! Este los compra en Cuba, Álvaro, cuando va cada mes.

—Pues en lugar de crear valor y arriesgar en oportunidades de negocio, cuando una pyme o una compañía americana acierta, ellos van y la compran cuando se ha desarrollado. Yo estoy viendo grandes oportunidades, por ejemplo, en plantas de cogeneración eléctrica que están en venta a un precio interesante. Pues, tío, muevo el culo, me desplazo a estudiar el tema y no necesito para eso la opinión de una consultora porque la opinión más directa e informada es la mía.

—Luego pasa otra cosa... —intervino Matías—. Y mi padre es español, ¿eh? Llega de España a México un alto directivo a negociar posibles acuerdos con otras empresas y cuando se reúne con sus homólogos de aquí los mira por encima del hombro. No te voy a decir quién, pero hace poco pasé un rato de vergüenza ajena... Vino un tío de Madrid que no tenía un pase, altanero, cáustico, dando lecciones a todos... Bueno, yo no sabía dónde meterme. Ya sé que esto es solo un caso, pero sobra esa superioridad que gastan muchos cuando vienen aquí. Luego pasa lo que pasa..., que viene el argentino o el venezolano y dice «exprópiese», y la gente le aplaude.

Regresé muy contento a Madrid, pues los días pasados tan lejos de España me distanciaron de mis pesimismos y paranoias y me generaron un nuevo estado de ánimo más positivo.

Conocía a Ángel, el jefe de gabinete de Rubalcaba, desde la época en que yo ocupaba el mismo puesto con Rajoy. Teníamos una relación cordial y fluida y en ocasiones me llamaba para cambiar impresiones sobre cómo creía yo que tal cosa o la otra sería recibida en Génova. Él sabía que ya estaba fuera de la política, pero, como yo conocía bien la casa, mi opinión le resultaba útil para matizar, replantear o desechar definitivamente algo, que, aunque se negociase con CiU, necesitaría una opinión favorable del PP para salir adelante. Eran temas de extraordinario calado que el Gobierno proponía, pero que exigían el respaldo de la oposición.

La semana siguiente me llamó para invitarme a almorzar en un restaurante del Barrio de Salamanca. «No se trata de nada en particular», me dijo, «solo cambiar impresiones y charlar un rato contigo». Comenté que, si le venía mejor cerca de Ferraz o del Congreso, a mí me daba igual un sitio que otro, pero supuse que intentaba evitar que le viesen conmigo.

Nos pusieron en un reservado. Tras la comida, nos trajeron unas copas y dejaron la botella de ron en la mesa, pues era lo que Ángel tomaba. «Podéis estar todo el tiempo que queráis», dijo el dueño, «aquí siempre hay alguien hasta las cenas».

—Bueno, ¿qué?, ¿vais avanzando con CiU?

—Pues en este momento no mucho. Mi jefe ha planteado seriamente a Mas el Estado federal. Si hay que ir a la reforma constitucional, se va; pensamos que puede ser una solución satisfactoria, perfeccionaría, de hecho, el Estado autonómico de la Constitución. Rubalcaba se seca la boca repitiendo a Mas que el federalismo asume la importancia de los sentimientos e identidades, que permite reconocer la diversidad y singularidad de los distintos territorios.

—Además, como pasa en otros estados federales, Cataluña podría tener una Constitución propia —añadí—. Un Estado dentro de otro Estado. Aunque yo no sé cómo los míos verían eso. Pero... ¿no querían una España nación de naciones? Pues eso es un Estado federal.

—Mira, no quieren un Estado federal, lo que realmente quieren es un estado independiente en una Europa federal. Ese es el federalismo que quieren. Un imposible.

»¿Sabes qué pasa, Álvaro? Que los de ERC han inventado eso de "España nos roba" para movilizar a la gente; en Cataluña la pela es la pela, y están muy radicalizados. En este momento empujan a Artur Mas hacia posiciones máximas y Artur no es muy valiente que digamos. Está hecho un mar de dudas.

—Entonces, ¿cómo lo ves?

—Pues mal. Lo que no aguantan es eso que has dicho, ser un Estado dentro de otro Estado, que naturalmente impondría un marco, un corsé a todos. Ellos quieren privilegios propios.

—Vamos a hacer un chiste, Ángel: ellos no quieren fajas, ellos quieren sus carnes sueltas, je, je...

—Muy bueno. Es así, en resumen: manejar el presupuesto sin cortapisas. Oye, me ha venido muy bien este rato contigo. Sabes que, en ocasiones, los que estamos en estos sitios necesitamos desahogarnos con alguien, excepto con los tuyos, je, je, y tú eres un amigo fiable.

A la salida del restaurante, antes de buscar el coche, me fui paseando hasta el sastre. Tenía que recoger una chaqueta y unas camisas. En ese momento sentí algo parecido a la felicidad, el alivio que suponía no estar ya en política.

Las semanas siguientes fui recuperando un estado anímico muy satisfactorio y equilibrado. Hacía vida de Madrid: conferencias, presentaciones de libros, cócteles por aquí y allá, cenas con amigos los fines de semana y mucho deporte.

Una de esas tardes me encontraba jugando un partido de pádel con mis vecinos cuando noté una ligera opresión en el pecho, me faltaba el aire y respiré hondo. Terminé el partido como pude y, preso de cierto desasosiego, me marché a casa. Me serví un poco de whisky y al momento me sentí bien; pensé que había tenido una subida de tensión y me prometí pedir sin falta hora al médico, hacía tiempo que no me sometía a un reconocimiento general.

Al día siguiente me encontraba en plena forma, hice mis gestiones bancarias, fui al fiscalista a consultar el impacto de la venta de un inmueble y por la tarde pasé un par de horas en el gimnasio. Mientras veía las noticias de la CNN preparé mi *dry martini* vespertino. No tenía mucho apetito, de modo que me preparé un sándwich de rosbif y, tras leer un poco, me fui a dormir.

Sabía que era absurdo, pero Julen estaba en la habitación; había venido a Madrid, le vi al pie de la cama. Me miró en silencio un largo rato, y después dijo: «Álvaro, sé que tú puedes con todo, tío; no sufras, ya has sufrido bastante. No te preocupes, y, tranquilo, acabarás regresando a ti. Ahora tengo que marcharme, discúlpame por irme».

Cuando su figura se difuminaba grité: «¡Espera un momento!, ¡quiero decirte algo! Julen, tú todo lo has hecho bien. ¡Julen, todo lo has hecho bien!».

Me desperté con una extraña sensación de bienestar. Al rato me llamó del partido mi antigua secretaria para comunicarme que el embajador de España en México había pedido mi teléfono particular. Me llamaría en cualquier momento. «¿Sabes de qué se trata?», pregunté. «Ha dicho que es un asunto privado y quiere hablarlo personalmente contigo».

Poco después recibí la llamada:

—Querido Álvaro, no sabes cuánto siento ser yo el portavoz de esta mala noticia. Sé que sois como hermanos. Julen ha tenido un percance coronario y se encuentra en la clínica de Los Bosques.

—Vale..., pero ¿cómo está?, ¿cómo se encuentra ahora? —apenas me salía la voz de la garganta, yo ya sabía para qué me había llamado, pero me resistía a oír la noticia.

—Sinceramente, Álvaro, mal... —tras una larga pausa, añadió—: Ha fallecido. Es una trágica noticia y lamento ser yo quien te la transmita.

—Gracias, embajador —contesté quedamente—. Muchas gracias, no te preocupes...

Fui despacio hacia un sofá cercano para sentarme. Me pesaban las piernas y el aturdimiento que me embargaba no me permitía distinguir si todo esto era real.

Cuando al día siguiente desperté me quedé largo rato en la cama en contra de mi costumbre habitual. No salí de casa; la señora que me atendía me preparó una comida muy ligera que apenas probé.

Sobre las tres de la tarde, Cándido llamó desde México:

—Me imagino cómo estás. Si no quieres hablar ahora, te llamaré mañana, pero se me ocurre que quizá quieras saber qué ha pasado, cómo sucedió... Yo estaba con él en ese momento.

Dudé un instante, pero contesté con un susurro:

—Gracias, Cándido, quiero saberlo.

—Esa mañana Julen vino a buscarme a casa, teníamos la costumbre de ir a correr juntos por la zona de Las Lomas de

Chapultepec. Llevábamos corriendo a buen ritmo como media hora cuando Julen se paró, anduvo unos metros y cayó desplomado. Llamé a los sanitarios, que enseguida le reanimaron. Parecía encontrarse bien, le hicieron unas pruebas y no notaron nada extraño, no le dieron más importancia. Lo mandaron a casa a descansar. Yo le acompañé y, nada más entrar, se volvió a caer. La ambulancia le llevó, ya inconsciente, a la clínica Los Bosques donde entró en coma y le instalaron en la UCI con ventilación asistida. Al día siguiente murió. Los médicos dictaminaron una displasia arritmogénica del ventrículo derecho con fracaso multiorgánico. No sufrió nada, Álvaro, ni se enteró.

—Gracias, Cándido.

—Oye, el mes que viene voy a Madrid. Si te parece, nos vemos.

—Claro que sí.

—OK, te llamaré.

En las horas siguientes, llamaron Pablo y Marga, hablamos muy poco. Por la tarde telefoneó Pippa, totalmente devastada. Quería venir a verme a Madrid, pero le rogué que no lo hiciese; quizá más adelante o tal vez iría yo a Londres. «No, no llamaré a Julián por ahora. No me veo capaz de hacerlo. Será mejor cuando hayan pasado unos días».

Decidí alejarme un tiempo de mi ambiente habitual, necesitaba una ruptura total con los pasados sucesos. Tenía presente las palabras que dirigí a Julen tras la pérdida de Edurne: «Es inevitable una etapa de duelo más o menos larga. Nunca estarás solo, te tienes a ti mismo y a Dios, al que nunca, a pesar de tus fallos, has echado de tu vida».

El viaje a Alemania que inicié tenía por objeto ese necesario alejamiento escénico, pero también cultivar las dos grandes pasiones de mi vida: la música y el arte.

Me había enterado de que el extraordinario director de orquesta Claudio Abbado dirigiría una serie de conciertos de la Orquesta Filarmónica de Berlín de mi venerado Mahler. No lo dudé ni un momento, porque a la vez me daría la ocasión, al fin, de visitar una de las colecciones privadas de pintura más preciosas del siglo xx, la situada en el Museo Berggrugen, que el famoso marchante y coleccionista de arte había dejado a la ciudad de Berlín. Matisse, Cezanne, Alberto Giacommetti y... ¡noventa Picassos! Solo por esto merecía la pena el viaje.

Tuve la oportunidad de escuchar a la Orquesta Filarmónica en dos conciertos que, de manera casual, estaban programados durante mi estancia. Cuando digo de manera casual quiero decir que no los escogí expresamente, sino que cuando miré el programa de la Filarmónica su audición coincidía con mis días de estancia.

Si la visita a la colección Berggrugen solo puedo calificarla de deliciosa, los conciertos de Mahler, la *Sinfonía n.º 6* un día y la *n.º 2* del otro, causaron en mí un gran impacto emocional. La dirección de Abbado, su interpretación, imprimió una transcendencia a las sinfonías que iba más allá del momento, se elevaba y se elevaba dirigiéndose al infinito; era la lucha desesperada del hombre con su destino.

Cuando al día siguiente repasaba, en mi asiento de la sala, el programa de la *Sinfonía n.º 2*, llamada también *Sinfonía de la Resurrección*, advertí que traía traducida al inglés la letra de los coros. Yo la había escuchado muchas veces, pero como no sé alemán nunca entendí lo que decía; en ese momento leí los siguientes versos:

> *Vida inmortal, ¡el que te llamó te dará!*
> *¡Para florecer de nuevo serás sembrado!*
> *¡No vas a perder nada!*
> *¡Creed! ¡No habéis padecido en vano!*
> *¡No han vivido en vano!, ¡han sufrido!*

No podía creerlo, el compositor se estaba dirigiendo a mí. Desde luego que esto no era casual. Comprendí que una decisión aleatoria, como elegir Berlín para mi viaje, no había sido enteramente mía.

22

Ya en Madrid me fui enterando por la prensa de la marcha de las negociaciones del Gobierno con CiU. Se había acordado la reforma del Estatuto catalán de 1979. A tal fin se constituyó una mesa de diálogo multipartidista en el Parlament, no bilateral Estado-Generalitat como Mas pretendía en un principio. Se estableció una ponencia para redactar el borrador del nuevo Estatut.

Una comisión parlamentaria se encargó de redactar el anteproyecto. La mayoría de miembros de esta se encontraban en un absoluto estado de exaltación. Según me dijo el amigo de un amigo, que formaba parte de la ponencia del Parlament, al que me encontré en un restaurante de Madrid, este le había contado que en el seno de la ponencia la euforia independentista era hegemónica. Solo les faltaba cantar *Els Segadors* al comenzar las sesiones de trabajo.

Llamé a Ángel, el jefe de gabinete de Rubalcaba, para que me contase. Quedamos a almorzar donde siempre. Le expliqué lo que me había dicho mi amigo.

—Pues así es, Álvaro, tanto que la semana pasada Rubalcaba se ha tenido que reunir en privado con Artur Mas (esto es secreto, ¿eh?) para evitar que la negociación descarrile. Fue una conversación tensa, pero al final Mas ha asumido que no se puede dejar solos a los ponentes y que están ahí para negociar, no para imponer o dedicarse a elucubrar sus sueños. El presidente me ha contado al detalle la conversación porque antes estuvimos muchas horas juntos preparando la entrevista. Había líneas rojas que no se podían cruzar. La democracia , le dijo, exige aceptar los marcos legales, fuera de ellos no hay democracia; puedes luchar por cambiar la legalidad, es legítimo, pero lo que no puedes es saltártela porque entras en la delincuencia pura. Me ha contado todo, de mí se fía, no lo trabajó con otros porque necesitaba total discreción en la casa para no levantar debates prematuros en el partido o el Gobierno que entorpeciesen los acuerdos.

A continuación, me hizo un resumen de la conversación:

«—Mira, Artur —le dijo Rubalcaba—, los independentistas quieren un Estado propio, pero eso requeriría una revolución. Pero toda revolución tiene un coste económico, social y emocional. Esos que van tras la ponencia a sus casas del Ampurdán de fin de semana, ¿están dispuestos a asumirlo? Y tú, ¿también estás dispuesto a asumir los costes de un proceso revolucionario? Porque no podría ser de otra manera. Y qué pasa con todos los demás, que son mayoría, no independentistas, ¿a qué se les aboca?, ¿a la ingobernabilidad y el caos? Yo quiero para los catalanes un estatuto que reconozca sus aspiraciones de país. Podría ser algo aceptable, ¿verdad?

»Voy a decirte una cosa, querido Artur, fíjate, ese Estatuto podrías asumirlo y presentarlo como una conquista tuya, como algo que has conseguido o arrancado, llámale como quieras, al Gobierno del Estado. Pero para que esto sea viable hemos de trazar unos límites que enmarquen los acuerdos. No se pueden modificar leyes Orgánicas, como, por ejemplo, la del Poder Judicial, competencia de las Cortes Generales.

»Hay que estudiar, por supuesto, un modelo de financiación justo y acorde a las necesidades de Cataluña, pero no es planteable un concierto económico similar al vasco, habría que hacerlo extensivo a todas las comunidades autónomas, y ya me dirás qué Estado aguanta eso. Sí, podemos estudiar un sistema de financiación para que Cataluña tenga una autonomía financiera importante. Puedo aceptar que hay un derecho a la diferencia, pero no una diferencia de derechos.

»Tampoco pueden extenderse las competencias de la Generalitat a todas aquellas que la Constitución no atribuye al Estado, como creo que se está haciendo; el riego por manta, vamos. Y ahora algo importantísimo: no se puede establecer como "deber" conocer el catalán como creo que ya tienen acordado algunos; eso es inconstitucional y pisotea hasta los derechos humanos. Por ahí no pasaré.

»Sí te digo también que quiero aceptar cierto tipo de "derechos históricos" que tan a menudo reivindicáis, mientras eso signifique la especificidad catalana, una posición singular de la Generalitat en relación con el derecho civil, la lengua y su proyección en el ámbito educativo e institucional. Pero no otras derivadas que se quieran incluir en lo de los derechos históricos».

Álvaro se levantó de su silla, le tendió la mano a Ángel, que este estrechó, y volvió a sentarse diciendo:

—¡Qué categoría la de tu jefe, chico! Aunque yo no esté de acuerdo con según qué cosas que veo venir. ¿Y qué contestó Artur Mas?

—Pues tomó nota de todo, apenas hizo alguna apreciación y contestó: «Bueno, todo eso es lo que hay que tratar en el Parlament».

De lo que se trató en el Parlament estoy enterado por mi amigo el diputado del PP que formaba parte de la ponencia. Esencialmente las grandes batallas giraron alrededor de un pequeño número de asuntos. Tras horas y horas de debates, se fueron aceptando modificaciones, defendidas por PSC y PP, algunas de matices, pero matices extremadamente importantes, de ahí los largos tiras y aflojas que permitían continuar la redacción.

Una de las importantes fue: «El catalán es la lengua oficial de Cataluña. También lo es el castellano, que es la lengua oficial del Estado español. Los ciudadanos de Cataluña tienen el derecho y el deber de conocerlas. Los poderes públicos de Cataluña deben establecer las medidas necesarias para el cumplimiento de ese deber». Logramos suprimir la palabra «deber».

«El catalán es la lengua de uso normal de las Administraciones públicas y de los medios de comunicación propios de Cataluña, y es también la lengua normalmente utilizada, de manera prefe-rente, como vehicular en la enseñanza». Se suprimió lo de «manera preferente».

Otra: «El Síndico de Greuges tiene la función de proteger y defender los derechos y libertades reconocidos por la Constitución y el presente Estatuto. A tal fin, supervisará la Administración de la Generalitat con carácter exclusivo». Suprimimos lo de con «carácter exclusivo».

Conseguimos anular un artículo entero que decía: «Los dictá-menes del Consejo de Garantías Estatuarias tienen carácter vin-culante con relación a las leyes del Parlamento que afecten a los derechos reconocidos en el presente Estatuto».

Se consiguió anular la pretensión de que el Consejo de Justicia de Cataluña es el órgano de gobierno del poder judicial en Cataluña. También se suprimió la afirmación de que el Consejo de Justicia de Cataluña designará la presidencia del Tribunal Superior de Justicia de Cataluña y demás presidencias de Salas y Audiencias Provinciales. Y así una larga lista de asuntos relativos al funcionamiento de la Justicia en la autonomía, muchas veces aceptados en su totalidad y otras negociados para sortear su evi-dente inconstitucionalidad.

Uno de los escollos más importantes vino de la intención de algunos grupos de incluir en el articulado del Estatuto la afirma-ción de que «Cataluña es una Nación». Se llegó a un punto muerto en que para desbloquearlo tuvieron que negociar personalmente Rubalcaba y Artur Mas. La solución fue sacarlo del articulado y llevarlo al preámbulo, de manera que esa aseveración quedó expuesta, pero sin fuerza jurídica.

Salvo las cosas apuntadas, prácticamente se aceptó el resto de peticiones de los nacionalistas relativas a competencias exclusivas en lengua, educación, inmigración, cultura, veguerías, competen-cias ejecutivas, consultas populares (con excepción de lo previsto en el artículo 149.1.32 de la Constitución), entre otras materias.

El gran tema, quizá el más importante, fue el relativo a la finan-ciación de la autonomía. Se resolvió mediante el aumento de la participación de la Generalitat en los impuestos del Estado. Se pasó del 33 % al 50 % en el IRPF, del 40 % al 58 % de los impuestos especiales y del 35 % al 50 % en el IVA.

El Gobierno se comprometió a invertir en Cataluña el equivalente al peso de la economía catalana en el conjunto de España (el 18,5 % del PIB). Y, lo más importante, que Cataluña no perdería posiciones en la clasificación de las comunidades autónomas por renta per cápita a causa de sus aportaciones al fondo de solidaridad interterritorial, aplicándose el llamado Principio de Ordinalidad.

Parece ser que Artur Mas, tras una rápida conversación con Pujol, comunicó a Rubalcaba su agrado con todos los acuerdos logrados.

Acabados los trabajos de la ponencia, se superó luego el trámite de aprobación en la comisión. Posteriormente se produjo la votación final del nuevo Estatuto en el pleno del Parlament y fue aprobado con los votos a favor de PSC, CIU, ERC, ICV, 120 votos a favor de los 135 emitidos. El PP votó en contra. A la salida del pleno, a preguntas de los periodistas, Mas lo definió como una apuesta por la España «federal, diversa y plural».

Según quien estudiase el texto, podría definirlo como un estatuto de máximos; analizado por otros lo considerarían como un estatuto de mínimos, pero consiguió unir, en una moderada satisfacción, a los que hubiesen querido más y a los que hubiesen querido menos. Lo que parecía imposible se logró renunciando unos y otros a las posiciones que solo satisfacían a los suyos para encontrarse en el sabio y viejo camino catalán del pacto, prefiriendo ver las cosas como son.

El Gobierno de la Generalitat quiso someter el nuevo Estatuto al referéndum popular. A tal efecto presentó una Consulta Refrendaria de Ratificación: «¿Aprueba el proyecto de Estatuto de Autonomía elaborado por el Parlamento de Cataluña?».

La Junta Electoral Central prohibió que la Generalitat alentase la participación a través de los medios de comunicación. Entendía que la abstención era una posibilidad de los votantes además de la necesaria neutralidad de los poderes públicos.

La consulta arrojó el siguiente resultado: Votos: 51,15 %. Sí: 73,24 %. El resto se repartió entre no, blanco y nulo.

Cuando el nuevo Estatuto fue presentado en el Congreso de los Diputados, la mesa admitió a trámite la proposición con los votos en contra del PP.

Se celebró el debate de Toma en Consideración en el pleno, con la intervención de Artur Mas en apoyo de la medida; luego intervino Rubalcaba para expresar su posición favorable a la propuesta. Posteriormente, comenzó la tramitación en la Comisión Constitucional del Congreso. Finalmente el pleno aprobó el proyecto y lo remitió al Senado, que lo aprobó sin modificación alguna.

Al día siguiente, Artur Mas fue entrevistado en TV3. La última pregunta que le realizó el presentador fue: «President, ¿cree usted que hemos llegado a Ítaca?». Tras unos segundos de silencio, este contestó: «Sí, creo que ahora sí».

Tras marcharse el President, el entrevistador, un notorio miembro de ERC, sin darse cuenta de que aún tenía el micrófono encendido añadió: «*De moment, president, de moment*».

***

Pablo se compró hace años una casa en un pequeño pueblo medieval de menos de cien habitantes, Calatañazor, en la provincia de Soria. Una casa de adobe con los característicos muros entramados de madera de Sabina que junto con las chimeneas cónicas de las viviendas caracterizan la arquitectura local.

Pasamos allí un estupendo fin de semana junto a otro par de viejos amigos de la política. Un antiguo diputado y alcalde de una importante capital castellana y un exministro de nuestro gobierno, ambos acompañados de sus respectivas mujeres, que además eran amigas de Marga. Fueron un par de días extraordinarios en el sentido literal de la palabra. Es muy difícil hacer coincidir a gente llena de compromisos como ellos. Soy el único que permanece soltero, por lo que por la noche me tocaba dormir en el amplio sofá de la sala. En realidad, era un privilegio dormir frente a los rescoldos de la chimenea encendida mientras fuera caía una lenta nevada que yo percibía a través de una pequeña ventana.

Paseamos por los alrededores del castillo, cocinamos, catamos vinos y charlamos hasta las tantas de la noche recordando antiguas vivencias y anécdotas. Todo trufado de grandes risas y de los golpes de ingenio acostumbrados de algunos de ellos.

En un momento de paz en el que milagrosamente todos estábamos callados, arrebujados unas y otros entre mantitas, frente a la chimenea encendida, alguien se puso a recordar a Julen. Para mí eso seguía siendo insoportable, no podía con ello.

Marga enseguida se dio cuenta y cambió de conversación, pasando a contarnos los arreglos que tuvieron que hacer en la casa, en ruinas cuando la compraron. Abrió otra botella de vino y me encargó a mí que rellenase las copas. Mira que siempre estaba controlando lo que bebíamos y riñéndonos a nada que nos excedíamos...

Al poco rato todos se retiraron y yo, a solas ya, apuré tranquilamente mi copa. «¡Qué putada, Julen, que no puedas estar ahora aquí con nosotros!».

23

Ahora llevo muchos años fuera de la política. Represento en España a un importante fondo de inversión norteamericano. Si a veces me desvelo por la noche, indago cuál fue el momento en el que abandoné la lucha por lo que creía que era bueno; cierto, verdadero, no sé cuándo, pero lo hice. Hace tiempo que ya no busco la verdad, ¿para qué? Desde épocas ancestrales los hombres hemos adoptado innumerables verdades, siempre ofensivas para los que no las comparten. No vale la pena empeñarse en defenderlas, no es posible convencer al otro. Que cada cual se engañe a su manera. Sin embargo, los hechos son los que son por más que se nieguen, son la realidad misma y van a seguir ahí afirmando lo que quizá no queramos ver, la realidad que no aceptas, la única cuya correcta percepción te mostrará el camino de la acción acertada.

Pippa me dejó y volvió a Inglaterra, como me parece que sabéis; no se lo reprocho. Se casó y tiene dos hijos. Luego se divorció.

Hace poco, cuando la vi en Londres, me preguntó cuál era el balance de esos años que pasamos juntos y en los yo me dedicaba a la política. Me recosté en mi sillón de Annabel's. Tras un rato callado, me decidí a contestar. Supongo que lo hice porque…, no sé. En realidad, no sé por qué le dije todo eso que solo iba a aportarle tristeza. Quizá ayudó que ya habíamos terminado la primera botella de champán y ella merecía que por primera vez me abriese del todo. Pedí otra botella y comencé a hablar:

—¿Cuál es el balance? Yo sufrí, todos mis compañeros de uno u otro partido sufrieron, lo sé bien, los traté mucho o poco, a todos los valoré y aprecié como para forjar con algunos esa amistad que trasciende los hechos y el tiempo. A muchos la política les costó su matrimonio, a otros las semanas y meses que no dedicaron a sus padres e hijos aún les apesadumbran. Otros no pudieron retomar sus profesiones anteriores. Todos pasamos por parecidas angustias en los periodos electorales a la hora de confeccionar las listas. Compartimos muchas cosas, como la decepción al comprobar que, al salir de la política, aquellos que creíamos grandes amigos pasaron a ignorarnos.

»También hubo grandes y felices momentos y experiencias singulares. Viajamos a muchos países representando a nuestras cámaras o en encuentros sectoriales con parlamentarios de todo el mundo, conferencias internacionales…

»Pero no me equivoco, Pippa, cuando te digo que todos, del partido que fuésemos, compartíamos el íntimo orgullo y el sentimiento de responsabilidad que conllevaba saber que estábamos allí encarnando al pueblo español que, por un tiempo, había depositado en nosotros la soberanía nacional.

»Y mira, Pippa, lo que aún hoy más me indigna es el trato tan duro al que tantos fueron sometidos, esos que al salir por la mañana de su casa se encontraban en la puerta con un enjambre de fotógrafos y periodistas y, asombrados, se enteraban de que eran noticia en los periódicos con un titular escandaloso. Cuántas querellas admitidas a trámite, luego archivadas, después vueltas a abrir para archivarlas definitivamente más tarde o declararles inocentes. Condenas anticipadas sin juicio ni defensa como no sé quién ha dicho. Condenas anticipadas sin juicio ni defensa que no merecieron ni la presunción de inocencia de los propios miembros de su partido, para utilizar políticamente el caso lavándose las manos mientras señalaban diciendo: "¡No somos nosotros, es él o es ella! ¡Fuera, fuera de esta casa!".

»Intento no pensar en esas cosas, pero hay días que al despertar, aún medio dormido, pienso en la soledad de Rita esa noche final en su habitación del hotel. Me viene a la cabeza lo del Jaguar en el garaje, lo de los másteres, los micrófonos ocultos en nuestros despachos, la revisión matutina de los bajos del coche, las masas acosándonos por lo del *Prestige*, los insultos y escupitajos en la Diada...

—Déjalo ya, Álvaro. Por favor, deja eso ya.

—Pero te digo una cosa, y dejo ya el tema, tienes razón. Seguro que hoy todavía muchos recuerdan que eran inocentes y les dejaron solos. O que puede que fuesen culpables, pero que no merecían tanto desprecio. Y no te quepa duda, Pippa, que alguno repite hasta en sueños: "Lo siento, lo siento mucho; ya no puedo cambiar las cosas, no puedo".

»¿Y sabes qué pasa, Pippa? Que recuerdo tantas páginas brillantes que los gobiernos del PP escribieron y me pregunto: "¿Por qué todo acabó así de mal? ¿Por qué todo tuvo que terminar de esa manera, con ese bolso en ese escaño?".

»Y entonces mis diablillos me contestan: "Porque quisisteis; cada uno labra su futuro y, además, nadie os obligó a estar ahí para presenciar tanto. ¿A qué viene la queja?", dicen entre risueños y cabreados mis personajes nocturnos.

»Pero también lo pasamos bien, fuimos felices, ¿verdad, Pippa?

»Anda, vamos a bailar.

A mi regreso de Londres he tenido una semana complicada. Ahora estoy en mi casa de las afueras de Madrid, quizá demasiado grande para mí solo, pero con el espacio suficiente para colgar mi pequeña colección de pintura, lo que más me acompaña ahora, lo que más amo. Estoy viendo el Juan Gris de lívidos colores como los utilizados por el Divino Morales. También el Luis Fernández de la chimenea, tan grotesco y profundo como Solana. Busco y repaso con la mirada esos vanguardistas paisanos nuestros, cobijados a lo largo y ancho de los museos y grandes colecciones europeas casi olvidados en España, príncipes opacados por el reinado absoluto de Picasso.

El mes próximo Pippa vendrá a Madrid. Saldremos a cenar y pasaremos la noche juntos. Ella no me habla y yo no le hablo de esos demonios del pasado que destrozaron nuestra relación, y por unas horas volveremos a ser felices como lo éramos en los malos-buenos viejos tiempos. ¿Fueron malos?, ¿fueron buenos? No lo sé, quizá fueron los mejores o los peores de mi vida, aunque sé que tampoco eso es cierto.

Pero ahora estoy aquí. Me levanto del sofá y me preparo mi primer *dry martini* con aceitunas rellenas de anchoas. Después pongo, quizá demasiado alto, *E poi...* de Mina. Lo bailo solo, despacito, para luego acelerar con la música y cantar con ella:

—*No, no, no. Tu non sai —mi costato piche mai-ricominciare poi— adesso, adesso non potrei...*

Agradecimientos

A Salvador Sanz Iglesia, por su asesoramiento jurídico sobre el desarrollo de la querella de acoso sexual.

A Alejandro Larisch de Salamanca, por la ocasión que me permitió ver, en su casa de Marbella, el insólito episodio del perro y el águila que aquí se recoge.

A Javier Peon Torre, por sus aportaciones en lo referente a la situación del Partido Popular en el País Vasco de entonces y sus múltiples observaciones a lo largo y el conjunto de la obra.

A Ernestina Torelló y Luis de la Rosa, por invitarme a sus espléndidas fiestas donde el hijo de Fidel Castro me obsequiaba, año tras año, con los magníficos puros que fumaba su padre, tal como aquí se relata.

A Ricardo Benedí Royo, por permitirme utilizar la historia del escrache que sufrió en su domicilio mientras era entrevistado por la televisión en la terraza de un hotel de Getxo y todo el posterior acoso etarra que valientemente soportó mientras contribuía con su talento y prestigio a que el empresariado vasco se posicionase en contra del Plan Ibarretxe.

A Julio Padilla Caballada, por su asesoramiento en la metodología aplicada a posponer las elecciones generales en tiempo y forma dentro de la más absoluta legalidad constitucional.

A Jose Juan Trepat Marques, que me contó y autorizó a utilizar aquí la dolorosa historia del fallecimiento de su novia, envenenada tras la ingestión de alcohol metílico.

A Jorge Trías Sagnier, que me explicó muchas cosas del «caso Gurtel», algunas bastantes conocidas, reservándome otras que no creo necesario consignar.

A Alejo Vidal-Quadras Roca, por sus precisiones sobre el Parlament de Cataluña y sugerencias sobre la reforma electoral.

A Jesus Baños Madrid, mi personal *trainer*, por su detallada descripción del «entreno exprés» al que ha intentado someterme, afortunadamente sin éxito.

A Arturo Moreno Garcerán por sus múltiples observaciones en torno a este libro.

Esta obra,
EL DIPUTADO,
se terminó de imprimir el día
11 de marzo de 2024
coincidiendo con el 20 aniversario
del atentado de Atocha en Madrid.